William Golding

WILLIAM

GOLDING

〔英〕威廉·戈尔丁 著

启蒙之旅
Rites of Passage

上海译文出版社

陈绍鹏 译

PASSAGE

RITES OF

导读

从"愚人船"到"启蒙之旅"

一

自从塞巴斯蒂安·布兰特的《愚人船》(*Das Narrenschiff*)在十五世纪末问世后,一个新的意象便出现在文艺复兴时期的想象图景里——世界之舟驶向永恒的意象。也许它不算是新的,在布兰特使用它时即已十分古老,但英、法、荷诸国的"愚人文学热"倒是直接源于这部德国诗体叙事作品。福柯在《疯癫与文明》中认为,激发文艺复兴早期想象力的"愚人船"很可能是朝圣船,那些有象征意义的疯人乘客是去寻找自己的理性。福柯的阐释与其说是要揭示一种习俗的确切含义,不如说是要拓展我们对文明的理解。

象征性的航行或航行所具有的象征性能够吸引作家的兴趣。美国作家凯瑟琳·安妮·波特出版于一九六一年的小说《愚人船》(*Ship of Fools*),构思受到布兰特同名作品的启发,描写二战前夕从墨西哥开往德国的一艘客轮上的各色人物,试图传达一种现代文明的象征性。这幅色调灰暗的"世态画"是一则"道德寓言"(moral allegory),探讨善与恶的二元景观:"恶"如何在"善"的妥协与默认下施行、人如何具有毁灭他人和自我的本能。基督教文明的末世想象和善恶观,在"愚人船"的图景中展开,显得再适合不过了。船上乘客或是去寻找财富和事业,或是去寻找"理性"(如福柯所言);他们的寻找即便未获成功,至少也会成为命运或理念的某种化身。于是作家的灵感一次次地被这种象征性的航行所激动,试图构造出漂流在水面上的小社会,描绘出精神历险的旅程。

英国作家威廉·戈尔丁出版于一九八〇年的小说《启蒙之旅》便属于这个创作系列;在柯勒律治、麦尔维尔、康拉德、安妮·波特等人的传统中,又提供了一个海上"道德寓言"。该作品背景是十九世纪初叶拿破仑战争末期,场景是一艘由英国南部经赤道驶向新西兰的民用战舰。船上乘客组成一个有代表性的小社会,诸如威权的船长、善感的牧师、势利的绅士、自由派画家,以及荡妇、孕妇、酒鬼等,在足以引发忧郁症的航程中,在一个"木板的天地"里——"吊在海水下面的陆地与天空之间,犹如树枝上挂着的一个干果,或者是池水上漂浮的一片叶子",上演人间戏剧。

二

埃德蒙·塔尔伯特,小说的主角兼叙事人,以撰写航海日志的方式讲述见闻。他是年轻的上流绅士,受过良好教育;此行去殖民地任职,受到其保护人(一位上了年纪的爵爷)的关照,而该爵爷是总督大人的弟弟,可见来头不小。塔尔伯特向船长点明这层关系,后者有所忌惮,顿时收敛了威风。在这艘等级森严的船上,门第和权势的光环尤为耀眼。船长固然是后甲板"禁地"的暴君,高高在上,作威作福,可他没法不重视某个总督大人的弟弟的裙带关系。

读过理查逊、菲尔丁或简·奥斯丁的小说,我们对十八世纪英国社会的等级现象不会感到陌生。但是《启蒙之旅》所触及的等级观念,严格说来更接近于旧俄小说展示的社会内涵,那个以通古斯军事帝国主义为根基的俄国社会。因为,"一艘军舰却是一只卑鄙而专制的船",是"具体而微的暴政之船"。塔尔伯特的海上经历和这个载体的性质不可分割。这位舞文弄墨的贵人,不得不领受污臭的舱房、可怕的晕船、"愚人船"的乘客和密不透风的战舰等级制。

如果说他是用一只势利的眼睛打量周围的世界（上流绅士改不了的脾气），那么另一只"陌生化"的眼睛则在记录观察，表达其不适感和恐惧感。他和那位叫罗伯特·詹姆斯·科利的牧师一样，是"对这个世界的光怪陆离现象产生奇怪感觉"的人。毕竟，英国陆地社会不同于海上"奇特的环境"，正如小说结尾时所说，"因为彼此如此接近，与太阳和月亮之下所有荒谬事物太接近了"。

麦尔维尔在《水手比利·巴德》中也讲过类似的话，试图帮助读者去理解，一艘孤零零的海船上何以会发生某些不可思议的事件、某种谜样的行为和遭际。"纠察长"无故迫害"英俊水手"，欲置之死地而后快，这是一种"神志错乱"的疯狂。戈尔丁这篇小说也写迫害狂——船长安德森厌恶牧师，以诡诈的手段虐待罗伯特·詹姆斯·科利，致使后者蒙羞而死。透过晦涩的悬疑和层层影射，该作品要讲述的便是这样一个故事。

我们知道，任何"道德寓言"都不只是在经验层面上讲述故事，而是关乎文明的象征符号的连续诠释的复合体，有其神话解释的基点和视角。所谓善恶二元论的辨析，也是在这神话解释学的基点或视角中导入的。麦尔维尔从非基督教的立场表达超验（比利·巴德所象征的希腊式的肉体美和精神美），戈尔丁则用基督教的框架探讨善恶（新教的个人拯救和自省）；前者接近希腊的命运观，后者无疑是信奉"原罪说"。通过比较可以看到，由于神话解释的基点不同，小说的构思和象征意义也就大有区别。戈尔丁有意在小说中安排一个人物，让人看到其诠释的差异。水手比利·罗杰斯的体貌特征处处和水手比利·巴德相似，却全无精神和人格的超凡之美，这是对《水手比利·巴德》的一种颠覆性处理。信奉"原罪说"的戈尔丁试图演绎的，并非善美的化身遭到毁灭的悲剧，而是柔弱的心灵备受凌辱的故事。在这粗鄙、冷酷的世界里，科利牧师像可怜的小狗任人宰割，以至于发出惊呼："这是一只没有神的船。"如果说麦尔维尔对恶的诠释是玄秘的，戈尔丁的诠释则显得直白，从基督教的观点看是容易理解的，科利牧师的遭遇就是信仰堕落和"人性恶"的表征——在与世俗权力的交涉中，牧师拯救不了自己，拯救不了世界，他是一个当众出丑的滑稽角色。

在水手们安排的"獾皮囊酒会"上，科利牧师被强行浸入盛满尿液的污水盆中，惨遭凌辱。这是船驶过赤道分界线时通常举行的一个仪式，水手以此驱除对大海的恐惧感。这部小说的书名 *Rites of Passage* 直译是"过界仪式"，所指也包含这场冒渎神灵的洗礼。作者试图通过此类描写加深讽喻意味（在其名作《蝇王》中，西蒙之死也是和狂欢的渎神仪式相关），除了"过界仪式"，还有牧师的葬礼和婴儿的洗礼（科利死后船上有婴儿降生，洗礼居然是由船长安德森主持），这些描写的讽刺意味不能不说是辛辣的。书中引用拉辛的台词："'善'攀上奥林匹亚的峭壁，步履维艰，'恶'也一路蹀躞，走向地狱的魔殿！"可以说，在戈尔丁的作品中，《启蒙之旅》对仪式的象征性描写最为典型和充分，凝聚其"道德寓言"的强烈讽刺意图。

善恶二元论是诠释戈尔丁创作的公式，自然也是《启蒙之旅》建构寓言的关键，如上所述，以船长（代表尘世权力）和牧师（代表天国福音）的冲突为情节枢纽，构成明显的二元论的框架。问题在于小说中的牧师是否代表"天国福音"？要说清楚这个问题，似乎不那么简单，这就如同要把戈尔丁定义为基督教作家，让人颇感踌躇。戈尔丁和但丁一样，对"隔离"的图景怀有深刻的兴趣，但基督教作家应该有的主题预设，却没有成为他的依靠。

科利是个英国国教教徒，拥有牧师从业资格证书，试图在船上行使其宗教职责，毫无疑问他是传播福音的牧师。如果不是船长阻挑,并且设计陷害他,断不至于如此狼狈,成为众人眼中的笑柄。牧师自身"特殊的天性"也适合于得到"宗教安慰",他柔弱、真诚、善感,且不乏勇气。遭到一系列羞辱后,他自绝于人世,这也是一种勇气的表示。如果事情仅仅如此,我们对这个人物的同情就不会掺杂疑虑了。小说隐晦的叙述却披露这样一个内幕:科利牧师喝醉酒并且和水手口交。在"一大群紫铜色皮肤的年轻弟兄"中他看中一个小伙子,即比利·罗杰斯,"一个细腰、细臀,可是阔肩的'海神之子'"(此处的描写多么像麦尔维尔的比利·巴德);他把朗姆酒比作"灵液"(ichor),即希腊诸神的血液,是为比利·罗杰斯这样的"半神"准备的;牧师感到心醉神迷——

> 我突然发现在我这个走廊、舱房与船腰甲板构成的王国里,自己出乎意料地受到废黜,一个新的帝王登基了。因为这个紫铜色的年轻人,浑身都是灼热的"灵液"……我慷慨地逊位了,并且渴望着跪在他的面前。

这番火辣辣的自白中,有着一个基督徒的异教冲动。牧师渴望友情,"特别需要友情",这一点不难理解,醉酒后的出格行为或许也不必太苛责,但是,"灵液"一说又是从何谈起?似乎对异教的偶像崇拜胜于对救世主的崇拜,或者说他把自身的宗教情感做了希腊化处理,一种不可思议的逆转或颠倒。

尼采在《朝霞》中说过一段话,像是针对科利牧师说的。书中写道:

> 在道德领域中,基督教只认道德奇迹:全部价值判断的急剧变化,所有习惯方式的断然放弃,对新事物和人的突如其来

的不可抑制的倾慕。基督教将这些现象看作上帝做工的结果，称之为重生，在其中看到一种独一无二的无与伦比的价值，从而使所有其他被称为道德但与这种奇迹没有关系的事物对他来说都成为无所谓的——事实上，它们甚至可能使他感到害怕，因为它们往往带来骄傲和幸福之感……只有精神病学家才能决定，我们所看到的这样一种突然的、非理性的和不可抗拒的逆转，这样一种从不幸的深渊到幸福的顶峰的置换的生理学意义是什么(也许是一种变相的癫痫症?)；他们确实经常观察到类似的"奇迹"(如以自杀狂形式出现的杀人狂)。虽然基督徒"奇迹转变"的结果相对来说要更令人愉快一点，但它们的本质是一样的。①

尼采的阐释和戈尔丁的叙述，其观察的立场都不能说是倾向于宗教的。科利牧师的"奇迹转变"令人诧异，不仅仅是由于其色情内涵。那种以谦卑的形式表达的"骄傲和幸福之感"，在道德和心理领域中"突然的、非理性的逆转"，委实耐人寻味。我们试图以善恶二元论的公式解读这篇小说，却不曾料想到书中还有这些复杂的隐情和逆转。作家讽刺的笔尖并没有放过值得同情的人物，而且触动惊惧的神经——当我们跟随牧师步入尘世和天国间的黑暗地带，从那凄凉的崖巅一窥"地狱的魔殿"时。

三

《启蒙之旅》是一部怪诞讽刺小说，如果要阐释此书的诗学风格，那就应该这样来定义。柔弱的心灵遭受讽刺的故事，小人物在

---

① 译文参见尼采《朝霞》(田立年译，华东师范大学出版社 2007 年版)。

社会等级体系中受到排挤和凌辱的悲剧，这是颇有俄国风味的一种创作类型，果戈理、陀思妥耶夫斯基的怪诞讽刺文学类型。在这种类型的创作中，令人发噱的笑料和"引人发狂的忧郁生活"结合起来，小人物的权利诉求和小人物的出乖露丑互为表里；其讽刺性的摹拟主导叙述，其悲喜剧的含混导致怪诞。

英国当代文学中，奈保尔的《守夜人记事簿》流露"果戈理传统"的余韵，戈尔丁的《启蒙之旅》则是这个传统的域外嫡传。后者的怪诞风格不仅让人想起陀思妥耶夫斯基的《双重人格》《地下室手记》等，某些细节描写和怪诞讽刺笔法较之于陀氏也未必逊色多少。

该小说的叙述主要是由两个文本构成，一是埃德蒙·塔尔伯特的航海日志，一是科利牧师写给他姐姐的长信。英语评论中有一种观点认为，两个文本的叙述导致了小说叙述的不确定性，具有典型的后现代创作特色。但是细读这部小说，从信息交代的层面上看，两个文本的设置与其说是带来含义的"不确定性"，倒不如说是一种细节的互为对照和补充，将迷乱的隐情完整地拼凑出来，并且达到多声部的讽刺性摹拟的效果。

尽管一些关键场景中叙事人塔尔伯特是缺席的，造成一种叙述的延宕，但科利牧师的言行却在这种非连续性叙事中获得了更具场景化的描述，也产生了更多的笑点，从牧师在后甲板受辱到他当众醉酒撒尿，逐步抵达其悲喜剧的高潮，不仅叙述导向清晰，节奏和效果的控制也十分出色（奈保尔、鲁西迪的笑谑艺术不会比这更出彩了）。牧师酒醒后闭门不出，面壁而卧，一只手抓住舱壁的环状螺丝钉不放，直到死去为止，这个细节也让人难忘。虽说此类滑稽讽刺描写未免残忍，愈是精彩愈是残忍，和俄国大师的作品一样，却能将小人物的心酸又可笑的命运有力地描绘出来。多声部叙述方式无疑也在强化其讽刺效果：同样的细节，塔尔伯特显示对科利牧师的冷嘲热讽，科利牧师则显示对塔尔伯特的甜蜜尊崇。两个文本的讽刺性对照，为读者提供了有张力的叙事空间，让人深切感受到牧师的孤独和羞辱。

羞辱的主题，在陀氏的《双重人格》《地下室手记》等篇中有出色的处理。羞辱意味着人的自我评价的降低，从公开或隐私的层面上讲，都是在遭受排斥的过程中实现的。《地下室手记》的主人公，在一名军官面前挡了道，被对方像拨拉一根木桩那样挪到一边去，体尝到羞辱的滋味。戈尔丁的《启蒙之旅》也有类似的"肉体"描写，科利牧师被碰巧转过身来的船长撞倒在地，他是这样感觉的——

> 他的胳膊打到我的时候并不是一个人行走时胳膊无意中碰到别人那样，而是碰到我之后继续摆动，增加了一种很不自然的力量——而且过后，又加上他的胸部用力一撞，万无一失地把我撞倒。

虽说这是牧师自己的"身体感觉"，甚至有可能是一种主观夸张，但不能否认这也是连续的冷暴力施加于他的一种心理结果。赖因哈德·劳特在《陀思妥耶夫斯基的哲学》中指出，如果"完全被排斥的事情被意识到了，那么人就会感到羞耻或厌恶"，而"对自身人格的社会评价或私人评价大大降低感到恐惧"，也是被排斥的一个原因。从身份上讲，牧师不能算是小人物，他是在一个蓄意将他排斥的等级体系中被降格为小人物的。（连塔尔伯特这样的"局外人"不是也试图戏弄他吗？）从情理上讲，牧师的诉求并无半点可笑之处，无论是为基督福音还是为自身尊严他都有权利表达诉求。问题是,在他不占有位置的等级体系中,他的诉求变成了对等级的"僭越",只能以恐惧和病态的方式表现出来。

在巴赫金看来,俄式笑谑艺术的社会学基础即在于此,等级的压抑和等级的僭越导致人物的谵妄发作和出乖露丑。换言之,那种不容逾越的等级制是很有俄国特色的,是播种羞辱和丑闻的天然温床,舍此也就谈不上"果戈理传统"。我们有时会感到,这种艺术的道德基调似乎不易把握,当悲喜剧的结合显得未免含混的时候。作者如何在取笑人物的同时也介入其同情? 戏谑和怜悯的杂糅岂非失之于怪诞? 这个问题早就有人提出来。阅读《启蒙之旅》时也许仍会有此疑虑。

怪诞讽刺艺术的特质确实主要也是基于悲喜剧的含混。从诗学的角度讲,所谓的"含混"是源于细腻的艺术分解,即对人物精神状态的一种更为逼真的讽刺性摹拟,尤其是对忧郁症和谵妄发作的摹拟。可以说,这个方面戈尔丁是做足了功夫,不仅对两个文本的声音、语态竭尽摹拟之能事,对羞辱和丑闻的刻画也惟妙惟肖。那种非连续性叙述所造成的节奏和景观,不正是将人物巧妙地置于爆笑的聚焦点上了吗? 我们看到可怜的科利牧师一身牧师盛装,在人头攒动的甲板上载歌载舞、醉酒撒尿……说《启蒙之旅》是一部怪诞讽刺小说,因为它通篇显示出"忽而滑稽、忽而粗鄙、忽而富于悲剧性"的意义。塔尔伯特对"正义""公理"的思考,是从科利牧师的遭遇,从这种悲喜剧的怪诞气氛中逐渐形成的。

四

戈尔丁认为,人性的缺陷是导致社会缺陷的主因,而他身为作家的使命是揭示"人对自我本性的惊人无知",让人去正视"人自身的残酷和贪欲的可悲事实"。

小说的叙事人宣称,在这本"阐述人类对自身认识的书里,还是插进这句话吧:人可能因羞愧而死"。

叙事人总结说,世人都是苟且偷生,但科利是个例外——从他"沾沾自喜的严肃的巅峰跌落到他清醒时必然认为是自甘堕落的十八层地狱",最终通过死亡为他自己赎罪。相比之下,"愚人船"的芸芸众生则显然不具有这种认识。

也许这里应该思考的问题是,作家为何把故事背景安排在十九世纪初叶拿破仑战争时期? 麦尔维尔的《水手比利·巴德》也是将背景设在这个时期,恐怕不完全是巧合。可以说,这是对时代总体"迷思"的一种关切。在这世俗化进程加剧的历史分野中,在以"祛魅"为标志的转折之年里,"愚人船"的小社会不也伴随着某种深刻的"无序"吗? 当价值的功用性一旦成为社会法则的基础,这就意味着"唯有力量才能体现价值"了。启蒙时代的理性已然丧失其清明,魑魅魍魉的轻慢和嘲讽却像安德森船长的盆栽植物那样蔓延开来。在这无知无信的荒芜"迷思"中,叙事人的观察和思考也就难免不蒙上一层灰暗的怪诞色彩了。

《启蒙之旅》是戈尔丁"海洋三部曲"的第一部(荣获一九八〇年的布克奖),另两部是出版于一九八七年的《近距离》(*Close Quarters*)和出版于一九八九年的《向下开火》(*Fire Down Below*),讲述塔尔伯特行至南半球殖民地的经历,有点像是福柯所说的跟随"愚人船"寻找自己的理性。《启蒙之旅》是此番寻找的序曲。该书书名的中译虽与原文不符,倒也恰当概括了三部曲的主题。

戈尔丁的作品向以晦涩艰深著称,叙述多以影射和延宕的方式展开,需要读者发挥想象力,透过层层面纱去领悟作品主题。《启蒙之旅》的主题和风格除了以上所评述的,还有些值得注意的方面。该书的典故和影射,涉及弥尔顿、理查逊、柯勒律治、斯特恩、麦尔维尔等作家作品，有着或明或暗的戏仿、指涉。从塔尔伯特这个角色看，该书也可被视为"成长小说"。这些特点都值得研究。戈尔丁深深根植于自身的传统和文化，善于博采众长，其丰富的诗学谱系和深厚的文化渊源，在《启蒙之旅》的创作中即可见一斑。

中国读者对戈尔丁的印象主要源自上世纪八十年代译介的《蝇王》，作家荣获诺贝尔文学奖的代表作，中文有多个译本，广受读者喜爱。近年来陆续出版的《品彻·马丁》《继承者》《黑暗昭昭》等，包括上海译文出版社此次出版的《启蒙之旅》，对戈尔丁的阅读和研究是有力的促进。

英语读书界一向关注戈尔丁。随着新一代英语作家（奈保尔、鲁西迪、库切等）的崛起，主要也是由于批评热点的转移，在后现代、后殖民的批评导向中，人们对戈尔丁的兴趣似乎有所冷落。但这并不意味着他的创作被后人取代或超越了。《蝇王》《启蒙之旅》等作品的文学品位，不会由于批评热点的转移而降低。乔治·斯坦纳在《语言与沉默》中专文评价戈尔丁，确认其经典作家地位；这篇题为《建构一座丰碑》的文章发表于一九六四年，当时戈尔丁才出版了五部作品，便已获得这位批评大师的景仰。英国作家 V. S. 普里切特在一九五四年的评论中称戈尔丁为"我们近年来作家中最有想象力、最有独创性者之一"。只要读一读《启蒙之旅》《继承者》《品彻·马丁》等作品，我们就会赞同这个评价的。

许志强

目　录

2

(1)

尊敬的教父:

我就用这几个字来开始我要为您写的日志——再也找不到更合适的字眼儿了。

那么,好吧。地点:终于到船甲板上了。时间:这您是知道的。日期呢?确切地说,真正重要的是这个:是我横渡大洋,到世界另一边的第一天。为了纪念这一天,我现在把"1"这个数字写在这一页的顶部。因为我准备写的一定是我们在船上第一天的记录。究竟是几月几日,或者星期几,并无多大关系。因为,我们由英国南部漂洋过海,到新西兰的对跖岛,在这漫长的航程中,我们要经过一年四季像几何学上各种角度变化的气候。

就在今天早上,我离开大厅之前,我去看了看我的几个弟弟。这几个孩子也真够"老多比"受的了。小莱昂内尔表演了他以为是生番的战舞。小珀西仰卧在地上,直揉肚皮,同时发出吓人的呻吟声,表示把我吃到肚里以后非常难受。我各赏一个耳光,使他们变得规矩些,但是,也变得垂头丧气了。然后,我再下楼,到父母正在等我的地方。我的母亲勉强掉了一两滴眼泪吗?啊,不然!那是自然的真情流露。因为,我胸膛里有一种温暖的感觉,也许被认为没有大丈夫气概吧!是呀!即使我的父亲——我想,我们对感伤的哥尔德斯密斯和理查逊比对生气勃勃的菲尔丁和斯摩莱特更关注。他们为我祈祷,仿佛我是一个戴着脚镣手铐的犯人,而不是一个将要辅助总督治理英王陛下一个殖民地的青年。阁下要是听到他们的祷告,就可以知道在他们的心目中,我是一个如何宝贵的人物。

他们那种明显的感情流露,使我觉得好过些。我自己的感情发泄过后,也觉得好过些。您的教子根本上是一个很善良的人。他由门前的环形车道走出来,经过看守小屋,一直走到磨坊的第一个转弯处才恢复常态。

好了,再接着说下去吧。我上船了。我爬上墙面凸出、涂着柏油的那一边。这里想当年也许是漂漂亮亮、不可轻视的英国木板墙。我走过一个低矮的门洞,看到大概是甲板的漆黑的地方。我吸进的第一口气就令人作呕。哎呀! 这股气味非常恶心! 在这朦胧的灯光里,有许多嘈杂扰攘的声音。一个自称是我的勤务员的人带着我走到船边上一个小屋里。他说那就是我的舱。他是一个跛脚的老头儿,有一副机灵的面孔,两鬓白发苍苍。把这些白发连接起来的是他脑袋顶上秃得发亮的头皮。

“老头儿,”我说,“这是什么臭味呀?”

他把尖鼻子向上一翘,同时四下窥探,仿佛可以看见黑屋里的臭气,而不必闻似的。

“臭味吗,先生? 什么臭味呀?”

“就是这种臭味嘛。”我说。同时,用手掩住口鼻,感到一阵恶心。“恶臭,臭气,随便你叫它什么好了。”

惠勒这个人,是个很乐观的家伙。他对我笑笑,于是,仿佛甲板——就在我们上面,离我们很近——上面裂开一个口,透进一些亮光。

“啊,先生!”他说,“你不久就会习以为常了。”

“我才不要这样呢! 这只船的船长在哪里?”

惠勒敛住笑容,替我把我的舱门打开。

“安德森船长也无能为力,先生。”他说,“您知道吗? 这是沙子和石子。新的船有压舱的铁块,但是这只船比较旧。假若这是一只不新不旧的船,他们就会把它挖出来。但是这只船不行。您知道吗? 太旧了。先生,他们可不希望船在大海里一路晃晃荡荡的。"

"那么,这简直是一个墓场了。"

惠勒思索片刻。

"先生,关于这个,我也不敢确定,因为以前我没坐过这只船。现在,您在这里坐一坐。我去拿一杯白兰地来。"

他说完,不等我再说,便走了。我就不得不再多吸进一些中舱的臭气。那么,就只好这样了。

在我能够得到更适当的舱位之前,还是让我给您形容一下我现在的舱位吧。这间小屋里有一个倚墙而设的床位,就靠着船的一边,好像一个马槽,下面有两个抽屉。惠勒告诉我,这些固定的床位是在我们长途南下的时候提供给旅客的,这些"食槽"据说比行军床和吊床要来得暖和。小屋的一头有一块活板,可以放下来当写字台用。在另一端有一个帆布盆子,下面有一个水桶。我想这只船应该有一个更宽敞、更便利的地方,以应旅客日常的各种用途。在那个帆布盆子上面还有一个挂镜子的地方,在这小屋的较低处还有两个可以摆书的架子。一张帆布椅子是这个高贵房间里唯一可以移动的家具。门上有一个相当大的洞,和人的眼睛水平。透过这个洞,渗进一些阳光。门两边的墙上装了一些钩子。在地板上——我得称它为甲板——有一些沟,深得足以扭断脚脖子。我想这些沟是当年枪炮滑轮上的触轮碾出来的。那正是这只船青春年少、动作灵活,有全套武器足以夸耀的时候。这间小屋是新造的,但是它的天花板——叫它甲板底好不好? ——以及我这间小屋外面船边,破旧不堪,有许多地方修补过。想想我现在的情况,他们竟会让我住在这样一个鸡笼,这样一个猪栏里,虽然如此,在我见到船长之前,我要心平气和地忍耐着。深呼吸的结果是,我已经不太注意那股臭气了。同时,惠勒拿来的那杯白兰地差不多可以使我与之相安无事了。

但是,这个木板的小天地是多么嘈杂呀。那阵迫使我们停泊的东南风吹在绳索中间,发出隆隆声和呼啸声,然后,如雷震耳般地吹过去,吹过我们的(因为我已决心借着这漫长的航行成为一个完全精通航海事业的人)——吹过我们卷起来的帆。阵阵骤雨仿佛在它的全身击出阵阵退却的鼓声。假若这还不够,从前面,而且就从这个甲板上,传来了羊的咩咩声、牛哞、男人的喊叫声和女人的尖叫声。这里的喧嚣声也够大的。我这间小屋,也可以说是猪栏,只是甲板这一边十几个这种小屋当中的一间。在对面那一边,有同样多的这样的小屋。一条冷冷清清的走廊将这两排小屋分开,中间只有那个通到上面的这艘船的后桅的大汽缸。走廊的尽头,船尾那里,惠勒对我说,就是旅客的餐厅,两边各有厕所一间。在走廊里,有些模糊不清的人影经过,或者聚在一起。他们——我们——大概就是乘客了。在这样一支船队当中,一艘陈旧的军舰究竟怎么变成了一只仓库船,同时也是一个能在海上航行的农场和运送乘客的船? 其原因只有以下这个事实可以解释:我们的海军拥有六百多艘战舰执行任务,海军总部诸公正处于经济困难的窘境。

就在这时候餐厅服务员贝茨告诉我再过一小时,到四点钟,我们就开饭了,我对他说我想要求船长为我安排比较宽敞的舱位,他思索片刻,然后说这是一件很难办到的事,劝我等一阵子。这样一只破旧的船竟然用来完成这样的航行任务。我对此表示非常愤慨。他站在我的小屋门口,肩上搭着餐巾,尽量向我发表他的水手人生观。例如:先生啊! 这只船要漂洋过海,直到沉没为止;啊,先生,这只船建造的时候,就是准备将来有一天会沉没的。他对我说在一只闲搁待修的船上,除了水手长和木匠之外什么人都没有的时候,是什么滋味;又滔滔不绝地说,要是以老法子用大缆将船系住,而不用令人讨厌的铁链,多么方便!那嘎嘎作响的铁链简直像绞架上的死尸!听了他这一番话,我的心就一直往下沉,直沉到那些肮脏的、压舱的铁块上。他对包铜片的船底是如此的轻视!我觉得我们里里外外简直像最古老的船,大概这只船的首任指挥官不是别人,正是诺亚船长!贝茨临走时说了一句想安慰我的话。他说他相信这只船"遇到风浪打击时会比其他坚固的船更安全"。安全?他说:"因为,假若我们遇一点风浪打击,这只船就会像一只旧皮靴,立刻垮掉了。"说实在的,他这话把那杯白兰地给我的陶醉感打消了十之八九。经过这一切之后,我认为必须把一切船上要用的东西从箱子里取出来,以免大浪来时统统被击沉到海底。船上的情形如此之乱,我找不到一个有权让我打消这个非常愚蠢的念头的人。所以,我只好勉强利用惠勒帮我一点忙,将箱子打开,将东西取出来,我亲自将书箱放到架子上,然后叫人把箱子拿走。要不是我感到这种情形非常滑稽,就会大发脾气了。虽然如此,我听到搬箱子的那两个人的谈话,觉得很有趣。他们的话完全是航海用语。我把福尔克纳编的《海事词典》放在枕头边,因为我决心要把这种水手用语说得像任何一个声如洪钟的水手一样棒!

稍　后

我们借着船尾上一个宽敞的窗户透进来的亮光,在非常混乱的情况下,坐在两张餐桌前进餐。谁也不知道情形会怎么样。没有一个军官,仆役们都是愁眉苦脸的。饭菜糟透了。同船的男人都在发脾气,他们的女眷都处于歇斯底里的状态。但是,一看到船尾窗外停泊的其他船只便感到一阵不可否认的兴奋。我的参谋兼向导惠勒说那是残余的护航舰。他很肯定地对我说,船上的混乱情形会慢慢平息下来。照他的说法,我们会慢慢摇平的——大概是像沙子和石子一样,在筛子里摇平吧——直到后来,我们像船一样,沉入海底(请容许我根据一些乘客的情形这样判断)。您老也许觉得我的话有点无聊。真的,如果不是喝了一点还不错的酒,我就真的会发脾气了。我们的诺亚,一个叫安德森的船长,还不想露面。我一有机会就要自我介绍一下。但是现在天已经黑了。明天早上,我打算查查船的平面图。船上如果有比较好的军官,我就要结识结识。我们座上有女乘客,有的年轻,有的是中年,有的很老。有一些上了年纪的男乘客,一个年轻军官和一个年轻牧师。最后的那个可怜虫要求为我们的进餐祷告,然后就像一个新娘子似的,羞羞答答地,开始吃起来。我还看不到普瑞蒂曼先生,不过,我想他在船上。

惠勒告诉我今天夜里风会转变方向,等潮上来的时候,我们就会拉上锚,扬帆而去,开始我们浩浩荡荡的旅程。我曾经对他说我是一个很好的海员,并且发现他的脸上掠过一道和平常一样的奇怪的闪光。那并不完全是笑容,而是不知不觉中露出来的自以为了不起的样子。我马上下定决心,一有机会便好好地教训那家伙,教他如何有礼貌。但是,正在我写这些话的时候,我们这个木板的小天地情形变了。上面忽然发出一阵像枪弹连发和雷鸣似的声音,想必是帆松开时发出的声响。又有一阵尖锐的汽笛声。啊!人的嗓子会发出这样嘈杂的声音吗?那必定是信号弹的声音了。我的小屋外面,有一个乘客跌倒了,咒骂连声。妇女在尖叫,牛在哞哞叫,羊在咩咩地叫。一片混乱!那么,也许牛哞、羊叫以及妇女咒骂的结果,会引起一阵地狱火,把船统统烧光吧?惠勒在那个帆布盆里倒了些水,如今那个盆子已失去平衡,有点儿歪了。

我们的锚已经由英国的沙石中拔起。我将要有三年,或许四整年之久,同我的祖国失去联络。我承认,我面前摆着一个很好的机会,将要担任一个有趣也很有利的职务,甚至在这时候,我一想到这个,就觉得这是一件严肃的事。

既然我们是以严肃的态度来谈,那么,我暂且不必表达我深切的感激之情,就此结束这第一天海上生活的报告,好吗?您已经扶我步上成功的阶梯,今后,我不论爬得多高——因为,我必须预先报告爵爷,我的野心是无止境的!——我永远忘不了那亲切的、亲手扶我爬上这个阶梯的人。您所栽培的人永不会辜负您,也不会做出对不起您的事。这就是爵爷感激涕零的教子,他的祷告——他的意愿。

埃德蒙·塔尔伯特敬上

7

（2）

我已经把"2"这个数字记在这段记载的开头,不过,我不知道今天会记多少。目前的情况完全不利于仔仔细细地做文章。我的四肢一直软弱无力——茅坑,便所——对不起,我不知道船上叫什么,因为要用精确的海事用语来说,士兵厕所在船的前端。年轻的绅士们应该有一个厕所。军官应该——我不知道军官该有什么。船不断地摇动,必须不断地对准便桶的口——

爵爷建议我记日志的时候什么都别隐瞒。记得吗?您亲切地挽着我的肩膀,领我走出您的书房,同时,像平常一样快乐地说:"孩子呀,一切都告诉我! 不要隐藏一点! 让我借着你,再活一次!"后来,真倒霉! 我晕船晕得很厉害。一直都关在小屋里。不过,塞内加离开那不勒斯也处在我这样的苦境,对不对? 但是,你会记得的——即使一个坚忍派的哲学家渡过几英里波涛汹涌的大海也会受不了,那么,我们这些可怜的人物在更险恶的大海上,会变成什么德性? 我必须承认,我已经疲惫不堪直淌咸咸的眼泪,而且已经让惠勒发现我这种像女人似的样子了。虽然如此,我向他解释,我掉眼泪是因为太疲乏了。他愉快地表示同意。

"先生,"他说,"您能整天打猎,到末了,您会跳舞,一直跳到通宵。但是,您要是把我,或者大多数的海员,放到马背上,我们的肾脏就会摇得掉到膝上了。"

我哼哼一声,作为一种答复,然后听见惠勒开瓶塞的声音。

"先生,您要这样想,"他说,"这不过是学着乘船,您不久就会得心应手了。"

这样的想法使我感到安慰，但是，还敌不过那一股像南方的暖风似的气味，令人意兴盎然。我睁眼一看，啊，惠勒倒出来的，不是许多复方樟脑泡的药酒吗？这种令人闻起来很舒服的味道，把我一直带回到儿时在婴儿室的生活，而且这一次儿童时代及家庭生活的回忆中，没有那种随之而来的忧郁的回忆。我打发惠勒出去，打了一会儿瞌睡，然后睡着了。的确，塞内加要想入睡，鸦片的效力比他的哲学思想更大呢！

我由一些奇怪的梦中醒来，发现四周黑漆漆的，不知身在何方，然而不消多大工夫便记起来了，也明显地感觉到船身的摇动愈来愈大了。我马上放大嗓门儿叫惠勒——喊叫时连带着咒骂，骂的都是些我平常认为既不合道理也不符合绅士身份的话——叫到第三声时，惠勒打开了我的房门。

"扶我出去，惠勒！我必须透透气！"

"先生，你安静地躺一会儿。过一会儿，你就会像一个三脚架似的，站得稳稳当当！"

会有比希望像三脚架这样的想法更愚蠢、更令人不舒服的事吗？我可以想象到这种架子像循道宗教徒集会上的诸公，一本正经，自以为是。我正对着他的脸，破口大骂。虽然如此，到最后，他做了一件很有道理的事。他对我说，我们正遇到大风浪。他认为我那件有三重披肩的大衣太讲究了，不可在浪花四溅的船上穿。接着，他还神秘兮兮地说，他可不希望我穿得像一个牧师一样！不过，他说，他自己有一套没穿过的黄油布衣服。他引以为憾地说：那是他替一位先生买的，可是到最后那个人没上船。那套衣服的大小正合我的身材，我如果要，只需出原来的价钱就好了。然后，等到旅程终结时，我要想卖给他，就可以当旧衣服卖。我当场就谈妥了这桩有利的买卖，因为，在这不通风的小屋里，我透不过气来，极想到空

旷之处。他帮我穿上那套衣服,扎好带子,给我一双橡皮靴穿,并且
给我戴上一顶油布帽子。爵爷要是看到我这副模样就好了。不管
我站得多么不稳,我必定很像一个正规的船员!惠勒扶着我走到走
廊。那里已经淹水了。他继续不断地瞎谈。譬如说,他说我们应该
学着一条腿长一条腿短地跳着走,像小兔一样。我不耐烦地对他
说,因为我在太平年月到法国游历过,知道什么时候船向一边倾斜
了。但是自从那次以后我再也没有航海的经验。我到外面的中间
甲板上,倚在左舷的舷墙上。那是甲板边上,通往下面的地方。那
大铁链,那一大堆"梯索"——啊,编《海事词典》的福尔克纳啊,这
名词用得对吗?——那一大堆梯索就在我的头上展开,再往上面还
有一些不知名的绳索发出嗡嗡、嗒嗒以及嘘嘘的声响。天空中仍有
一点点光露出来,但是,海水从右舷的高处不断地喷射下来,同时,
从我们头上疾驰而过的乌云,似乎比桅杆还要低。当然,我们还有
伴儿。舰队中其余的军舰就在右舷那一边。虽然那些船已露出灯
光,可是被浪花和烟雾夹杂着雨点遮住,以致模糊不清。我从我那
臭气熏人的小屋出来之后,可以舒舒服服地透透气,不禁希望这极
端恶劣,甚至可以说是狂暴的天气会把那股臭气吹散一些。我多少
觉得已经恢复正常了,并且当四下窥视的时候才初次发觉我的理智
和兴趣都恢复了。我向上一望,再转过头来。这时候我可以看见两
个舵手在掌舵。黑黑的穿着雨衣的人,由下面的灯光照着,才看见
他们的脸。他们忽而注视着被照亮的罗盘,忽而注视着上面那些风
帆的动静。那些风帆迎风展开得不多。我想大概是由于天气恶劣
的关系,但是,后来从惠勒那个活字典口中才知道,正因为如此,我
们就不应该离开其余的船,因为,和那些船比起来,我们的速度只能
超过很少的几只船。如果他真的知道,那么他究竟怎么知道的?这
是令人不解的。但是,他说我们应高声招呼阿申特岛外的舰队,把

我们舰队中的另一只船派过去，接过他们的一只船，再由那只船护航，直奔直布罗陀海峡的纬度。然后，我们就单独前进，不致让敌人捕获，所丧失的不过是我们留下的零星枪炮和我们那只外表吓人的船。这样做光明正大吗？公平吗？海军总部的衮衮诸公是否知道，他们送到海面上的人是多么重要，可能是一位未来的部长？现在，让我们希望他们会送我回去，像《圣经》里撒在水面的粮食，因为一切已成定局。当时，我就在那儿，背对着舷墙，喝着风雨。我可以断定，我感到特别四肢无力，与其说是由于那小屋的臭气，不如说是这只船的颠簸。

现在天边只现出极微弱的日光，我的彻夜不眠并未白费，我看到了一个人晕船的狼狈情形。非常庆幸我终于逃过了。现在，由走廊里出来，在中舱出现的，是一个牧师！我想他就是我们在船上第一次开饭时想要为我们祈祷的那个人，可是当时他的话除了万能的主之外，谁也不去理会。他穿着长及膝部的短裤和一件长袍，袍带让狂风吹得在他的喉部乱打，犹如困在窗玻璃上的鸟。他双手紧紧按住帽子和假发，步履蹒跚的，忽而倾向左边，忽而倾向右边，活像一只醉蟹。（爵爷当然见过醉蟹是什么样子了！）他像所有不惯于走在倾斜甲板上的人一样，奋力挺直身子，而不是趴下。我看到他快要呕吐了，因为他的脸是发霉干酪的颜色：白里带青。我还来不及喊一声叫他小心，他就真的呕吐起来，然后滑倒在甲板上。他跪起来——我想，绝不是为了要祷告！然后，他站起来了。就在这个当口，船忽然颠了一下，益发刺激了他。结果，他一路半跑半跳地往这边冲下来。我如果没有抓住他的衣领，他也许已经由梯索当中冲出去了。刹那之间，我瞥见一张被雨水淋湿的、发青的面孔。然后，那个和在左舷服务的惠勒一样、负责担任右舷勤务员的仆人由走廊跑出来，挽住他的胳膊，向我道了歉，便用力把他拖走。我正在咒骂着那个牧师把我的油布雨衣弄脏了,这时候船身猛然摇动起来,一阵雨点夹杂着海水,顺势将他吐的东西冲洗得干干净净。哲学和宗教的教义!当狂风和巨浪来的时候,又算什么呢?我站在那里,一只手扶着舷墙,慢慢感觉到这一切混乱的现象在最后残余的光亮照耀下确实好玩。我们这只巨大的老船,只有很少几张缩短的风帆。雨水就从那些风帆上像瀑布一样流下来,注入海水里,因此把两边的海水推开,形成一个角度,像一个暴徒从密集的人群中硬闯出一条路来。同时,因为这个暴徒到处都会碰到一个同样的暴徒,因此,她(我们的船)便时时遇到阻碍,撞得忽而下沉忽而升起,或者,也许迎面碰到打击,使她的前部冒出白沫,然后是中舱和后甲板。我现在开始像惠勒说的乘骑着船了。她的桅杆微有倾斜。迎风的护桅索绷得紧紧的,背风的护桅索松弛下来,或者可以说差不多如此。

巨大的大桅操桁索给风吹到背风处的桅杆之间。现在我要指出一件事:一个人对于这只大船的理解,并不是逐渐产生的,也不是由于细心研究《海事词典》上的图解而得来的!悟了,当悟了的时候,是霍然悟解的。在这半明半暗的光线里,在海浪此起彼伏的当儿,我发现这只船和大海是可以理解的——不仅仅是凭借她的精巧的机件构造,而是把她比作一种——一个什么东西?比作一匹马,一个运输工具,一个达到某种目的的手段。这是我事先未曾想到的乐趣。我想到这里,也许有一点点得意。这样使我有了更进一层的了解。在我头上几码的地方,有一块薄板,有一根连在一张风帆下面背风处的绳索正在颤动,颤动得很厉害,但是这种情形是可以理解的。仿佛加强这种理解似的,就在我研究绳索及其功用时,前面砰的一声巨响,爆发出一片浪花,于是,那绳索的颤动声改变了——在中间分成二等份,画出两个窄长的省略符号,一头接着一头——其实可以用第一泛音来举例说明,好像一根提琴弦上的一点,这一点如果弓碰得很准确，就可以为拉琴者在那根不用手指止住的弦上产生出一个八度音。

但是，这只船的弦比一把提琴多，比鲁特琴多，我想也比竖琴多，在风的教导之下，发出一种猛烈的乐声。我承认，过一会儿，我可以找到人做伴，但是，教会已经被打垮了，军队也一样。妇女们除了躲在舱里是不可能到任何地方的。至于海军呢——啊，海军可是得其所哉！海军弟兄们穿着雨衣在各处站着，黑压压的，面孔苍白——这只是对比起来说。从稍许远一点的地方望，他们不过像海潮冲击下的岩石而已。

当日光完全消逝的时候，我摸索着回到我的小屋，然后大声喊叫惠勒，他马上到了，帮我脱下雨衣，把那套衣服挂在钩子上。那雨衣立刻像一个醉汉似的，东倒西歪。我叫他给我拿一盏油灯来，但是他对我说，这是不可能的。他的话使我大发脾气。但是他对我详细说明理由。油灯对我们很危险，因为一打翻，就不可收拾了。但是，我如果肯出钱，就可以点一支蜡烛，因为蜡烛如果倒了，它自己就会灭掉。不过，无论如何，我得采取几个安全的措施。惠勒说他自己就有一些蜡烛可以卖给我，我回答他我还以为这种东西通常都是从事务长那里买来的。惠勒踌躇了一下，承认是这样的。他说他没想到我会想直接同事务长打交道。事务长住在另外一个地方，很少露面。乘船的先生们都不同他打交道，而向他们的勤务员买。他们的勤务员保证这种交易是老少无欺，并且是公开的。"因为，"他说，"您知道事务长都是什么样子。"我老老实实地表示同意他的说法。不过这种态度当中隐藏着对惠勒先生的评价已经修正了。对于他那慈祥的关心和甘心服侍我的心意，要重新评估！（爵爷，您可以发现我已经恢复镇静的态度了。）我暗想，我已决心彻底了解他，并且比他以为对我的了解更透彻。因此，到夜晚十一点钟的时候——照《海事词典》上说,是打了六下轮班钟——看哪,我就坐在我的那块活板桌子前面,面前摆着这本翻开的日志。但是,这一页一页的记载多琐碎!这里记载的没有一点有趣的事,没有敏锐的观察,没有一点智慧的火花。我想,我就是打算以这些记载为您助兴的。不过,我们的航行才刚开始呢。

14

(3)

第三天在更加恶劣的天气中度过。我们船上的情形,也可以说是我注意到的这一部分的情形,污浊得难以形容。这里的甲板上,甚至我们的廊子上,一股一股的海水、雨水,以及其他更污浊的水,冷酷无情地流到我的小屋门底下那个可以使门关严的木条上。当然,那木条装得并不是不宽不窄正好的。假若如此,这该死的船一转眼也许改变了位置,忽而在巨浪的巅峰拼命挣扎,忽而转变到冲向另外一边的深渊。要是这样,该怎么办? 今天早上,我在狂风巨浪中挣扎着走到餐厅时——顺便提一提,我本来想找点水喝,结果找不到——一会儿工夫,我虽然拼命挣扎,可怎么也走不出去。那扇门有故障。我气得把门柄弄得嘎嘎直响。我用力拉,然后,当"她"(那巨大的船已经变成了"她",仿佛是一个凶悍的情妇)突然倾斜的时候,我发现自己悬在门柄上了。那件事的本身并不怎样糟,但是接着发生的事险些送了我的命。原来那扇门啪嗒一声,忽然开了,因此,那门柄突然来了一个半圆形的转动,幅度相当于门洞宽度。这扇门忽而顽强,忽而轻而易举地顺从我们的意愿(其实,门虽然是生活中不可少的一件东西,我却从未对它发生任何兴趣),几片木板发生了这种顽强与顺从的交替变化,我觉得活似一个人在无理取闹。因此,我可以相信,我们这个水上漂浮的匣子,它的材料里的妖精、森林之神和树精死也不肯离开它们的老窝,同我们一起到海上来。但是,不——这只是——"只是"——啊! 这是个什么样的世界啊! ——这只船只是像贝茨所说的"像一只旧皮靴,立刻垮掉了"。

我正在地上爬着。这时,那扇门让一个金属的弹簧钩牢牢地绊在横材,就是船的横舱壁——照福尔克纳的说法——上面。然后,一个人由门洞走过来,害得我不禁狂笑。原来是我们船上的一位中尉。他拖着笨重的脚步随意走过来。他和那个甲板——因为那甲板本身就是我的"基本平面"——构成的角度似乎(虽然是不自觉的)非常滑稽。我现在虽然摔得遍体鳞伤,但他这副模样还是把我逗乐了。我爬回到那两张餐桌中比较小,也许更专用的那一张——我是指摆在那船尾大窗户下面的那张——然后坐下来。当然,一切都是牢牢地固定好的。爵爷要我报告一下"索具暗舱"的情形吗?我想是不必了。好。那么,就看看我同这位军官坐在餐桌前面喝淡啤酒的情形吧。他是甘伯舍穆先生,有英王授的军阶,可以说是一个有身份的人。不过,他喝淡啤酒时毫不顾上流社会的礼节,像一个马车夫喝酒时那样地令人作呕。我想,他大概四十岁了,留了乌黑的短发,但是,快要垂到眉毛上面了。不管他的举止多么粗鲁,他的头上有敌人砍过一刀的刀疤,他是我们的英雄。毫无疑问地,我们在结束这个记载之前,会听到这件事的始末。至少,他可以提供我们许多资料。他说这样的天气算是恶劣的了,但是还不太厉害。他认为那些留在小屋里不出来的乘客,只在屋里吃些清淡的食物,他们这样做是很聪明的(说到这里,他会心地对我望望),因为我们船上没有医生,要是有人胳膊腿儿摔断了(这就是他的说法),大家可就麻烦了。看情形,我们船上没有医生是因为即使是最笨的年轻外科医生在岸上都可以赚更多的钱。这是一件图利的事。我一向认为医生这种职业总是与图利没有多大关系的。我说,假若这样,船上的死亡率想必很高,幸亏我们有一位牧师为我们主持其他的仪式,由生到死。甘伯舍穆听到这话,便放下菜盆,以非常惊讶的腔调说:

16

"你是说牧师吗,先生?我们船上没有牧师呀!"

"相信我的话,我看见过他。"

"不,先生。"

"但是,按照法律规定,每一只船上必须有个牧师,对不对?"

"安德森船长大概希望避免这个;既然牧师和外科医生一样非常缺乏,那么要避免雇用牧师是很容易的事。这情形和很难找到外科医生的情形一样。"

"嘻!嘻!甘伯舍穆先生!船员不是很迷信的吗?你们不是偶尔也要召唤西非土人崇拜的魔神'芒博琼博'吗?"

"先生,安德森船长是不会的。你要知道,那个伟大的库克船长也不拜那种神。他是有名的无神论者,宁肯船上有瘟疫,也不在船上设牧师。"

"啊!"

"先生,相信我的话吧。"

"但是怎么样——我亲爱的甘伯舍穆先生!船上的秩序怎样维持呢?假若你把拱心石去掉,整个拱门就塌了!"

甘伯舍穆先生似乎不明白我的意思。我发现对这样的人,我的话不可有比喻。于是,我再用另一种说法。

"你们船上的工作人员并不全是军官呀!在前面有许多人,全船的秩序完全要看他们服从与否来维持,航行的成功与否,也全靠这个。"

"他们很好呀。"

"但是,先生,在一个国家之中,国教之所以能延续,全在一只手挥舞着鞭子,另一只手里拿着一个我认为是虚幻的奖品,所以这里——"

但是,现在甘伯舍穆先生已经在用他那褐色的手背揩嘴巴,同时站起来了。

"关于那些事,我不明白,"他说,"只要能避免,安德森船长的船上是不会有牧师的——即使是自愿的,他也不会要。你看见的那个人是乘客,而且,我想是一个新出道的牧师。"

我忽然想起那个可怜虫误爬到甲板的那一边,在大风大雨中呕吐的情形。

"先生,你大概说对了。对于航海,他实在是一个非常没经验的人。"

然后,我对甘伯舍穆先生说,等到方便的时候,我会对船长自我介绍一番。当他面露惊奇之色时,我对他说我是谁。我提到爵爷您的名字,以及令兄总督大人的大名,并且简单说明我在总督身边的地位——或者尽量说一些适于说明的话,因为您知道我另外还担负什么任务。我当时所想的并没有告诉他。那就是:总督既然是个海军军官,假若甘伯舍穆先生是那种人物当中的泛泛之辈,我就要把总督左右的官员形容得有声有色,因为对这些人是需要夸耀的。

我的话使甘伯舍穆先生更加滔滔不绝了。他又坐下来。他承认从来没有乘过这样的船,也没有这样航行的经验。这一切对他都很陌生,对其他的军官也一样。我们这只船是战舰、仓库船、邮船或者是客船。我们就是所有这些船的集合体,但是,结果等于——等于零——听到这里,我发现他的头脑很固执,一个不老不小的军官有这样的头脑,是意料中的事。他想等到这个航程结束之后,这只船就永远碇泊起来。她的桅杆都要卸下来,成为一个贿赂总督的东西。当他走来走去的时候,这船上鸣放的,不过是礼炮而已。

"这样,"他黯然地说,"这样也好,塔尔伯特先生,这样也好。"

"先生,你说得不错。"

甘伯舍穆先生等仆人又给我们补充一些吃食,然后,他由门洞里望望那个空空的淌着水的廊子。

"塔尔伯特先生,假若她把留下的几个炮弹射出去,只有主才会知道她的结果怎么样。"

"那就糟了!"

"我恳求你不要把我的意见对普通的乘客提。我们不可惊动他们。我已经说了许多不该说的话。"

"我本来准备以镇定的态度,冒险对抗敌人的暴力,但是,在我们这一方面一场激烈的保卫战只会增加我们的危险。这件事是,是——"

"这是战争,塔尔伯特先生;不管是太平年月或是战时,船总是危险的。唯一的一只像我们这样等级,可以担任这样重大航行任务的船(我是说一艘改变用途的战舰,可以说是改成一般的用途),我想她的名字叫作守护者号——是的,守护者号,她就没有完成任务。我现在还记得,她在南太平洋撞上了冰山。所以,她的等级和年龄就无关紧要了。"

我又喘口气。我由此人毫无表情的外表上觉察出他决心要挖苦我,因为我已明白地告诉他我的重要地位。我和善地哈哈大笑,然后打断这个话题。我想了一会儿,觉得可以试着说些奉承话。这样的话爵爷曾经提示,可能用作解决任何困难的万能钥匙。

"先生,船上有你们这些忠诚而干练的军官,我们什么都不怕。"

甘伯舍穆目不转睛地望着我,仿佛他发现了我话中隐藏着的,也许有讽刺意味的意思。

"先生,忠诚吗?忠诚吗?"

现在是"掉转船头"的时候了。船上的弟兄就会这样说。

"先生,你看到我的左手吗?是那里的那扇门碰伤的。你看这手掌心的擦伤和淤伤。我想，你会把它称为'左舷手'。我的'右舷手'上有一块淤伤。我这样说不是完美的海事用语吗？但是我会遵照你的第一条建议。我要先吃点东西，配一杯白兰地，然后回房歇歇胳膊腿儿。先生，同我一块儿喝点儿好吗？"

甘伯舍穆摇摇头。

"我看着你吃，"他说，"不过，你还是吃饱吧。可是，还有一件事。我求求你，当心惠勒的药酒。那东西很烈。我们继续航行的时候，价钱会突然上涨的。伙计——你叫什么来着——贝茨！给塔尔伯特先生倒一杯白兰地！"

于是，他很客气地点点头，身子像歪的天花板一样。看到这个样子，一个人就是不喝酒也会醉了。的确，烈酒的温暖作用在海上比在岸上更有诱人的魔力。因此，我决心喝完这杯酒便节制一下了。我存有戒心地在那固定在地上的椅子上转过身，看看我们船尾窗外那一片倾斜的怒潮究竟有多大。我必须承认，我这样做，心里感到的安慰，微乎其微。我想，我们的航行圆满结束之后，我曾经朝一个方向航行时经过的那些波涛、大浪、卷浪（用海事用语来说），过了几年以后，我朝另一方向航行时，还会经过。当我想到这一层，就更觉不安了。我坐在那里望着我的白兰地，许久许久，目不转睛地望着那一小杯芳香的液体。当时，我觉得看不到什么令人安慰的事，除了这个明显的事实：其他的乘客正处于甚至比我更昏昏欲睡的状态中，我一想到这个，便决心吃东西。我吃了一些差不多算是新鲜的面包和一些味道很淡的干酪。然后我就把白兰地一口吞下去，让我的胃看看我敢做坏事，因此，就吓它一下，要它看看我可能嗜饮啤酒，然后嗜饮白兰地，然后是惠勒的药酒。染上了这些嗜好之后，最后会沉溺于我们常常依赖的毁灭性极大的东西：鸦片剂，以至于那可怜的、被滥用的器官，像一只小老鼠听到厨房女仆早晨生火炉时的嘎嘎声,静静地伏在那里。我回房休息,把酒意睡掉,起床之后,吃点东西。然后,我就在烛光之下,很费力地写这些令人发呕的日志——毫无疑问地,这是为爵爷记载下来,好让您借着我"重活一次",记得不好,我很遗憾,像您一样遗憾。我想船上的一切,从农场的牛羊,到在下,都多多少少地感到恶心——总是如此,自然啦,除了那些斜站在那里的浑身是水的水手!

（4）

爵爷今天可好？我相信，一定是福体健康,精力旺盛,像我一样！我可以想到的、说说的、写出来的事（不管您怎么说都好）,多如过江之鲫,所以,我最感困难的是不知道该如何以笔墨来形容。简单地说,在我们这个"木板的天地"里,一切情形都有改善。我并不是说我已经不晕船了。即使我现在已经了解了我们在海面上移动的自然法则,但是,我仍感吃不消。不过,船本身移动得已经顺利些了。我醒来的时候往往是在黑夜里某个时刻——也许是听到有人一声吆喝,命令船员做什么事——我感觉到可能在我们这个喧腾的、吓人的航程中有更痛苦的事发生了。有好几天,当我躺在床上时,每隔一会儿——时间长短不一——便传来一种声音,大概是船的吃水线凸起部分遇到障碍。这种声音我难以形容,只能说仿佛是车轮一时让障碍物绊住,然后,又自己摆脱了。船身的摇动是这样的:我躺在我的"马槽",我的小屋里的时候,我的脚朝船尾,头朝船头——这种摇动往往把我的头结结实实地撞上我的枕头（那东西是用花岗石一样的东西制成的）。于是,这种震动力便会传遍全身。

我现在虽然了解其中原因,但是,接二连三的重复震动是非常累人的。我醒来的时候,甲板上有很大的摇动声响和许多人沉重的脚步声,然后又传来一阵吆喝的口令。那种声音拖得很长,使人以为是受天谴的人发出的呼叫。我以前不知道（甚至当我横渡英吉利海峡时）,那简单的口令可以谱成多么好的曲调:"扯帆脚索!""放松,转向!"正在我的头上,传来一个声音——也许是甘伯舍穆的——一个咆哮如雷的口令:"拉索!"接着又传来甚至更大的骚动声。那些帆桁发出的好像呻吟的声音，假若我有一点气力的话，就会同情得直咬牙。但是，那时候，啊，那时候！到目前为止，在我们的航程中，还没有同样愉快的情形，非常愉快的情形！顷刻之间，转瞬之间（我不能再挖空心思引用成语了），我的身体、我的小屋，以及全船的摇动突然改变了。我立刻就晓得这不可思议的事是如何发生的。我们的船已经转变方向，更偏向南方了。用水手惯用的话说（坦白地说，这种话，我已经愈来愈喜欢说了），就是我们已经使风由右舷横梁前部转到右舷尾部的顺风处了。我们船身的摇动，像以前一样的多，不过，变得更和缓，更女性化，更适合我们这个运输工具的性别，于是，我就舒舒服服地睡着了。

我醒来的时候，并未愚蠢得在小屋里载歌载舞，但是，我确实用更愉快的声音叫惠勒来。自从我初次认清我这殖民地差事的性质有多好的那一天起，我还没发出如此愉快的声音——

可是，好啦！我不能把我这次航行一时一刻的经过都叙述出来，我想爵爷也不会希望我这样做。我现在才明白抽空写一个日志，会受到多少限制。我不会再赞美帕梅拉小姐的虔诚记载了。她把她计划好如何抵抗她的男主人的求爱的每一个变化都记了下来。我用一句话就可以说明我起床、如厕、刮脸、用早餐。再用另外一句话说明我穿着雨衣，走到甲板上。虽然天气一点也没变好，可是，我们只是背向着风，更确切地说，肩部向着风，可以在我们的墙壁遮蔽之下，舒舒服服地站着。那就是说，背着向上延伸到水手用的后甲板与军官用的后甲板的那些舱壁。现在，我想起在一个疗养院看到的那些康复中的病人。他们已经起床走动了，虽然重新能够走，或者蹒跚而行，但仍需非常留神。

啊，看是什么时候了！如果我不能选择我说的话，我就会发现今天晚上所记的是前天的事，而不是今天的事。因为这一整天，我

23

只是走走、谈谈、吃吃、喝喝、看看——现在我又到这里来了——我得承认，这完全是那个仆人请我走出那个小屋的，这件事令人非常愉快。我发现写作像喝酒一样。我们必须学着节制。

那么，再接着说吧。刚才，我发现我的那套油布衣服太热，便回到我的小舱里。因为这可以说是一种正式拜访，我的穿着要小心一点，以便让船长对我有好印象。我身穿大衣，头戴礼帽，不过，还是小心翼翼地用围巾由帽顶至下颌牢牢地扎起来，以免帽子让风吹掉。我盘算着先派惠勒去通报一声是否合适，可是再一想，在这种情况之下，这样就太正式了。我戴上手套，抖抖披肩，看看我的皮靴，觉得都很适当了，于是，就爬上梯子（不过，当然啦，那是楼梯，而且很宽），来到普通的后甲板和军官用的后甲板。我遇到甘伯舍穆先生带着一个手下，便向他打个招呼。但是，他不理睬我。假若不是由头一天的交往情形，早知道他的态度粗鲁，我也许会生气。因此，我走近船长——由他那虽然破旧但是很精致的制服可以认得出来。他站在军官专用甲板靠左舷的地方，背着风，两手交叉在背后。他在目不转睛地望着我，仰着脸，仿佛我的出现让他吓了一跳。

现在，我得报告爵爷一个很不愉快的发现。不管我们的海军多么英勇，多么不可征服，她的军官多么勇敢，她的国民多么忠诚，一艘军舰却是一只卑鄙而专制的船！安德森船长的第一句话——假若这一声咆哮可以这样形容的话——说出来的时候，我用手套碰了碰胡子边缘，正要报上自己的名字，这是一句很无礼的话，简直令人难以相信。

"甘伯舍穆，这个人到底是谁？他们难道没有看到我的命令吗？"

这句话使我大吃一惊，因此，我并不注意甘伯舍穆的回答（即使他真的回答了）。我的第一个想法是，由于一种非常不可思议的误会,安德森船长恐怕就要打我了。于是,我立刻抬高嗓门儿通报姓名。此人开始咆哮了。我如果不是愈来愈觉得我们站的位置多么好笑,我也许忍不住胸中的怒火。原来,我们虽然都是站着,但我、船长、甘伯舍穆以及他的手下,都是一只腿僵硬得像根柱子,另一只腿当甲板在我们下面摇动时便弯曲了。这副模样使我哈哈大笑,笑得必定让人觉得很不礼貌,但是,即使这是出自偶然,那家伙也应该这样教训教训。我的笑声使他停止咆哮,而且脸也红了。可是,正好给我一个机会说出您的大名和令兄总督大人的大名。这很像一个人迅速地亮出一对手枪,来吓阻一个劫路人,使他不敢近身。我们的船长先是斜着眼看看(爵爷请恕我的比喻),先看看爵爷的枪口,断定是装着子弹的,又害怕地对着我另一个枪口看了一眼,便勒住马,露出一嘴黄牙。我从未见过这样既畏缩又乖戾的面孔。他是一个不折不扣、滑稽国人物的例证! 这样一来一往的接触,以及以后的事对我很有用处。我已经可以走到他这有限的专制王国的边缘了! 因此我就觉得很像一个来到大门口的特使,环顾四周,所有的人都低下头来,这时候,他虽然有些不安,但总算相当安全了。我可以断言,如果在这一刹那他的谨慎没战胜他的骄傲,安德森船长也许会把我枪毙、绞死,用绳子拖下船底,或者放逐荒岛了。不过,今天如果在那个阿拉斯①人的房间里的那架法国钟敲打十下、我们船上的钟响了四下的时候——在那个时候,如果爵爷有过突觉身心更加舒泰,而且扬扬得意的经验,我就不敢断言会不会有一点隐隐约约的迹象显示出在中等身份的人看来,一个显赫的名字会变成装在银架子上的大炮,可以打死人。

　　我等待片刻,安德森船长咽下了他的怒气。然后他说他对爵爷

25

---

① 阿拉斯,法国加来海峡省的省会。

一向非常敬重,对爵爷的——爵爷的——朋友丝毫不敢怠慢,他希望我在船上很舒适,并且说我初到船上,不知道——船上有个规矩,就是船上的乘客非经邀请,不可到军官专用的后甲板来。当然,要是我嘛——他希望(同时,眼睛露出凶光,要是狼狗看了也会丧胆),他希望和我多见几次面。因此,我们就在那里多站了一会儿,一只腿僵立,一只腿弯曲,像风中的芦苇。同时,那后桅斜桁帆(编《海事词典》的福尔克纳呀,谢谢你!)的影子由我们头上来回地掠过。然后,我看到他那副模样很有趣。他并非不让步,不过他把手举起来,扶着帽子,像是要把帽子扶正,借此掩饰他对爵爷并非本意的尊敬。然后,他就走开了。他拖着沉重的步子走到船尾的栏杆,便站在那里,两手在背后交叉着,忽开忽合,不自觉地泄露出他内心的愤怒。的确,虽然我看见他在他这个想象中很安全的小王国里那

26

副该死的样子,可现在,我几乎有点可怜他。但是,我认为目前还不是抚慰的适当时候。就像在政治上,如果要达预期的效果,我们不会仅仅是用尽全力。我决定让这次见面对他的影响力再发挥一阵子作用。并且,唯有等他那恶毒的头脑对情况彻底了解的时候,我才会让他安逸些。摆在我们面前的还有一段漫长的航程,我的任务并不是使他的日子不好过。我即使能够,也不愿这样做。今天,这是您可以想到的,我的心情非常好,时光不是以蜗牛的步法爬过去的——假若一只螃蟹可以喝醉,那么,就可以说蜗牛有一种步法——时光不是在我身边爬过,虽然不能说是疾驰,也可以说是匆匆而过。我想要记的,连十分之一都没写完! 现在不早了,不得不等到明天再继续写了。

那第四天——其实是第五天——但是,还是继续谈下去吧。

船长转身走到船尾的栏杆以后,我在那里停留片刻,想和甘伯舍穆聊聊。他回答我的话尽量简短。这时候,我才明白,他在船长的面前感到不安。虽然如此,我可不愿意仿佛撤退似的离开后甲板。

"甘伯舍穆,"我说,"现在船身的摇动和缓些,带我去多看看我们这只船的情形吧。或者你如果感到把你的管理任务打断不妥当,那么就把这位年轻朋友借给我,作为向导吧。"

我所说的那位年轻朋友——也就是甘伯舍穆的手下——是一个海军准尉,并不是一个老弟兄,处于较低的地位,像一只伏在灌木丛中的山羊,而是另一种典型,是每一个做母亲的人看到就会掉眼泪的。用一句话来说,他是一个面上长脓包的、十四五岁的孩子。我不久就发现,大家都称他为"年轻的侍从官",便肃然起敬。停了一会儿,甘伯舍穆答复我。同时,那孩子望望他,又望望我。最后,甘伯舍穆先生说那孩子(都叫他威利斯先生)可以同我一起去。于是我的目的已达,就很光荣地离开了那个圣堂,说实在的,我已经把这圣堂中的一个僧侣抢走了。当我们走下梯子的时候,听见甘伯舍穆先生在后面叫:

"威利斯先生!威利斯先生,不要忘了请塔尔伯特先生看看船长的《内务规则》。你可以把他建议改进的意见传达给我。"

这句漂亮话,我听了哈哈大笑,不过威利斯先生似乎并不觉得怎么好玩。他的脸不但长满脓包,而且苍白,他通常都张着嘴,嘴唇下垂。他问我想看些什么,我也不知道该看什么。我只是利用他使我离开甲板的时候有相当的随从人员。所以,我就向船的前部点点头。

"我们到那里走走吧,"我说,"看看船上的人生活情形如何。"

威利斯有些犹豫地跟着我。我们在系挂于帆杆上的小艇的阴影中越过主桅的白线,然后来到那个养家畜的围栏之间。他由我身旁走过,领我爬上一个梯子,来到上甲板前部的堡状甲板上。那里有起锚机、一些闲荡的人,还有一个正在拔鸡毛的女人。我朝船首斜桅那边走过去,往下面一看,这才发现这只像皱皮老太婆的船有多老。原来,这只船绝对是按照上一世纪的方式在舰首装了准备冲破敌舰的铁嘴,而且,我可以看出来,船首部分已经变得非常脆弱,不堪一击了。我再往下面望望那个荒谬的装在船首的波浪神像,那是船名的象征,可是我们本国的人习惯上都把它变成了猥亵的东西。我不打算拿这个来打扰爵爷了。但是看到船头那些蹲在地上工作的人那种样子实在是令人不快的。其中有几个人抬头望望我,露出似乎非常无礼的样子。我转过身去从头到尾望望这只船,再望望四周广袤的一片深蓝色的海水。

"啊!先生!"我对威利斯用古希腊语说了一句话,表示我的感觉,问他对不对。

威利斯说他不懂法语。

"那么,小伙子,你懂得什么呢?"

"先生,我懂得索具、船的各部分构造、索结和索眼、罗盘针的方位、测探器上的记号,以便测探陆地或者测标一个方位,以及如何用六分仪测太阳的高度。"

"那么,有你们这些能手在船上,我们可以放心了。"

"先生,还不止这些呢,"他说,"例如,枪炮的构成部分,配制除去舱底臭味的药粉和军律。"

"你可不能除去'军律'的臭味呀，"我一本正经地说，"我们对待彼此，必须比法国人对待我们更亲切。我觉得所受的教育层床叠被，像是母亲大人的针线橱！不过，怎样配制测太阳高度的药粉呢？你是否应该当心些，以免损害了光的来源，把日光熄掉呢？"

威利斯听了哈哈大笑。

"先生，你在挖苦我，"他说，"请恕我直言，即使一个初上船的水手都知道用六分仪测太阳高度是怎么回事。"

"先生，即使这样，我也原谅你。那么，我什么时候看你做这些工作呢？"

"探测吗？先生？啊，就在正午，几分钟之后就到了。到时候探测的人有斯迈尔斯先生，就是航务长，戴维斯先生和泰勒先生，就是另外两个准尉，先生，不过戴维斯先生其实并不知道如何探测，他太老了。但是我的朋友泰勒呢——求求你不要向船长提起这件事——他有一个不管用的六分仪，他父亲给他的那一个，让他给当掉了。因此，我们商量好，用我的来代替。测出来的纬度有两分之差。"

我用手按住前额。

"那么全船的安危都系于一根蜘蛛丝了！"

"先生？"

"我们的处境很危险呀，老弟！啊，那么，还不如把我们的生命与安全托付给我的小弟弟了。我们的安全难道要由一个年老的准尉和一个不管用的六分仪来决定吗？"

"不是的，先生！首先，我和汤米·泰勒认为我们可以说服戴维斯先生把他那个好的六分仪和汤米的交换。你知道，这样实际上对戴维斯先生没什么影响。而且，先生啊，安德森船长、斯迈尔斯先生,以及其他几位军官也在忙着航务工作呢。"

"我明白了。你们不仅是用六分仪测太阳的高度,而且要使它遭受不列颠舰舷侧炮火的攻击!我会津津有味地参观,而且也许在船绕着太阳前进的时候,我也参加这种'英炮射日'的行动。"

"先生,你可不能这样做!"威利斯态度似乎很和善地说,"我们在这里等候太阳爬到天上,等到它最大的时候测量角度,也要记下时间。"

"哎呀!老弟,你把我们带回到中世纪了!下面你就会引用托勒密①的话了。"

"先生,我不知道他是谁呀。但是,在太阳向上爬的时候,我们得等待。"

"那不过是一个很明显的行动,"我耐心地说,"你不知道伽利略②和他的'可是,它(地球)会移动呀'的说法吗?地球是绕着太阳移动的!那种移动的情形由哥白尼③说明过,也由开普勒④证实过!"

那孩子以最纯真、无邪而又严肃的态度回答我:

"先生,我不知道太阳在岸上的先生们看来怎样行动,但是,我知道,在皇家海军当中,大家都知道它是往天上爬的。"

我又哈哈大笑,同时一只手拍拍那孩子的肩膀。

"那么,就让它爬吧。它要想爬,就让它爬吧。威利斯先生,老实告诉你,我倒蛮喜欢它在天上的样子,四周都是白雪似的云。而且,它也许会跳吉格舞呢!你看,你的同僚都聚集起来了。去对准你们的仪器吧!"

---

① 托勒密(Ptolemy,约90—168),古希腊天文学家。
② 伽利略(Galileo,1564—1642),意大利天文学家。
③ 哥白尼(Copernicus,1473—1543),波兰天文学家。
④ 开普勒(Kepler,1571—1630),德国天文学家。

他谢谢我，便赶快跑开了。我在上甲板最前头的那块地方站着，向后面望他们的仪式。那种仪式，我承认看了很愉快，在后甲板上有几个军官。他们在探测太阳，他们的面孔靠近那个三脚架。现在这种情形很奇怪，而且很动人。所有那些在甲板上的船员，还有一些移民，都转过头来，静静地非常注意地观望着。我们不能希望他们懂得这个操作的数学原理。我自己略知一二，那是由于我受的教育、根深蒂固的好奇心和熟练的学习能力。至于乘客，也可以说是在甲板上的那些乘客，都站在那里注视着。我看到那些先生举起帽子来，不会觉得有一点惊奇。但是那些人，我是说那些普通老百姓，他们的生命和我们的生命完全依赖着他们不了解的探测工作是否准确，也要看那些公式的运用成功与否。在他们看来，这件事比中国文字还难懂。我是说，这些人对这样的工作很敬重，他们就算是面对一个最庄严的宗教仪式，其场面也不过如此。你也许会像我一样地想，那闪闪发亮的仪器就是他们的魔神。的确，戴维斯先生的无知与泰勒先生的坏仪器是意料之外的瑕疵；但是，他们对有些年长的军官也许该有信心，这并不是没理由的。现在再说他们的态度。那个女人把那只毛拔了一半的鸡放到腿上，也在观看。有两个人正把一个生病的女孩由下面抬上来——即使是他们，也站在那里看，仿佛有人说："嘘！"——同时仍将那担架抬在两人中间。然后，那生病的女孩也转过头向他们看的地方望。他们这样的关注，非常令人感动，也很令人怜爱，好像一只狗，望着人讲话，但是它听不懂。本世纪和上一世纪的民主思想愚蠢得气人，但是有人赞成它。我并不是那些人的朋友。这一层，爵爷想必已经发现。但是，就在这一刻，有一些水手采取如此尊敬的姿态，因此，我差不多要用另一种眼光来看像"责任""特权"与"权威"这些观念了。这些观念由书本里、教室里、大学里传播出来，结果传到日常生活更广阔的场合。的确,在我发现这些人像弥尔顿诗中"向上望"的饿羊以前,我还没有考虑过我自己的抱负是什么性质,也没有去找一些事实来证明那是正当的。现在我已经在这里得到证明。我这个发现想必是爵爷早已知道的。恕我以此冒渎清神。

这个景象多壮丽!我们的船有风催动着,风力是够,却也不会过猛。波涛闪闪发光,海面上反映出千变万化的云,还有其他的景色。太阳竭力抵抗我们的射击。我走下梯子,回到那些解散之后由后甲板走下去的海上工作人员中。斯迈尔斯先生,就是那个航务长,很老了,但是还没有戴维斯先生那么老。戴维斯先生是我们年长的准尉,他几乎像这只船那样老了!他不但走下通往船中间部分的那一层,还走到底下的那一层,行动缓慢而且笨拙,和舞台上走回坟墓的鬼魂一模一样。我的年轻朋友威利斯先生得到许可之后,带了他的同伴来,郑重其事地为我介绍。汤米·泰勒先生想必比威利斯先生足足小两岁,但是具有那个比他年长的青年所缺乏的旺盛精神和健全体格。泰勒先生出身海军世家。他马上就对我说明威利斯先生的脑力薄弱,需要充实。假若我想查问有关航海的问题,得去找他(泰勒先生),因为要是问威利斯先生,他就会害得我触礁的。就在昨天,他曾经告诉德弗雷尔先生:在北纬六十度上,每过一经度就会减少半海里。德弗雷尔先生——此人显然是爱开玩笑的——问他在南纬六十度会减少多少时,威利斯先生对他说他还没在书本上学到那么高深的程度。泰勒先生回想到这种大错特错的说法便咯咯地笑了许久。威利斯先生对此却不以为忤,他分明深爱他这个年轻朋友。他很佩服他,一遇到人便尽量用对他最有利的方式夸示他的长处。现在,你看我在后甲板与大桅分界处来回踱着,左右各有一个年轻的跟班:在我靠右舷的那边的那个青年,可以告诉我许多令人兴奋的事,许多消息、意见和津津有味的话。另外那一个青年却默默无言，他的朋友表达了他对太阳底下（实在是包括太阳本身）任何问题的意见。听到他朋友的话，他只是张着嘴，连连点头。

我就是从这两个有前途的青年口中知道了一点有关我们船上乘客的情形——当然是指分配到船尾的人。譬如派克一家子，一共四口儿，彼此相爱。当然还有一位叫普瑞蒂曼的先生，这是大家都熟悉的。还有，在我的小屋和餐厅之间住着一个肖像画家与他的太太和女儿（这是由那个早熟的泰勒先生口中得知的）——这个女儿，上面所说的那个青年把她形容成"一只不折不扣的麦鹨"。我发现这是泰勒先生形容女性魅力时最精彩的一手。爵爷或许会想象到，船上有一个美丽的、隐姓埋名的小姐，这个消息使我的元气增强百倍！

泰勒先生或许可以把全船乘客名单上的人一一为我介绍。但是，因为我们已经由大桅那里来回走了二十次（也许是这么多次），现在正走回来。这时候，有一个——更准确地说，那个——牧师（就是那个把许多吐出来的东西都弄到自己脸上的那个牧师），现在由那分派给乘客用的廊子走出来。他正要走下通往后甲板的那个梯子，但是，当他看见我左右各有一个青年朋友陪伴时，大概发现我是一个举足轻重的人物，便停下来，惠赐我一个恭敬的表示。请注意，我不称它为鞠躬，或者是敬礼。那是整个身体斜着一弯，同时还加上一脸微笑，这种微笑给苍白的面色和卑屈的态度冲淡了，正如他恭敬的表示，由于船身摆动而冲淡一样。这个只是由于看到对方的衣着而表现的姿态，不免令人厌恶。我只微微抬起手来碰碰礼帽的帽檐，作为答礼，同时，仔细对他端详端详。他走下梯子了。他的小腿上裹着薄薄的绒线袜，穿着厚重的鞋。他的两腿行走时成钝角，因此，我想他的膝虽然有黑色的长外套遮住，也许生来就比寻常人的腿叉开得更大。他戴着一顶滚圆的假发和一顶铲形帽,看样子似乎是一个不大会与人增进友谊的人。他刚刚走到别人听不到的地方,泰勒先生就说,他认为那个牧师是准备到后甲板去见安德森船长。他说他以这样的方式去接近船长,会立刻没命的。

"他没有看到船长的《内务规则》,"我说,像是很熟悉船长的情形和他们的规则,以及战舰的情形,"他会受到拖下船底的惩罚。"

让一个牧师受到拖下船底的惩罚,这个想法害得泰勒先生笑得喘不过气来,眼泪都笑出来了。当威利斯用力拍拍他,使他恢复平静时,他已经是满脸泪痕,直打嗝了。他说,那才是最好玩的事。于是,一想到这个,他又哈哈大笑。就在这个时候,后甲板上传来的一阵咆哮声,像一桶冷水迎头浇下,叫人冷得直打哆嗦。我想,不,我相信——那咆哮声是对那牧师而发的,但是,那两个年轻朋友闻声跳起,仿佛是被一个跳弹,或者是船长的实弹由落地处飞来的碎片,吓得直跳似的。看情形,安德森船长支配自己手下——由甘伯舍穆到这些娃娃兵——的能力是毫无疑问的。我必须承认,像我和船长那一次的短兵相接,如果按日分配的话,一次就够受了。

"来吧,老弟!"我说,"那是安德森船长和牧师之间的事,我们还是走到听不见的地方躲一躲吧!"

我们露出一种临时变得匆匆忙忙的态度走到廊子。我正要叫那两个小伙子回去,这时我们头上面的甲板上传来一阵跟跄的脚步声,然后,又听到廊子外面的梯子那边传来咔嗒咔嗒声。那声音立刻变成一阵扑通扑通声,好像是鞋子上带高跟的人,鞋后跟突然滑脱,害得那个人跌了一个屁股蹲儿,呼的一声,发出刺耳的声音。不管我对那家伙的模样(我们称它为行临终涂油礼时的模样好不好?)——多么厌恶,但是基于大家都是人的同情心,我便转过身去看看他是否要我帮忙。可是,我刚刚迈了一步,就看见他跟跄而来,一只手拿着铲形帽,另一只手拿着假发。他那条牧师戴的宽领带扭得歪在一边。但是最令人注目的是——啊,不,不是表情——而是他那五官欠端正的脸。写到这里,我的笔踌躇不前。不知道您能否想象到一副苍白的、拉长的面孔。不但如此,造物主只随随便便地将五官凑拢起来,此外,并未赋予他什么;而且,造物主赐给这张面孔的肉没有多少,至于骨头,却毫不吝啬。然后,你再把嘴巴张得大大的,再想象在那窄小的前额下面,两个窟窿里装上两个瞪得大大的眼珠,眼泪已差不多快流出来了。那么,假若你能想象到这一切,你仍想象不到我在一瞬间正面看到的那副既可笑又羞惭的样子!然后,就看到那个人在摸索着,想打开他的房门。他走进去,把门拉上,摸索着另外一边的门闩。

年轻的泰勒先生又开始笑了。我揪住他的耳朵一扭,扭得他的笑声变成尖叫。

"泰勒先生,让我告诉你,"我说,但是,在那个场合,必须镇静地讲话,"君子决不公然以幸灾乐祸的态度耻笑别人,你们两个人现在可以鞠躬下台了,改天我们再来一次保健散步。"

"啊,是的,是的,先生。"年轻的汤米说,他似乎以为把他的耳朵扭掉是一种亲爱的表示,"先生,你想在什么时候都可以。"

"对了,先生!"威利斯露出他那种可爱的天真态度说,"你错过了一堂航行课。"

他们走向一个通往据说是枪械间的梯子,那大概是一个吵闹的地下室。那一天,我听到他们最后的一句话是泰勒先生对威利斯先生说的,声音显得很起劲儿的样子。

"他不是最讨厌牧师吗?"

我回到房里叫惠勒来,吩咐他给我脱靴子。我吩咐他办的事,他马上办。不知道其他的乘客是否也同样地使唤他。他们的损失就是我的收获。另外一个人——我想是叫菲利普——伺候另一边的乘客，和惠勒伺候这一边一样。

"惠勒，告诉我，"当他在这窄狭的小屋里蹲下来的时候，我说，"安德森船长为什么不喜欢牧师？"

"先生，请再抬高一点。谢谢，先生。现在请抬起另外一条腿。"

"惠勒，回答我呀？"

"我实在不知道，先生。真的吗，先生？他这么说过吗，先生？"

"我知道他讨厌牧师。我听见他说过，船上其余的人也听他说过。"

"先生，我们海军通常是没有牧师的。牧师不够分配。即使够，那些任圣职的先生也不愿意到海上工作。先生，我再刷刷这双靴子，先生。现在，外套呢？"

"我不但听他说过，而且有一位年轻军官很肯定地说安德森船长对担任圣职的人有反感。不久以前甘伯舍穆中尉就这样说过，现在我想起来了。"

"他真的说过吗，先生？谢谢你，先生。"

"难道不是这样吗？"

"塔尔伯特先生，我一点也不知道。先生，我可以给你另外倒一杯樟脑药酒吗？相信你喝了一定会觉得太平多了。"

"不，谢谢你，惠勒。你可以看出来，我已经逃避那鬼东西了。"

"先生，那东西有点儿烈，甘伯舍穆先生对你这样说过。当然啦，因为事务长那里剩得不多，所以，不得已卖得贵一些。先生，那是很自然的。我想岸上有一位先生还写过一本讲这东西的书呢。"

我吩咐他走开，然后，就在我的小屋里躺了一会儿。我回想一下，想不起来今天是航行的第几天。我拿起这个簿子想写。好像今天是第六天，弄得爵爷和我自己都搞不清楚了。我所记的，赶不上事情的发展,也不想这么做。保守地估计起来,我已经写了一万字。您送我的这本封皮豪华的簿子,如果由首页到末页,统统写完,把航行的经过完全记下来,我就得有点限制。难道我逃掉了鸦片这个魔鬼,却变成"写作狂"了吗?但是,爵爷如果翻阅下去——

外面有人敲门。原来是贝茨,那是在餐厅服务的人。

"萨默斯先生问候塔尔伯特先生,并且请您到餐厅喝一杯酒。"

"萨默斯先生?"

"先生,就是那位上尉。"

"他是仅次于船长,统率全船的,对不对?你对萨默斯先生说,我很乐意,十分钟以后去奉陪。"

当然,这不是船长请我,而是第二号人物。啊,我们在这个社交圈子里,开始有进展了。

（X）

我想这是第七天——或是第五天——或者，也许是第八天。还是让"X"负起它的代数任务，代表那个日子吧。时光有突然静止下来的习惯，因此，我在黄昏或者夜里睡不着写日志的时候，不知不觉蜡烛就烧短了；同时，那些钟乳石和石笋似的蜡泪就会形成一个岩穴。然后，突然间时光这个难以确定的商品就会缺货。于是，一支时光之箭就飞得不知去向。

我写到哪儿了？啊，对了。想起来了——

我到旅客餐厅去赴那个上尉的约会，却发现他请了船上这一部分所有的乘客。这不过是开饭以前简短的聚会。从那一次以后我就发现，他们听说在客船和商船上，是的，在先生女士们旅游时所乘的任何船上，这样的聚会是常有的。那些尉级军官决定在这船上也有同样的聚会，我想大概是想借此弥补船长那些专横的、毫无礼貌的规则。他在那个"已获得许可搭乘本船诸君注意事项"中列出许多禁止事项——注意，那上面写的是获得许可搭船，而不是搭船。

经过正式通报，有人替我开门之后，我便走进一个生气勃勃的场所。这地方最像我们在专供马车乘客居住的旅馆里看到的客厅或餐厅。能使目前聚集在一起的人有别于一个货物堆的，只有那水平线上的一片蓝天——那水平线有一点歪，从船尾那个大窗子的玻璃上，在那许多人的头上可以看见。一通报我的名字，屋内引起片刻的沉寂。我对那些苍白的面孔一瞧，不大能辨别谁是谁。然后，一个体格魁伟，比我大两三岁，穿军服的年轻人走过来迎我。他自我介绍说他是萨默斯，并且说我得认识认识德弗雷尔中尉。我觉得他是我在船上见到的最有风度的军官。他比萨默斯瘦一些，有栗子色的头发和侧须，下巴和唇上像所有那些军官一样都刮得干干净净。我们殷殷地互相问好，不用说两人都希望以后彼此多多见面。不过，萨默斯说我现在得见见那些女士，然后就带我到唯一我可以看见的一位女士前面。她坐在餐厅靠左舷那一边的一个凳子上。她虽然有几位男士围绕着，被殷殷伺候，但我发现她是一位面孔严峻、年龄不确定的女士。她的阔边帽的设计，是遮盖脑袋，隐蔽面孔，而不是把它们埋伏起来，激起观察者的好奇心。我想她有一副教友派信徒的样子，因为她穿的是灰衣服。她的两手交叉在膝上，坐在那里，抬头与那高个子的军官谈话。那位军官低下头来满面笑容，洗耳恭听。我们恭候她结束她的高论。

“——我总是教他们怎样玩这些牌。这是年轻的先生们可以玩的一种消遣，而且玩牌的各种规则知识也很适合一位小姐的教育。一位小姐如果没有音乐的天赋，可以用这个方式招待她的派对朋友，而且款待得像另外一位用竖琴或其他乐器招待客人的小姐一样的好。”

那年轻军官满面笑容，同时，把下巴缩到领口上。

“听到你这么说，我很高兴，小姐。不过，你要知道，这样的牌在一些可疑的地方也有人玩。”

“至于这个嘛，先生，我不得而知。但是，纸牌一定不会因玩牌场所的性质不同而有所变化，对吗？我说的都是必须说的话，我知道的也不过是高贵人士家里打牌的方法。但是，我希望小姐们能了解一下——譬如——惠斯特牌的打法，因为这是一位小姐必须具备的知识，不过，始终要有一个条件——”说到这里，那隐形的花容想必有些变化，因为那声音变成了一种很奇怪的讽刺腔调。——“始终要有一个条件,那就是,她必须有一种才智,即使在输的时候,也输得漂漂亮亮、大大方方的。"

那高大的年轻军官像雄鸡似的咯咯大笑——这些家伙就是这样的笑法。这时候,萨默斯先生便乘机为我引见这位小姐:格兰姆小姐。我说我已经听到她的一部分谈话,觉得很惭愧,对于他们谈到的那些牌,我没有什么渊博而深刻的知识。格兰姆小姐现在转而对着我。我觉得她不可能是泰勒先生说的那个"不折不扣的麦鹬",她的脸露出社交中必须有的笑容时,严厉之中带三分和悦。我向她赞美纸牌给我们带来的纯真的乐趣,并且希望在航行过程中能有机会受到格兰姆小姐的"教导"。

现在糟了。她脸上的笑容收敛了。那两个字对我只有字面之义,但是,这位小姐听来却另有含义。

"对了,塔尔伯特先生,"她说,我发现她的两颊微泛红晕,"你已经发现了,我是一个家庭教师。"

这是我的错吗?我有什么怠慢她的地方吗?她对人生的期望想必比现实情形更高,于是,她的话就像决斗用的手枪,一触即发。我可以对爵爷这样说,对这样的人毫无办法,对他们应该采取的态度唯有静静地注意他们的情形。他们就是这个样子。我们不能预先觉察出他们的好坏,就好像一个偷猎者不能预先发现陷阱一样。你要一举步,就是砰的一声,霰弹枪开火了,或者是陷阱中的铁齿把你紧紧地咬住。那些社会地位高的人,很容易超脱这微不足道的社会地位差别引发的苦恼。但是,我们这些,我可否说是必须在这些细微的等级阶层中工作的可怜虫会发现要想预先发觉这些差别,就像天主教徒所称的"辨别魔鬼"一样难。

可是,还是言归正传吧。我一听见"我是一个家庭教师"这句话,或者可以说,我正听她这样说的时候,发觉我的话无意中惹恼了这位小姐。

"啊,小姐!"我像惠勒的药酒似的安慰她,"你的职业实在是一位小姐可以担任的最重要、最高尚的职业。我简直无法给你形容多布森小姐(我们都称她为"老多比")对我以及我的小弟弟们,是一个多么亲爱的朋友。我敢断定,那些男学生和女学生对你的亲善态度,像她的情形一样,毫无疑问。"

这话不是说得很漂亮吗?我举起他们递到我手中的那杯酒,仿佛是向那有帮助的人全体致敬,不过,实在是祝贺我自己能巧妙地躲避短枪的拉火线,或者是陷阱的踏脚板。

但是,我的话没有用。

"如果,"格兰姆小姐严厉地说,"我那些男学生和女学生对我的亲善态度毫无疑问,那是我唯一可以依靠的关系。埃克塞特大教堂已故的修道士之女,她为环境所迫,接受对跖岛一个人家的邀请,担任家庭教师。她有足够的理由把这些年轻学生的亲善态度估得比你的估价更低。"

你看我,这一下子可坠入陷阱,让短枪打中了。我想,这是不公平的,因为我回想当时为了安抚那位小姐费了多大心思,觉得很冤枉。我只好向她低头,静候差遣。那个军官奥尔德梅多把下巴更进一步地缩到领口。现在贝茨端着雪莉酒来了。我把手里的那一杯一口饮尽,另外拿了一杯。这个举动想必是显示了我的不安。因为萨默斯现在来替我解围了。他说,他希望其他的人有结识我的荣幸。我对他说,我不知道我们这里这样高朋满座。一个浮华俗气、非常肥胖、个子很大、有酒嗓子的人说他想拍一张全体乘客的合照,因为,现在除了他的好太太和乖女儿不在场之外,都到齐了。一个气色很不好的年轻人,威克斯先生,我想他是来办学校的,他说那些移民可以构成一个很好的背景。

"不,不,"那位大块头先生说,"除了希望贵族和上流人士光顾之外,我不欢迎其他的人。"

"移民,"我说,很庆幸,话题转变了,"啊,我宁愿和一个普通的水手挽着胳膊照一张相,流传后世!"

"那么,你就不可将我拍进你的照片里了!"萨默斯哈哈大笑地说,"我以前也是一个像你所说的'普通水手'呀。"

"你是吗,先生?我不相信!"

"的确,我以前是的。"

"但是,怎么会——"

萨默斯兴高采烈地四下里望望。

"我参加过通常称为'由锚链孔里上船'的军事行动。后来就由低层甲板——就像你会说的由普通水手升了上来。"

爵爷可能不会知道我听了他的话多感惊奇,也不会知道我发现大家都静候我说些什么话时感到多么苦恼。我想我当时说的话很机巧,正是那个场合该说的话。不过,也许说得太像长官一样的沉着。

"嗯,萨默斯,"我说,"让我向你道贺。你模仿比你的出身更高贵的人,惟妙惟肖。"

萨默斯露出可能有些过分的感激态度谢谢我。然后,他就向聚集在此的人致辞。

"诸位女士,诸位先生,请就座。我们没有仪式。让我们随便坐吧。我希望将来我们会有许多这样的聚会。贝茨,叫外面开始吹打吧。"

他这样一声令下,廊子里就传来提琴和其他乐器发出的尖锐声音,令人听了颇不舒服。我尽量设法缓和可以称为不安的感觉。

"萨默斯,来,"我说,"假若我们不一定要坐在一起,就让我们借这个机会请格兰姆小姐赏光,坐在我们中间吧。小姐,请坐在这儿,可以吗?"

这样不是又冒一次险,找挨骂吗?不过,我还是扶着格兰姆小姐坐在那个大窗户下面的座位。我的态度非常客气,就是对一位贵妇,也不会这样。当我夸奖肉的品质极佳时,德弗雷尔中尉(他就坐在我的左手边)对我说明,在最近一次大风浪的时候,有一只牛折断了腿,我们吃的就是那头劫后余生的牛身上的肉。不过,我们不久就感到牛奶缺乏了。现在格兰姆小姐正同她右边的萨默斯先生兴致勃勃地谈话。因此,我就和德弗雷尔先生谈了一会儿。我们谈的问题是关于船员们的事,又谈到他们因为一头牛断了腿多么伤感。我们谈到他们做任何事手段都很高明,有好事也有坏事;谈到他们的嗜酒习惯和对船头的波浪神像多么崇拜,不过,只是带几分开玩笑的态度。我们都同意,社会上的问题可以说很少不可以借坚定而高明的治理方式解决的。他说,在船上也是如此。我回答,我已经看到了坚定的一面,至于高明的那一面,尚待事实证明,方可相信。到了这个时候在座的人兴高采烈已达到巅峰,因此,外面的乐声一点也听不见了。一个话题引到另一个话题。我和德弗雷尔两个人的相互了解,很快就有相当大的增进。他对我推心置腹地谈个不停。他本来希望在一只好的船上服务,而不是在一只陈旧的、三流的船上。这只船上的工作人员数目不多,而且是一两天内凑起来的乌合之众。那些我以为是有编制的官兵,自从这只船以异乎寻常的姿态出现之后,他们彼此相识至多一两个星期。这实在是一件令人惋惜的事。他的父亲或许会为他安排更理想的工作。这个任务对他自己的前途没丝毫好处,遑论这场战争节节失利,不久就像一架没上发条的钟。德弗雷尔的言谈举止,其实,他的一切,都是温文尔雅的。海军有了他,增光不少。

现在,餐厅已变得像一个公众场所。在喊叫声、笑声和咒骂声当中,忽然听到有什么东西打翻的声音。派克先生夫妇——那一对像小老鼠似的夫妇——同他们的双胞胎女儿已匆匆离去,如今又听到一声特别洪亮的笑声。格兰姆小姐现在站起来要离席了,可是禁不住我和萨默斯再三的挽留。他说海军军官的言语粗鲁,请她不要介意。他们大部分都是习惯不自觉地说出那种话来。在我这一方面呢,我觉得这样的不良表现出自旅客方面的比出自船上军官们的更多。啊,我暗想,这只船的船尾这一头如果像这样子,那么另一端又是像什么样子呢?格兰姆小姐尚未离开座位,门开了,让进一位模样迥然不同的小姐。她的样子似乎很年轻,可是衣着华丽而轻浮。她像疾风突然掠过一样,翩然而至,她的阔边帽掉到颈后,露出一些金黄的鬓发。我们站起来——也可以说是十有八九都如此——她以极佳的风度做了一个手势,请我们坐下,便径直走到那位衣着俗气的先生身边,从他的肩上俯下身子,低声说出下面的一句话,声调优美,太——太优美了。

"啊,布罗克班克先生,这只船上的人终于为我留下一口牛肉清汤了。"

布罗克班克先生以如雷贯耳的声音向我们说明:

"我的孩子,我的小季诺碧亚!"

季诺碧亚小姐马上接到好几个人的邀请,有好几个席位可以选择。格兰姆说她要离席了,那么她的座位就空下来了。如果再拿一个椅垫就好坐了。但是,那位年轻小姐(我必须这样称呼她)用令人意料不到的淘气态度说,在这么多的危险男士当中,她全靠格兰姆小姐来保护她的贞节。

"胡言乱语,"格兰姆小姐说,甚至比对在下说话还要严厉,"胡言乱语!在这里你的贞节比船上任何地方都更安全!"

"亲爱的格兰姆小姐,"这位小姐带着香艳的语调叫道,"我确信你的贞节在哪里都是安全的!"

这种话不雅,是不是?可是,我很遗憾地告诉你,反正餐厅里有一部分人发出哈哈大笑的声音。因为我们现在已经达到宴会的一个阶段,在这一个阶段上,小姐们最好回避,而且唯有那个最后驾临的人才能泰然自若。我、德弗雷尔和萨默斯立刻站了起来,但是,为格兰姆小姐护驾离座的是那位陆军军官奥尔德梅多。那酒嗓子的先生又用如雷贯耳的声音说:"坐在我旁边吧,季诺碧亚,孩子!"

午后的阳光从那船尾的大窗口斜射进来,正照到季诺碧亚小姐的身上。她慌忙举起美丽的小手,想遮住面孔。

"太亮了,布罗克班克先生,老爹!"

"小姐,"德弗雷尔说,"你是不让我们这些坐在暗处的人有欣赏你的那种荣幸吗?"

"我得,"她说,"我绝对得,而且一定,要格兰姆小姐空下来的那个位子。"

她慌忙地,像一只蝴蝶似的绕到餐桌这边来。也许像一个画中的美人儿。我想,她要是坐在德弗雷尔旁边,他会很高兴,但是,她还是坐在我和萨默斯中间了。她的阔边帽仍然由一根带子系在她的脖子后面,因此,她的面颊和耳朵旁边仍然可以看见许多可爱的鬈发。可是,即使在初见面时,她眼睛的光彩(或者说是她转过脸来的时候我可以看到的)完全归功于她那不可思议的化妆术。她的嘴唇也许有一点点假的珊瑚色。至于她的香水嘛——

这些话爵爷觉得太没趣吗?我看见过的那许多美女在你跟前就花容失色(也许是她们的魔力失效)。啊,真该死,我怎样才能把谄媚的手段用在爵爷身上,现在真实的情形是——

还是书归正传。这样的描写很可能成为关于年轻女子外貌的长篇铺叙。这样做的危险就是假编。我毕竟是一个年轻人啊！我或许会写一首狂诗，自我消遣，因为她是我们座上唯一看起来还过得去的女人！可是——谈到这里，我想到那种政客，那种卑鄙的政客，就像我最喜欢的作家会说的，就是我心里最先想到的人物。我不能戴玻璃的假眼珠，我不能作狂诗。因为，季诺碧亚小姐显然快到中年了。她正在趁自己平庸的姿色尚未消逝之前，设法保护它。她的办法就是不断用化妆品来增加生气。这样必然使自己精疲力竭，也会使见到的人生厌。一个不能青春永驻的容颜是受不住仔细观察的。难道她的父母最后只好带她到对跖岛来吗？毕竟，在那些罪犯和生番之中，在那些移民和领退役金的军人当中，在狱吏和小牧师当中——可是，不！这样说对那位小姐就不公平了，因为她的状况很好。我们这较小的大陆上的人会觉得她不只是一个新奇的对象。这一点，我是毫不怀疑的。

关于她的叙述，我们暂时告一段落。我现在要把话题转到她的父亲和坐在她对面的那位先生上。此人一跳站了起来，所以我可以看见他。他虽然讲得模糊不清，但声音仍然可以听见。

"布罗克班克先生，我要让你知道，我对每一种迷信都有不共戴天之仇！"

这当然是普瑞蒂曼先生。我介绍此人时，话说得不够明白，是不是？这您要怪季诺碧亚小姐了。他是一个五短身材、身体粗壮、脾气不好的人。您知道一些关于他的情形。我知道——怎样知道的，无关宏旨——他带了一台印刷机到对跖岛来。虽然是一台只能印传单的机器，可是路德教的《圣经》就是用一种不比它大多少的东西印出来的。

布罗克班克先生又以如雷贯耳的声音回答了。他说他没有想到。那是小事。我才不是喜欢冒犯敏感者的人。

普瑞蒂曼先生仍然站在那里,冲动得直颤抖。

"先生!我看得很清楚。你是在撒不吉利的盐!"

"是的,先生,我承认,我会尽量不这么做。"

这句话分明表示,布罗克班克先生一点不知道普瑞蒂曼先生的用意是使那个社会哲学家困惑。他的嘴仍然张得大大的,慢慢坐了下去,这样几乎让我看不见了。季诺碧亚转身对着我,睁得大大的眼睛,露出很严肃的样子。她的眼睛仿佛是透过睫毛向上瞧——可是,不,我可不相信,不自然——

"普瑞蒂曼先生多生气呀!塔尔伯特先生!要是激怒了他,他就非常非常可怕!"

还有什么东西比这妄诞的哲学家更可怕,就难以想象了。不管怎样,我发现我们就要开始跳一套熟悉的古老舞步了。在大男人(譬如普瑞蒂曼先生和您的教子)面前她现在变得愈来愈像无人保护的女人了。在我们这一方面,我们有乘一时之兴对她进攻的危险,结果,她就会不胜恐惧地任凭我们摆布。她会恳求我们宽大为怀,也许也恳求我们表现骑士风度。这时候,男女两性的兽性——约翰逊博士称它为"爱的倾向"——一直都有激起的可能,并且会激发到那种状态,那种气氛。像她这样的动物就生存在这种气氛中,也可以说已经生存在这里,也可以说诞生在这里。

隔了一段时间,我忽然有个念头。这个念头使我看出另外一个事实。这个环境的大小和规格不对。太大了。这位小姐如果不是一个演员,至少是戏院的老顾客。这不是平常会遇到的事——因为她现在正在叙述上次大风中她多么害怕——但有一次——她做出仿佛让大风吹倒的样,往身旁的萨默斯那边一歪,这时候对面坐着的奥尔德梅多和鲍尔斯先生,其实,每一个坐在可听范围内的人,都听见她的话了。我们是要表演的。但是在行动之前，可以说我们已经在这出戏的进行中了。我得承认，我正在想她也许可以缓解一些航行中的沉闷，不过这时普瑞蒂曼先生的叫喊声，还有更高的吵闹声，以及布罗克班克先生的雷吼使她的面色更凝重了。对于暴躁的人，她已习以为常了。我承认，假若我面前有一只黑猫走过，我会觉得更高兴些。她的幸运数字是二十五。我就马上说，她的二十五岁生日会成为她最幸运的日子——这句无聊的话，她毫不理会。因为鲍尔斯先生（此人在法律界工作，资格很浅，而且是个彻头彻尾的讨厌人物）说用引火木取火的习惯起源于天主教徒崇拜十字架和吻十字架的习惯。我也说我的奶妈怕看交叉的刀子，那样表示要吵架，也害怕看见一个倒着放的面包，那是海上将有灾难的前兆。她听到了便尖叫一声，倒到萨默斯先生那边以求保护。他叫她安心，不必

怕法国人，在这个时候，他们已经被打败了。但是，只要提一提法国人，就可以使她又打开话匣子了。于是，我们又听到她一大套话，叙述她在她的小黑屋里如何浑身发抖地度过漫漫的长夜。我们是孤零零的一只船。她用令人毛骨悚然的腔调说：

> "孤单，孤单，
>
> 极度，极度的孤单，
>
> 孤孤单单的，在这广阔，广阔的海上！"①

我想，除了债务人的拘留所或监牢之外，比这船上拥挤的小天地还要拥挤的地方是找不到的。但是，是的，她见过柯勒律治先生。布罗克班克先生——老爹——替他画过像。而且传说准备出一本

---

① 柯勒律治（Coleridge, 1772—1834）的代表作《古舟子咏》（*The Rime of the Ancient Mariner*）中的名句。

带插图的版本，可是毫无结果。

大约就在这个时候，布罗克班克先生大概听到他女儿背诵的诗句，也在大声地背诵。他背诵的诗句是那首诗其余的一部分。我想当年如果他打算为这本诗集作插图，必定会背出来。然后，他和那位哲学家又开始斗嘴了。整个餐厅的人突然静下来倾听。

"不，先生，我不要，"那画家说，"在任何情况下都不要！"

"那么就忍住不要吃鸡肉，或任何别的鸟肉，先生。"

"不行，先生！"

"忍住不要吃你面前摆的那一块牛肉！你要是吃了，就有一千万个东方的婆罗门会割你的脖子！"

"在这只船上没有婆罗门。"

"诚实——"

49

"先生，我可以爽爽快快地告诉你，我是不会射杀一只信天翁的。我是一个爱好和平的人。但是，我会很高兴射杀'你'！"

"先生，你有枪吗？因为我要打一只信天翁，让水手们看看会有什么事发生。"

"先生，我有枪，不过我还没有用过。你是一个射手吗，先生？"

"我一生中从未开过一枪。"

"那么，先生，我有这种武器。你可以用。"

"你有吗，先生？"

"我有，先生！"

普瑞蒂曼先生现在跳起来，使人看得见他了。他的眼睛有一种冷冷的光。

"谢谢你，先生！我要打枪，你等着瞧吧，先生！我要让那些普

(X)

通水兵看看!"

他迈过他坐的那张凳子,然后匆匆走出餐厅。室内又恢复了谈笑。但是,声音较低。季诺碧亚转而对我说:

"老爹一定要让我们在对跖岛上受到保护。"

"他一定不会混在土人当中吧!"

"他有点想把肖像画介绍给他们。他以为这样会使他们感到满足,如果满足了,文明就近在咫尺。不过,他承认,画黑面孔有一种特别的困难。"

"这会很危险的,我想。政府也不会许可的。"

"但是,布罗克班克先生——老爹——以为他可以说服总督雇用他。"

"主啊! 我不是总督! 但是,亲爱的小姐,想想那种危险性!"

50

"如果牧师可以去——"

"啊,对了,牧师在哪里呀?"

德弗雷尔碰碰我的胳膊。

"牧师守在屋里不出来。我想,我们会很少看见他。这要感谢船长,我不会想念他,我想你也不会。"

我一时忘掉了德弗雷尔,更不必说那个牧师了。现在,我竭力想拉他来谈谈。但是,他站起来,话中有话地这样说:

"我要去值班了。不过,你和布罗克班克小姐,我相信,一定会互相助兴吧。"

他向小姐鞠躬告退。我再转过脸来对着她,发现她心事重重。我并不是指她的严肃态度——不,实在不是! 不过在她脸上那种假红晕之外,有一种表情。这种表情是什么,我承认我不熟悉。这是——您记得劝我察言观色吗? ——这是眼珠和眼皮受到某种力量的驱使静止下来的样子,仿佛当那个外在的女子在运用女性常用的诡计和狡诈时,另外还有一个迥然不同的、非常警觉的女人！难道这就是德弗雷尔说的那句关于"助兴"的话造成的差别吗？那会儿——这会儿——她在想什么？她是在企图留"一段情吗"——我想她一定会这样说：*pour passer le temps*①。

---

① 法语,意为"为了消遣"。

（12）

爵爷看到这一段日志上面的数字,就可以看出来我对这本日志不够专心,不过,这也不是写不好的原因。我们又遇到坏天气。船的颠簸使我的腹部绞痛毛病加剧,这个毛病的猖獗可以追溯到已故的、已无人再哀悼的伊丽莎白女王那里。不过,现在海面已经比较平静了。我和天气的关系改善了,把簿子和墨水瓶放到一个托盘上我就可以写了,不过写得很慢。关于我的身体不适,唯一的一件差堪告慰的事,就是在我这长时间的病痛中,船仍在继续前进。我们让大风吹到地中海海拔高度以下的地方,我们的速度受到限制,据惠勒(那个活的《海事词典》)说,其原因是船身老旧多于风力不足,大家都在用抽水机抽水。我本来以为抽水机会发出"吭噔吭噔"的声音,而且我会很清楚地听到那种凄惨的声音,但事实并非如此。在天气最恶劣的时候我焦急地问来探病的人,萨默斯上尉,我问他们为何不抽水。结果他叫我安心,说他们一直都在抽水。他说,由于我的病,我就会产生一种错觉,以为船身下沉。我想我对船的移动比平常人更敏感。萨默斯说海军弟兄把这个情形解释为一种丝毫不必惭愧的事,并且总会引用纳尔逊爵士的例子来支持他们。不过,我不得不这样想:我已经失去了推断的能力。布罗克班克先生和"美人儿"布罗克班克小姐也变得狼狈不堪,和那位不幸的布罗克班克太太一样。那位太太自从我们的船离开国土以后,一直都痛苦得不成人样儿。这并不是一种可以帮助我安慰自己的事。那一家子住的两个小屋想必已经不成样子。我们还是不要想它好。

还有一件事也要提一提。就在我受到那种呕吐症侵袭以前——现在已经差不多复原了,只是有点虚弱——一件政治性事件震撼了我们这个小社会。船长不仅通过萨默斯先生让那位牧师在船上主持礼拜的希望落了空,还禁止他到军官专用的后甲板上去,因为他违背了《内务规则》。他是一个多么厉害的暴君啊!普瑞蒂曼先生经常在后甲板巡视(带着霰弹短枪),他是我们的通风报信人。他,真可怜,一方面对于任何教会都深恶痛绝,一方面又有他称为对自由的热爱,因此,感到左右为难。可是,在这么许多人当中,他偏偏受到格兰姆小姐的安慰。我听到这个滑稽而又特别的消息时,就从我的马槽形的床上下来,刮刮脸,穿好衣服。我发现责任和意愿一同促使我采取行动。我可不会让那老谋深算的船长颐指气使!什么?他难道要告诉我是否应有礼拜可做吗?我立刻看出旅客餐厅是适合做礼拜的地方。谁也不能不让我们支配那个地方,除非那个发号施令的习惯已经变成一种癫狂症!

那个牧师可以很容易地为那些喜欢参加的人举行一个简短的晚间礼拜仪式。我竭力稳住脚步走过那个廊子,在那牧师的房门上敲了一下。

他为我开门,对我行了一个他惯用的屈膝礼。于是,我对他的厌恶感又恢复了。

"这位——啊——这位——"

"詹姆斯·科利。阁下,塔尔伯特先生!罗伯特·詹姆斯·科利牧师请你指教。"

"要说'做礼拜'才对!先生。"

现在他脸上马上露出装鬼脸似的样子。这仿佛是表示他以为我所说的那几个字是对他和万能之主的礼赞。

"科利先生,什么时候是安息日呀?"

"啊,就是今天,塔尔伯特先生!"

那一双望着我的眼睛充满了热切、拍马屁和谦恭的神态,以至于你也许会想:我的衣袋里装着两个牧师的薪水袋。他这样的态度惹恼了我,我差不多要放弃我原来的打算。

"科利先生,我一直都感到身体不适,否则,我早就向你建议了。你要是在下午轮班钟敲七下的时候——你如果保持陆上人的习惯,那就是三点半钟——在旅客餐厅举行一个简短的礼拜仪式,那么,有几位先生女士很欢迎。"

他仿佛在我的眼里突然长高了。他自己的眼充满了眼泪。

"塔尔伯特先生,阁下,这——这——这很像是你说的呀!"

我的怒火更大了。我几乎要问他究竟怎么会知道我像什么,但是话到唇边,忍住了。我点点头,便走开了,只听见他在我背后咕咕噜噜地说什么探望病人的话。我想,主啊,他要是真的来探病,我就要好好地讽刺他一番,把他气走!虽然如此,我还是设法忍住,来到旅客餐厅。原来,发脾气也可以治好四肢软弱这个毛病的一部分。这时候我看到萨默斯也在那里。我把我安排的事告诉他。他听到这个消息,默默无语。只有在我建议他去请船长也参加时,他才苦笑一卜说,反正他应该报告船长的。他说他要斗胆建议一个较晚的时间。我对他说究竟在什么时间,我不在乎。然后,我便回到小屋里,在那张帆布椅上坐下。我坐在那里感到疲惫不堪,不过,病已霍然痊愈。在那天上午晚一点的时候,萨默斯来对我说他把我的话略为更改,希望我不介意。他说那是全船乘客的一致要求。他连忙补充说明:这样说更符合海军的惯例。啊,我喜欢那种奇怪却很生动的水手语。像我这样喜欢水手语的人一定不甘心让海军惯例(我希望能举一些值得褒奖的例子给爵爷欣赏)受到破坏。但是,等到我听说那个小牧师得到许可对我们证道时,我不得不承认我已开始后悔不该那样冲动介入这件事;同时,开始了解这几个星期以来,由于不受英国国教的繁文缛节的干扰,多么开心!

虽然如此,为了面子,我现在不可临阵退却,因此,我就参加了我们那位小牧师奉准举行的礼拜仪式。那个仪式令人生厌。礼拜开始之前,我看到布罗克班克小姐。她的脸胭脂花粉搽得很多。那个从良的"抹大拉的马利亚"想必就是这个样子,她或许正倚在神庙的外墙上。我想,科利也不是会使她这样浓妆艳抹的人。可是,后来,我发现我以前低估了她的判断力和经验。因为,当礼拜时间开始时,餐厅里的烛光映照着她的脸,将时光摧残的痕迹一扫而光,原来搽的胭脂花粉似乎变成了青春美!她对我望望。我刚由这排炮火轰击的震惊中恢复常态,便发现萨默斯先生把我原来的建议又有进一步的改进。他让一些比较端正的移民进来,同我们一起祈祷。其中有马蹄铁匠格兰特、菲尔顿和惠特洛克,我想他们是书记,还有老格兰杰和他的老伴儿,他是一个代书。当然啦,任何一个乡下的教堂里都可以看到等级不同的人混杂在一起,但是,在这里,这旅客餐厅的小社会是冒牌的——这样一个冒牌的典型!我正慢慢地由这班人的侵入而受到的震惊中恢复常态,这时候就走进一个人——我们都恭恭敬敬地站在那里——身高刚刚五英尺,全副军舰牧师的配备,白法衣,标明官阶的帽子戴在圆圆的假发上,长袍,包着铁后跟的靴子——还有羞怯、虔敬、胜利、满足各种情绪混杂在一起的表情。爵爷立刻会提出抗议,认为这一些特征不可能集合在同一顶帽子底下。我也认为一个正常人的面孔容纳不下所有这些特征,但是,一个特别的人通常都会有本领容纳得下。十之八九情形都是如此。我们笑的时候,不是用嘴,用面颊,用眼睛,而是用整个的脸(由下巴直到发际)来笑。但是这位科利是经过造物主以最经济的方式处理的。造物主把它"固定"下来——不,这个动词太重了,那么这样说吧:在"时光"的海滩上某一个角落,或者是在时光的微不足道的泥泞的小河边上,一些鼻子、眼睛、嘴巴随随便便,漫不经心地冲积在一起,那是造物主认为对于他的创造物毫无用处因而扔掉的。一些本来可能去鼓励胆小鬼的生命火花采用了这冲积在一起的东西。结果,就造成了这个教会的初生之犊。

爵爷也许发现上面的文字有过分虚饰的趋势。其实,我自以为这个企图并非没有成就。可是,当我观察那个景象时,我心里想到的第一件事就是科利就是老亚里士多德金句的活例证。人生来毕竟还是隶属于某一个等级,不过,由于一种错误的庇护,把他提升到超过原来的等级。你可以在中世纪的绘画原稿里发现这种等级。那些画稿上的颜色没有深浅变化,画的东西不合透视法。秋景是借着一些男人、农夫和奴隶在田里收割的画面表现出来的。头巾下面的面孔只用非常草率而且有锯齿形的线条勾描出来。就像科利面部的轮廓一样。他的眼睛朝下露出胆怯,可能是在回忆。他的嘴角向上翘——那样就表现出他的胜利和满足。很多骨头零零落落地散布在他面孔的其余部分。其实,他的启蒙之地应该就是旷野。他想必就在那里捡石子和吓小鸟。他的大学教育是由锄头上得来的。于是,所有这些五官都让那热带太阳晒得生出许多不规则的疤。那些疤也许已经变成红铜色,变成一个统一的东西,然后一个谦虚的表情使整个的面容产生一些生气。

我又过分虚饰地写下去了,是不是? 但是,我心中的急躁和愤慨仍然如火如荼呢。他知道我的重要身份。又很难确定他究竟是对埃德蒙·塔尔伯特讲话呢,还是对万能的主讲话。他像布罗克班克小姐一样,是在做戏,只有尊敬任圣职者的习惯,才使我不至于又好气又好笑地发出声音来。在那些来做礼拜的像样的移民中,有个可怜的面孔苍白的年轻女人,由爱护她的健壮的人背着进来,然后把她安置在我们后面的一个座位上。听说在大风浪来的时候,她不

幸流产。她那可怕的苍白面色和美人儿布罗克班克小姐人为的、诱
人的花容月貌形成对比。她的几个男同伴一本正经、恭敬地随侍在
侧。他们那种无微不至的关切和那些显然比较高明的人一比,便变
得徒劳无益了。——那个搽胭脂花粉的人假装虔诚,那个手持《圣
经》的人假装成神圣不可侵犯的样子。当礼拜仪式开始的时候,也
开始了在那可笑的黄昏发生的最可笑的情况。在我们头上可以听
到踱来踱去的脚步声,那是来自后甲板上普瑞蒂曼先生表演他的反
教权的运动,极尽喧闹之能事。这个我可以暂且搁置不谈。换班时
沉重的脚步声和叫喊声——这一定都是船长吩咐的,或者是他鼓励
的,或者是经过默许的,而且愈粗暴愈好,是从那些狂吵狂闹的水手
当中可以听到的最粗暴的声音。这个我也可以略而不谈。我现在
只想到那轻轻摇动着的餐厅、那面孔苍白的女子,以及在她面前表
演的闹剧。原来,科利先生一看到布罗克班克小姐,他的眼睛就不
曾离开她。至于她的"角色",喔——我相信绝对是"角色"——她
就是一个虔诚妇女的写真,那是你在乡下巡回演出的露天剧场可以
看到的。她的眼睛,除了转向天上之外,从未离开他。她的朱唇,除
了迅速地一张一闭,热诚地叫出"阿门"之外,永远是张开的。那是
心醉神迷之余,气都喘不过来时候的一种现象。的确,有一个时候,
科利先生证道时说出的一句伪装虔诚的句子之后,接着就是布罗克
班克小姐发出的"阿门",同时那个戏院拟风机似的布罗克班克先
生就放了一个响屁,仿佛是要强调牧师的那句话。(唔,蜗牛也有一
种步态呀!)因此,害得会众的大多数都像小学生似的坐在长凳上不
住地闷笑。

　　不管我多么竭力要把自己和那场戏分开,我仍然因此非常惭
愧,并且为自己的感情感到烦恼。不过,自此以后,我就发现自己的
不安有一个充足的理由,而且以为我在这个实例中表现的感情比表

现的理智更聪明。因为,让我重复一遍吧,我们有几个平民同我们在一起,很可能,他们来到后甲板时的心境同那些拜见爵爷的人一样。他们说他们想一饱眼福,参观参观爵爷收藏的卡纳莱托①名画,不过,他们实在是想看看(如果能够的话)贵族的生活是什么样子。但是我想他们更可能是由于一种单纯的虔敬心理而来的。那可怜的、面孔苍白的女子一定除了寻求宗教的安慰之外,没有其他的目的。不管这种宗教的安慰如何虚妄,谁又会不让一个无助的病人去寻求呢? 的确,那牧师的毫无价值的表演和他的满脸脂粉的抹大拉的马利亚,在她和她想象中祈求的目标之间也许不会成为障碍。但是,那伺候他的几个老实人又怎么样呢? 他们忠诚而且顺从的心中最脆弱的地方,已经受到打击。

安德森船长实在是厌恶教会的。他的态度在这些人当中已经发挥影响。据说,他并未发出命令。但是他会知道如何尊重不同意他那种固执观念的军官。唯有萨默斯先生和那个瘦长个子的奥尔德梅多在场。你知道我为什么在那里了! 我不愿向暴政屈服!

那牧师的证道词大部分已经说完了。这时,我才在我对于这个局势的——仿佛是——"诊断"中有一个重要的发现。我曾经想,当我第一次看到那个女戏子的浓妆面孔引起那担任圣职的先生注意,也看出他感到遗憾,其中也许混杂着一种不自觉的兴奋。那是一个显而易见的荡妇,以随时候教的表示在男人肉体上,而不是心理上,唤起的第一次"热情的"——不对,应说是"色欲的"——激动,但是,我不久就发现这是不行的! 科利先生从未进过戏院! 我也发现,他在那个想必是很偏僻的主教管辖区中会发展到什么地方? 由戏院到一个破旧的住宅吗? 他的圣书告诉他有关满面脂粉

---

① 卡纳莱托(Antonio Canaletto,1697—1768),意大利画家。

的女人的各种情形,其中并未包括如何在烛光掩映之下辨认出这样的女人。在他证道的时候。他把她当作由她的表演中就可以看出的那种女人。他们之间有一条俗丽的链子连着。证道进行中,当他用"诸位男士"来称呼在座的男士以后,他忽然转面对着她,神魂颠倒而又狡黠地说:"小姐,或者是女士们,不管多么貌美——"然后才继续说下去。我听到格兰姆小姐的阔檐帽下面的确发出一个嘘声,同时萨默斯跷起二郎腿,然后又放下来。

礼拜仪式终于结束了。我回房写这段日志。不过,现在船走得很顺当,但是,我愈来愈觉得不舒服。我不知道究竟是怎么不妥,我写得非常枯燥,而且我自己也感到枯燥乏味。事实就是如此。

（17）

我想这是第十七天。这有什么要紧。我又难过了——那个腹部绞痛的毛病。啊,纳尔逊将军,纳尔逊将军,你怎么会活了那么久,最后却不是死于这种一连串的痉挛,而是死于痛苦较少的敌人的暴力?

（？）

　　我起床走动了，面孔苍白，软弱无力，正在复原。看来我似乎可以活到船抵目的地的时候。

　　我昨天写了那一段。我的日志变短了，好像斯特恩①的一些篇章！但是有一件有趣的事我要报告爵爷。在我的痛苦达到巅峰，不得不屈从惠勒喝一大杯药酒之前，我听到房门上有轻轻的胆怯的敲门声。我叫道："是谁呀？"一个怯懦的声音回答："是我，塔尔伯特先生。是科利先生，阁下。你记得，就是科利牧师，恭请指教。"与其说是由于机智，不如说是碰巧，我想到了唯一的答复。那样的话才可以保护我，使我不受探病的烦扰。

　　"我恳求你别理我，科利先生——"说到这里，忽感肠子一阵痉挛，暂时打断了我的话。然后，我说："我在祈祷！"

　　不是由于他尊重我的不受干扰权，就是由于手捧药酒渐渐走近的惠勒，我终于能够把他摆脱了。那杯药酒很强烈，而且证明很有用。结果，我昏迷了。可是，我还清楚地记得我在昏迷中睁开眼，看到那奇形怪状的五官杂拼起来的面孔。原来是科利俯下身子在照顾我。天晓得是发生了什么事——我是说，假若有什么事发生。我现在虽然不是在走动，可是已经起床了。那个人绝对不至于如此无礼，硬闯进来看我。

　　这药酒喝了使人昏昏沉沉做了许多梦。这要归功于里面的鸦片成分。在梦境中浮现出许多面孔，因此，这很可能是服了麻醉剂之后看到的虚幻现象。那面孔苍白、非常可怜的女子一再出现。我希望她能完全复原。她的颧骨下面有一个直角形的凹处。我不记得以前看到过像这样使人难过的样子。那个凹处和里面可怜的暗影,她只要头一转动,便跟着动。这个样子使我感动得难以言状。的确,当我回想到做礼拜时的情景,又回想到她的丈夫把她暴露在这么可耻的闹剧中,我的心里就充满了一种轻微的愤怒。虽然如此,我今天恢复常态了。我已经由这种病人的想法中恢复常态。我们的船行进的情形像我复原的情形一样好。虽然空气变得湿度很高,而且很热,但我不再会听到头上面普瑞蒂曼先生的脚步声就发烧了。他走上后甲板,带着一把枪,以及一切配件,都是那酒鬼布罗克班克为他准备的,而且不顾布罗克班克先生、柯勒律治先生和迷信的传说,他一定会用那把古老的短枪射出一阵弹雨,希望打死一只信天翁。他向那只有思想的眼睛证明,一个理性主义哲学家可以有多么不理性!

---

① 斯特恩(Laurence Sterne,1713—1768),英国小说家。

(23)

　　我想这是第二十三天。萨默斯准备要给我说明索具主要部分的情形。我准备用陆上人的知识来使他惊奇一下——大部分都是由他闻所未闻的书上搜集来的。我也打算用最精彩的海事用语来取悦爵爷，因为，我已经开始说水手语了，不过实在是结结巴巴的！这样高明的表达思想的媒介物，文学的成分竟如此之少，诚憾事也。

(27)

一个人会永远在计算吗？在这样热、湿度这样高的地方——

原来是季诺碧亚！爵爷说过——你当然说过。我现在想些什么？在觉察女性的魅力和服用烈酒之间，有一种联系。这是我们已经知道的，真实的，经过考验的，经过试验的。饮下三杯酒之后，在一张白得像六月雪的面孔上，我看到了青春的光泽！这样一种航行又增加了那个刺激——一次带我们轻轻地驶过所有热带地方的航行。这样就在男性的体内产生一种效果。这效果可以在比较深奥的、谈那种职业的书里看到——我指的是医生这种职业——但是，在我受平常教育的时候，还没看到。也许在马提雅尔[①]的诗集中可以找到——但是我没带出来——或者在那个忒奥克里托斯[②]的诗里——您记得吧！正午的和大海之北的夏天的炎热，等等。啊，是的，我们有理由畏惧这里的半人半羊牧神，或者是海军里相当于这个神的人物，不管他是谁。但是海神，海上的女神都是冰冷的。我得承认那个女人，搽胭脂抹粉，及其他的装饰，有一种逼人的要命的诱惑力！我们三番五次地相遇。那怎么不会呢？现在我们又遇见了。这如果不是一种狂喜，就完全是疯狂，热带的疯狂，一种极度的兴奋。但是，现在，在这热带的夜里，我站在舷墙旁边。星星就在那些风帆之间，轻轻地摇动。我发现我的声音变得非常低沉，呼唤她的名字时，不住地颤抖，但是，我知道自己的疯狂——同时，她那几乎没遮住的酥胸因喘息而不断地起伏，比那亮晶晶的海上波涛更猛烈。这是愚蠢的行为。可是，我该如何形容呢？

崇高的教父啊，假若我冒犯您了，那么，就斥责我吧。一到岸上,我就又清醒了。那时候我就成为那个明智而又公正的顾问和行政官——您曾经扶着他步上成功的第一层阶梯。但是,您不是说"告诉我一切"吗?您说:"让我借着你再活一次吧!"

我毕竟还是一个年轻人啊!

那么,现在的问题——啊,真该死——就是指定一个相会的地点。去会会那位小姐是很容易的,而且实在也是不可避免的。不过,会会其他的也都是容易的。普瑞蒂曼先生坐在后甲板上踱来踱去。派克那一家子——父母和孩子——在后甲板上匆匆地来来去去,东张张,西望望,以免受人勾引,或者遭受侮辱或非礼。科利在船腰甲板上走过来了。如今他每次见到我都承蒙他看得起我,对我打招呼,然后又面露微笑,其中有许多谅解与神圣不可侵犯的成分,他简直就是一个令人作呕的人!那么我要怎么办呢?我总不能把这位小姐搀扶到前桅楼上呀!你就会问我:我的小屋或她的小屋,有何不妥?我可以答复你:什么都不妥!在廊子另一边的科利会提高嗓门儿咳一声,于是就会惊醒在他后面小屋里的格兰姆小姐。那风笛囊似的布罗克班克先生就会屁声滚滚(这是每天早上刚在轮班钟打七下以后,必然会有的现象)——我的小屋里的壁板震得吭吭当当地响,声音会传到正在我前面那间屋里的普瑞蒂曼先生。我不得不进一步地勘察,希望找到一个适于我们幽会的地方。我曾经想找到事务长,向他自我介绍,请他设法。但是我发现所有的军官一听到要找他,便马上避开,仿佛此人不是神圣不可侵犯的人,便是品行不端的人。我也不知道是哪一种。而且他从来不在甲板上露面。这件事我想还是别提了。等到我再想起的时候,并且这个——这个确实是暂时的疯狂念头——

---

① 马提雅尔(Martial,约40—约104),古罗马讽刺诗人。
② 忒奥克里托斯(Theocritus,约前310—约前250),古希腊田园诗人。

（30）

极端绝望之余,我找到汤米·泰勒先生带我到下面的炮间,虽然只有三个准尉,而没有足额的官兵派在那里,仍然非常宽敞,因此就拨借准尉使用,因为他们的餐厅(我不能谈到他们的政治问题)在前面,太远,已被接收,供移民中比较像样的人用。这些年长的人:炮手、木匠和航务长,在桌子的那一边坐成一排,默默地望着我。他们的神气似乎机警的成分多于对其他任何人的关注(假若我们把那个惹不起的格兰姆小姐除外)。可是,起初,我并没怎么注意他们,因为我看到威利斯先生走过来。当那骨瘦如柴的人走到楼梯时,样子非常奇特。那简直是一株植物,一种藤蔓,它的根埋在花盆里,它的茎在隔壁上爬到几英尺高的地方。没有一片叶子,每当一根卷须或是一条枝子,那舱壁支持不住时便一直垂下来,像一根海草——本来应该更适当、更有用的。我一看到那个样子便叫了一声。泰勒先生突然发出他惯常的雷鸣似的笑声,用手指着威利斯先生说他有那样的体格,并不是特别值得骄傲的。现在威利斯先生走到梯子上面,不见了。于是,我的目光由那株"植物"转向泰勒先生。

"那究竟是干吗呀?"

"啊,"那炮手说,"绅士水兵!"

"德弗雷尔先生,他一直是一个喜欢开玩笑的人,"那个木匠说,"是他激着他那样做的。"

航务长露出神秘的同情的神气,由对面向我笑笑。

"德弗雷尔先生对他说那就是爬上去的法子。"

汤米笑得哭出来了——实实在在地哭了,眼泪直流。他笑得喘不过气来,于是,我就更用力地拍他的背,我想他会不喜欢我拍得这么厉害的。不论在什么地方,不掺假的兴致是讨人厌的。他止住了笑。

"那是一根藤蔓,你看!"

"绅士水兵!"那木匠又说,"我自己也忍不住笑了。天晓得德弗雷尔先生在那个'獾皮囊'里会开多大的玩笑!"

"那个什么,先生?"

那炮手的手已经伸到桌下,取出一个酒瓶来。

"塔尔伯特先生,你喝一杯,就可以观察得更清楚。"

"在这么热的地方——"

那瓶里是朗姆酒,像火一样的,黏黏的,喝了使我的血更热,并且似乎觉得这屋里的空气更闷人。但愿我能像那准尉一样把我的外套脱掉,然而,那是不行的。

"各位,这里的空气闷死人了,不知道你们一天又一天的怎么受得了。"

"啊,"那炮手说,"塔尔伯特先生,这是很苦的生活。今天还在这里,明天就完了。"

"今天还在这里,今天就完了!"那木匠说,"你们记得那个年轻人吗?我想是霍桑。他是在这次任务一开头就上船的。水手长要他同别的弟兄一同拉一条绳索的末端,好像他是最后面的一个。水手长对他说:'无论发生什么事,千万不要放手。'船开始给船桁的负担太大,停下来,因为其余的人都跳开了。那小伙子霍桑呢,他根本分不清船台的脑袋和船台的屁股——他是由一个农场上来的,这就难怪了——他还是照着水手长的话,支持下去。"

那炮手点点头,喝一口酒。

"服从命令嘛。"

这故事似乎已经结束了。

"但是,有什么毛病,出了什么事?"

"啊,看哪,"那木匠说,"那绳索的末端嗖的一声,卷上船台。嗖的一声,就是这样。那小伙子霍桑就在绳索头上。他大概让绳子抛出一英里之外。"

"我们再也没看见他。"

"哎呀!"

"就像我方才说的话,今天还在这里,明天就完了。"

"要是说到这个,我还有一两个大炮的故事,"那炮手说,"很讨厌的东西,大炮要是出事的时候。大炮一出事,就有几千几万种不同的方式。所以,你要是想当炮手呀,塔尔伯特先生,你就得有脑袋。"

吉布斯先生用肘碰碰航务长。

"怎么,甚至一个炮手的助手也要有脑袋呀,先生,"他说,"你听说过一个丢了脑袋的炮手助手的故事吗? 那是在阿利坎特港口外,我想——"

"又来了,乔治!"

"这个炮手,知道吗,手里拿着手枪,正在炮台后面来回踱着。他们是和一个炮台一来一往地互相炮轰。在我看起来,这是很愚蠢的事。忽然一枚灼热的炮弹由一个炮台射来,正好把那炮手的脑袋打下来,好像那些法国佬用的断头台。只看到那个炮弹红红的,烧灼着那个脖子。那炮手仍在踱来踱去。这时候,仿佛没人注意有什么事发生,直到后来,听不到有人发号施令了,才知道不妙。笑吧!等到那位上尉想要知道究竟后左舷的主甲板的炮台为什么一点儿没动静时,他们差不多都没命了。因此,他们就问那炮手怎么办,但是他没有对他们说话的家伙了。"

"真的,先生,啊,来吧!"

"再来一杯,塔尔伯特先生!"

"这儿愈来愈透不过气——"

那木匠点点头,然后用指节敲敲墙上的木料。

"很难说是空气里有水呢或是木料。"

那炮手心里直笑,喘了一两下,好像一个没有拍岸碎成浪花的波浪。

"我们应该开一个风扇,"他说,"你记得那些女孩子吧,吉布斯先生?'我们可以把一个风扇打开吗?我感觉怪怪的。'"

吉布斯喘了一下,仿佛是笑。

"觉得怪怪的,是吗?到这儿来,我的小宝贝。这是透透新鲜空气的好办法。"

"'噢,那是什么,吉布斯先生?是老鼠吗?老鼠我可受不了呀!我想一定是老鼠!'"

"只是我的小狗儿呀,我亲爱的。到这里来,摸摸我的小狗儿吧。"

我喝了一些那种火一样的液体。

"即使在一只这样的船上,也可以做生意。没一个人看到你吗?"

航务长灿烂地一笑。

"我看到他们了。"

那炮手用胳臂肘儿轻轻触了他一下。

"醒醒,赛诺。你简直不是在船上嘛。我们刚从常备舰改编过来呢。"

"常备舰,"吉布斯说,"在那样的船上才算生活。没有恶劣的海浪。停在小港湾,轻松舒服,你可以挑海军上将的房舱住,再加上一个薪饷册上有名的女人替你做厨房的杂活。那是海军军舰上最好的舱位,塔尔伯特先生。我在这船上整整七年,后来他们上来,准备把船从泥里拖出来。后来由于种种原因,他们以为并没把船底修好,因此,他们尽量把船底的杂草用拖绳拖走。所以,这只船走得特别慢。你知道,那是海水。我希望这个悉尼湾(不管他们叫它什么吧)在淡水河上也有泊位。”

“如果他们把杂草由船底去掉了,”那炮手说,“他们可以把船底一块儿带走呀。”

很明显的,我并未更接近我原来的目标。现在只剩下唯一可行的法子了。

“事务长不是同你们合住在这个宽敞方便的地方吗?”

又是一阵奇怪的、不安的沉默。最后,还是吉布斯先生打破沉寂。

“在货物和垫货板当中的水桶上有一些厚板,他就在那上面。”

“什么货物呢?”

“一捆一捆、一箱一箱的货物,”那炮手说,“枪支、弹药、慢燃导火绳、引信、葡萄弹和链子、三十尊发射二十四磅炮弹的大炮,炮口都用木塞塞住,涂过油,塞好,用滑车拉下来。”

“水桶,”那木匠说,“工具、手斧和斧头、锤子和凿子、锯子和大木铁锤、大木锤、大铁钉、大木钉、铜片、塞子、马具、脚镣、熟铁栏杆,准备给总督造新阳台用;桶、大琵琶桶、发酵桶、小桶、小瓦壶、瓶子和有盖的大箱子、种子、样品、饲料、灯油、纸、亚麻布。”

“还有许多其他的东西,”航务长说,“比一万种还要多一万倍。”

“你怎么不带塔尔伯特先生去看看呢?”木匠说,“把这灯笼拿去。你可以假装是船长在巡视。"

泰勒先生听他的话，我们就去了，也可以说是往前爬了。一个声音在我们身后响起。

"你也许会瞥见事务长。"

那是一段奇怪而又令人不快的路程。老鼠跑来跑去。我想，泰勒先生走这段路已经习以为常了，所以走得很快。等到我叫他回来的时候，他已经在我前面很远的地方，把我撇在漆黑的（不用说也是）恶臭的途中。当他真的转回一段路的时候，也只是用他的灯笼照照我们这段窄狭而不规则的路，两边有不知名的散装货，以及一些似乎是堆积在我们身旁，其实也堆到我们头顶上的东西，毫无次序，也毫无明显的理由。半路上我跌倒了，我的皮靴踩到那些压舱的沙子和石子，就是我上船的第一天惠勒给我形容的那些东西。当我摸索着想要从两块大木板中间蹿出来的时候，我才能"瞥"见我们的事务长，而且是唯一的"一瞥"——至少我以为那就是事务长。我是在一捆一捆的货物或者什么东西之间的窥视洞中望见他在上面。因为他是那些人当中唯一不必节制灯火的人，所以虽然是在甲板下面很低的地方，那个小洞天亮得好像一个充满阳光的窗口。我看到一个大脑袋，戴着小眼镜，正埋首看账簿。只是瞥见那些，其他什么都看不见。可是，这就是那个人物。只要一提到他，那些置生死于度外的人都会突然三缄其口。

我从那些压舱物中爬出来，来到那尊拖下来的炮上方的木板上，跟着泰勒先生爬过去，直到我们这条窄路的一个拐弯遮断了视线。于是，我们除了灯笼，什么都看不见了。我们来到船的前部。泰勒先生领着我走上梯子，同时用高而尖锐的声音喊道："通行！"您可不要想他是在吩咐把某种机关放下来，让我通过。水手用语中的"通行"就是一个人可以走过的空隙。他是充当我的带路人，我

71

(30)

想也可以说是侍从官,他的任务就是不要让那些平民阻拦我。于是,我们就从最底层走上来。我们穿过拥挤着不同年龄、不同性别的人的甲板,以及弥漫的气味、声响和烟雾,最后登上拥挤的前樯前面的上甲板。我现在已确确实实地逃了出来,来到船中间部分的甲板,可以呼吸一下凉爽清新的新鲜空气!我谢谢泰勒先生的护送,然后回到我的小屋里,叫惠勒替我脱靴。我脱了衣服,并且用了大概一品脱的水擦洗一下身子,觉得多多少少算是干净了。但是,很明显的,不管那些准尉如何在这些暗暗的底舱任意和一些年轻女人厮混,对敌人却是没有用处的。我坐在帆布椅子上,有一种近似绝望的感觉。我几乎要把我的心事告诉惠勒了,但最终保持了刚好够用的判断力,隐藏了我的心事。

我想知道"獾皮囊"表示什么意思。福尔克纳没有说。

72

（Y）

突然灵机一动，我想起来了！关于一个难解决的问题，我们总
是一再地动脑筋，但是，解决的办法不会渐渐地出现。忽而想不通，
忽而豁然贯通。你如果不能更改地点，那么余下的办法只有更改时
间！所以，萨默斯宣布船上的弟兄们准备招待我们，我默想片刻，想
不出什么。后来我突然以政治的眼光看出：这只船上的官兵不会
给我准备一个地点，但是，可以给我一个机会！我很高兴地向您报
告——不，我想，这里面没有欢快的成分，而是一件单纯的严肃的
事。爵爷，我已经在海上模仿纳尔逊爵士打了一场胜仗。我们英国
的文官们能有更大的成就吗？我简洁了当地告诉他们，像海员的招
待会一类的小举动引不起我的兴趣。我说我头痛，准备在我的小舱
里打发时间。说的时候，我特别留意，要季诺碧亚听见。所以，我就
站在那里，透过那扇百叶窗，向外注视。这时候乘客都往后甲板和
军官用后甲板走。那群人闹哄哄的，因为有些不寻常的活动，而感
到快乐得很。不久，我们的廊子就空无一人，静悄悄的。这是必然
的。我等待着，同时听见我的头上有脚步声；不久，一点儿不差，季
诺碧亚轻快地步下梯子，也许是在这热带的夜里寻找一条围巾。我
就在我的小屋外面。我抓住她的手腕，甚至不等她伪装发出一声惊
叫，便把她往后一拉，拉进我的房里。当时外面的声音很大，我的耳
朵里热血沸腾，我很热情地向她苦苦哀求。我们在小床铺前扭作一
团，过了片刻，她呢？本来打算好好地竭力抵抗，但是，终于抵挡不
住。我呢？我的情欲步步高涨。假若我有一把剑，我就会攻进敌
船。她衣衫不整地退到小屋的尽头，正好跌倒在那里等待她的放在

铁丝圈上的那个帆布盆子上。我再向她进攻,那铁丝圈就坍倒下来。书架跟着倾斜到一边。于是《摩尔·弗兰德斯》①掉到地上,摊开了。《吉尔·布拉斯》②掉到她身上。我的姑母临别时送我的礼物赫维③著的《坟场沉思录》(1760年版,全二册,伦敦版)把它们都盖住了。我把那些书都拨到一旁,把季诺碧亚的"中桅帆"也打落一旁。我叫她投降,可是,她继续抵抗,虽然无效,仍是英勇非凡。这样反而更激起我的热情。我倾全力攻取她的大桅。我们在帆布盆子的废墟中,在我那小书房的被践踏破碎的书籍当中,激烈地搏斗。啊!她终于屈服在我的炮火猛攻之下,终于被我征服了。最后,她献出了全部温柔的战利品。

虽然如此——不知道爵爷是否了解我的意思——虽然征服骄傲的女人是男子的特权,但是我以为手下留情也是一种责任。简单地说,我既然得到爱神维纳斯的青睐,却不想让生育女神露西娜受苦。可是,她已完全纵情于爱河之中。我没想到女性的情欲会升高到如此程度——但是,正在千钧一发之际,我们头上的甲板传来了确确实实的爆炸声。

她疯狂地抓住我。

"塔尔伯特先生,"她喘息着说,"埃德蒙!法国兵来了!救救我!"

还有什么事情来得更不是时候、更可笑吗?漂亮而热情的女人大多是傻瓜,她就是这样的女人。那一声爆炸声(我立刻知道是什么声音)使她(虽然不是我)陷入危境,我自然极想做护花使者。不过,事实如此。错误是她的,她就得受到惩罚;都是由于她的愚蠢,

---

① 《摩尔·弗兰德斯》(*Moll Flanders*),丹尼尔·笛福著小说。
② 《吉尔·布拉斯》(*Gil Blas*),勒萨日著言情小说。
③ 赫维(John Hervey,1696—1743),英国政治家。

也是由于她的快乐。过去——也是现在,都是一样,简直气死人!我相信,她是一个很有经验的女人,应该不会不知道她做了些什么。

"镇定些,亲爱的,"我上气不接下气地说,同时,我自己那一阵太快发作的激怒情绪静了下来——这女人真该死——"那是普瑞蒂曼先生。他终于看见一只信天翁了。他用你父亲的短枪开了枪。假若他们发现他在做什么,你不会被法国兵奸污,而会被我们的弟兄奸污!"

(事实上我已经发现柯勒律治先生错了。水手的确是迷信的,但是不管在哪里,都视生死于度外。他们不射杀海鸟,唯一的原因,第一就是因为不准他们在船上携带武器,第二就是因为海鸟的肉不好吃。)

我们上面的甲板传来了沉重的脚步声和船上一样的喧噪声。我只能猜想到那个招待会在闹哄哄的情形下举行过,很成功。因为,那一类的事情就是这样,否则,就没有更大的热闹可看。

"现在,亲爱的,"我说,"你得回到社交场面上了。我们不可一同露面。"

"埃德蒙!"

说这话的时候,她的胸不住地起伏——他们把这种情形叫作爱的激动。其实,她这种情形是非常令人生厌的。

"怎么? 有什么问题吗?"

"你不会遗弃我吧?"

我默默地想了想。

"你以为我可以从甲板上跳到一只我自己的船上吗?"

"残忍!"

爵爷也许已经注意到,我们这出拙劣的戏现在已经演到第三幕。她会成为遭人遗弃的牺牲者,我就是那个无情的恶棍。

"胡说,我亲爱的。你是假装不知道这是——甚至像我们现在这种不雅的情形——假装不知道这是你完全不熟悉的情况吗?"

"我该怎么办呢?"

"无聊,你这女人!你很明白,危险性很小。要不然,你是等待着——"

我突然忍住不说出来。即使假装我们这一段情有商业性的成分,似乎是不必要的侮辱。说老实话,我发现我原来的成就感与胜利感是和一些愤懑情绪连在一起的。目前,我只希望她会像一个肥皂泡一样地化为乌有,或者变成一个很快就会消失的东西。

"等待着什么,埃德蒙?"

"等待一个适当的时刻溜进你的小屋——我该说'舱'里,去替你修理你的——你的洗手间。"

"埃德蒙!"

"我们没有多少时候了,布罗克班克小姐!"

"可是,假若——假若——有不愉快的后果——"

"啊,我亲爱的。我们到了桥头,就得走过去呀!现在去吧,去吧!我来看看廊子里有没有人。好了,没有人,可以走了!"

我稍微一举手,向她行个礼,然后就跳回我的舱里。我把那些书放回架子上,并且尽力想把那帆布盆子的铁丝圈扭回原状。我躺在小床上,心里的感觉不是亚里士多德所说的那种烦恼,而是先前那种愤懑情绪的延续。那女人实在是一个蠢材!法国兵!我忍不住这样想,那是她的表演感害了他,也害了我。可是,现在甲板上的盛会已经散了。我想,等到晚一点,廊子上的光线暗得可以掩饰我,不会让人发现的时候,我再出去。我要等一个适当的时刻走进旅客餐厅。如果里面有一个人喝酒喝到很晚还没离开,不管是谁,我就同他喝一杯。我不喜欢点起蜡烛来,只是等待着——白白地等待着。没有人从上面甲板上下来。所以我就偷偷地溜进旅客餐厅,发现德弗雷尔已经在那里了,觉得有些不安。他坐在船尾那个大窗子下面一张桌子前面,一只手端着酒杯,另一只手拿着一个宴会上用的假面具,正在自顾自地大笑。他看到我,便立刻叫道:

"塔尔伯特,我亲爱的朋友! 给塔尔伯特先生倒一杯酒,伙计! 刚才多热闹的场面!"

他有点醉了。他的舌头已经大了,态度也有点随随便便的。他向我举杯时态度虽然夸张,却是很有雅兴的。然后又哈哈大笑。

"多好的消遣啊!"

刹那之间,我以为他是指我和季诺碧亚小姐两人之间的事。但是,他的态度不像是那样。那么,他指的是另外一件事了。

"啊,是的,顶呱呱的,就像你所说的,先生!"

过了片刻,他并没回答,然后——

"他多么讨厌牧师!"

就像我们小时候在婴儿房里所说的,我猜得八九不离十了。

"你指的是我们英勇的船长呀。"

"那个肚子辘辘响的人!"

"德弗雷尔先生,我必须承认,我自己对当牧师的人也不怎么友善。但是船长对他们的厌恶似乎比对任何人更甚。听说因为科利先生有一点小疏忽,他就不准他到军官用的甲板去。"

德弗雷尔又哈哈大笑。

"军官用的后甲板——科利以为那是普通人也可以用的后甲板。因此,他就有点困在船的中间部分了。"

"这种激烈的厌恶心理是不可思议的。我自己以为科利是一个动物——但是我除了不睬他之外,是不会惩罚他的。"

德弗雷尔把桌上的空酒杯转动着。

(Y)

"贝茨,再给塔尔伯特先生倒一杯白兰地!"

"你就是仁慈的化身!塔尔伯特先生。我可以告诉你——"

他的话忽然中断,一面哈哈大笑。

"告诉我什么,先生?"

我发现得太晚,那个人已经喝多了。唯有他平常表现的那样文雅的举止才把实际的情况隐藏起来,让我看不出来。他喃喃地说:

"我们的船长。我们该死的船长!"

这时候他的头向前一栽,倒在餐桌上,酒杯掉到地下,粉碎了。我设法叫醒他,但是叫不醒。我叫伙计来。他对于应付这种场面已经习惯了。现在观众终于由上甲板走下来了。因为我可以听到梯子上他们的脚步声。我由餐厅走出来,在廊子里遇到不少人。格兰姆很快地由我身旁掠过。普瑞蒂曼先生扶着她的肩,正在大发高论。说些什么,我不得而知。斯托克夫妇对派克爸爸和派克妈妈说,他们也认为那件事太过分了。但是,这里还有季诺碧亚小姐。她在那些军官之间,容光焕发,仿佛一开始就是观众之一。她哈哈大笑地同我打招呼。

"不是很有趣吗,塔尔伯特先生?"

我满面含笑,对她一鞠躬。

"我从来没受到这样好的招待,布罗克班克小姐。"

我回到舱里,发觉那里仍残留着一股女人香水的气味。说实话,此刻在我的心头最先浮现的虽然仍是一股愤怒,可是,当我坐下来开始写这段日志时——现在正在写——我觉得我的愤怒已经纳入一种普遍的悲伤。主啊!亚里士多德认为社会各阶层男女两性之间完全是交易的关系。这样的说法正确吗?我本来以为男女关系就是一种农场上的交易。我们可怜的人类让外力拖到光天化日之下进行交易。这样的见解太单纯。我必须唤醒自己,打消成见。

ZETA

现在还是同一个夜晚。我已经从对样样事情都有一种病态的想法的状态中恢复正常了。我担心他们会用一种美以美教会的道德标准来非难我，而且，我更担心的是惠勒也许会发现这个秘密，然后就传到他的弟兄那里。一则，我不能把那个铁丝圈恢复原状。二则，屋里仍有那该死的香水余香缭绕！那该死的蠢女人！现在回想起来，我会记得的，似乎不是我的娱乐带来的几分狂热和太过"匆匆"的快乐，而是她的那种偶尔让人诧异的逢场作戏，每逢她的感情特别激动——也可以说当这种感情特别难以言状的时候，她就用这种方式应付。一个女演员能表达一种难以言状的感情吗？如果遇到一种情况，那种感情可以直接而且恰当地发泄出来，她会不会非常感激地欢迎这种情况呢？这不就是舞台动作？我上大学的时候曾参加过一点课余的戏剧活动，那些雇来充当戏剧顾问的人教给我们一些戏剧艺术、技巧或者那行业的专门用语。因此，我早就该告诉你这件事。我对她说"啊，我亲爱的，我们到了桥头，就得走过去呀"以后，她没有用言语回答我。因为她已经半转过身去避开我了，现在忽然整个转过身向前跑——我那个小屋的长度如果许可的话，她就会跑得更远些——就会做出一个冲破舞台的动作（这是戏剧顾问教我们的）。我想起这回事便哈哈大笑，又恢复平静了。天哪，在一只船上，一个牧师就嫌太多了。这样说船长一定同意。舞台表演就是一个令人愉快的"说教"的替换活动。在那唯一的我们不得不忍受的礼拜仪式进行当中，那位任圣职的先生和布罗克班克小姐不是给我们表演了吗？此刻，我忽发奇想，有了一个确确实实的莎士比亚式的想法。他发现她很迷人，她也表现了她的魔力（女人都会的），并且急于跪倒在一个男司祭的面前。——他们真是天造的一对，地造的一双！我们不该向他们祝福吗？——或者说（这是一个小鬼悄悄对我说的）对我们三个祝福吗？我们不应该使这一对不太可能结合的贝特丽丝和培尼狄克①彼此相爱、幸福无边吗？"我会尽绵薄之力帮我的堂妹找到一个如意郎君。"我写到此处，不禁哈哈大笑。只能希望在午夜轮班钟打三下时躺在小舱里的其他旅客想到，我会像贝特丽丝一样，似乎在梦里也会笑出来。我会选出科利先生，予以最——可否说——最特殊的关注？或者说至少在布罗克班克小姐不再有让法国佬抢走的危险之前。

---

① 莎士比亚戏剧《无事生非》中的人物。

Z,您看,Z,我不知道这是哪一天——但是有事要办。这是一件多么讨厌的事!

我在平常的时候醒来,感到头有些不舒服,我想这是我和德弗雷尔先生多喝了几杯劣等的白兰地引起的。我穿好衣服,到甲板上,让风吹吹也许舒服些。这时候由廊子里出现的你猜是谁? 除了那个任圣职的先生还有谁? 此人正是我计划着协助他"获得"——这两个字不合适——锦绣前程的人。我没有忘记我决定做的事,所以就扬扬我的礼帽向他说声早安。他也向我鞠躬,笑笑,并且扬一扬他的三角帽,但是露出超出我想象之外的尊严。怎么啦——我想——范迪门大教堂需要请一位主教吗? 我有些惊奇地望着他稳着步子走上后甲板的梯子。我跟着他走到普瑞蒂曼先生站着的地方,他的手里抱着那个可笑的武器。我向他行一个礼,因为我要是个人方面有什么需要——您知道,就是用在科利先生身上呀——普瑞蒂曼先生总是我特别注意的对象。

"先生,你打中信天翁了吗?"

普瑞蒂曼先生气得跳了起来。

"没有,先生! 那整个的插曲是——那武器让人由我手中夺走了——那完像插曲似的事是那样的奇怪,那样令人惋惜! 这样一种无知的表现! 这样一种荒唐野蛮的迷信表现!"

"毫无疑问的,毫无疑问的,"我安慰他说,"这样的事在法国就不会有。"

我朝后甲板方向走过去,爬上梯子,看到科利先生在那里。多么令人惊愕！他戴着圆圆的假发和三角帽,穿着黑外衣站在安德森船长面前,就在那暴君的神圣不可侵犯的甲板上！我走到梯子顶上时,安德森船长突然转身走开,到栏杆边上,向栏外啐了一口。他的面孔通红,并且狰狞得像怪兽形的滴水嘴。科利先生严肃地举举他的帽子,然后就朝梯子方向走过来,他看到萨默斯上尉,便由他身旁走过。他们同样严肃地打招呼。

"萨默斯先生,我想就是你用普瑞蒂曼先生的枪射击的吧?"

"是的,先生。"

"我相信你没伤到什么人吧?"

"我是在船的一侧向外射击的。"

"我得感谢你这样做。"

"这不算什么。科利先生——"

"怎么,先生?"

"我恳求你,听我的劝告。"

"是关于哪一方面的?"

"不要马上就过去。先生,我们对我们的弟兄认识得还不很久。自从昨天那件事发生以后,我知道任何一个醉鬼都不会对你友善的。我恳求你等他们的朗姆酒发下来以后再过去。领到酒以后有一段时间,即使他们不会比现在更讲道理,至少更安静、更和善。"

"先生,我有盔甲。"

"相信我,我知道我说的什么。我以前也有过他们那种情形。"

"我带着主的盾牌。"

"科利先生！你既然说自己感激——那么就算帮帮我的忙吧。再等一小时。"

一阵沉默。科利先生看到我,态度严肃地对我一鞠躬,然后转而对萨默斯先生说:

"好吧,先生。我接受你的忠告。"

他们又相对一鞠躬。科利先生朝我这里走过来,所以现在我们也相对一鞠躬。凡尔赛也不能做得更好了!然后这位先生就走下梯子。这样太过分了。一种新的好奇心,夹杂着我对他莎士比亚式的目的。天啊!我想:啊!这整个的南半球已经找到一位主教了。我匆匆地追他。正当他要走到我们的廊子时,我赶上他了。

"科利先生!"

"啊?先生!"

"我早就希望和你多认识认识的。但是由于身体不舒服,总是没有机会——"

他咧着嘴笑一笑,脱下帽子,放到胸前,对我鞠躬,也可以说是对我致敬。那位大主教突然降为乡下副牧师——不,降为一个低贱的牧师。我那种轻视的心理又复活了,好奇心也冷却了。但是我想起了季诺碧亚也许会需要他伺候,我应该把他储备起来——照海军的说法——把他编为常备兵。

"科利先生,我们很久没接近了。你可以陪我到甲板上打一个转吗?"

这是不寻常的!他的脸虽然让热带的阳光晒得起疱,而且更红,可是突然变得很苍白。我可以发誓,他的眼睛噙着泪。他的喉结在他的宽领带上面一上一下地跳个不停。

"先生,塔尔伯特先生——言语不能够——我早就希望——但是在这样的时候——你的赞助人都是很可敬的——这样是很慷慨的——这是真正的基督的慈善——愿主保佑你,塔尔伯特先生!"

他又突然弯下身子,行了一个鞠躬礼,然后退后一两码,接着又一次弯腰鞠躬,仿佛是晋谒完毕鞠躬告退。然后,就回到他的小屋里。

我听到上面一声轻蔑的惊叹,向上一望,原来是普瑞蒂曼先生在上面后甲板前的栏杆旁看着我们。现在他又匆匆走开不见了。但是现在我没工夫理会他。我的话怎么会在科利先生身上产生那么大的效果,我仍然觉得吃惊。我的外表表现了君子风度,而且衣着正适合我的身份。我也有相当高的地位,因此,也许——我只是说"也许"——由于一种对于未来职位的自觉,使我的举止更添几分威严。这种情形,对于一个像我这样年纪的人是不常有的。爵爷,就这一点而论,应该间接地怪罪你——但是,我不是在上文中提到再也不说感激涕零的话来打扰你吗?那么,还是回到本题吧。我没有什么理由足以让那个愚蠢家伙把我当皇室人物看待。我在后甲板与中桅的分界处踱了半小时,反复地思考这个情况,同时也是想舒散舒散方才那样的头痛。必然有什么事情发生了,但是我不知道是什么事。——有事,我可以看出来,那是船上开招待会的时候,同时也是我同那个"美丽的敌人"交手的时候发生的事!究竟是什么事?我也不知道,也不知道科利先生看到我为何特别高兴。还有,萨默斯上尉开了普瑞蒂曼先生的短枪,没伤到任何人!身为一个战斗的海员,这似乎是一个大失败!这是很神秘很费解的事。但是,那牧师对于我的关注那种明显的、万分感激的样子——我不能要求那些先生或者军官解释那件神秘的事,实在令人烦恼。因为如果透露我因为全神贯注地伺候一个小娘子而忽略了外面发生的事,那是不智之举。我不能立刻想出该怎么办。我回到我们的廊子,准备到餐厅,看看是否可以从偶然的谈话中发现科利先生为什么会这样感激,又这样威严。但是,我走进廊子时,布罗克班克小姐匆匆由她的舱里走出来,一只手搭在我的臂上,把我留下来。

"塔尔伯特先生——埃德蒙!"

"小姐,有何吩咐?"

然后,她用沙哑的女低音轻轻地说:

"一封信——啊,主啊! 我怎么办?"

"季诺碧亚,统统告诉我吧。"

爵爷在我的话里发现有些戏剧性的成分吗? 的确是的。我们马上就让一个奇情剧的浪潮卷走了。

"啊,天哪——是,是封短信——丢了,丢了!"

"但是,我亲爱的,"我说,同时立刻由舞台上跳下来,"我没给你写信呀。"

她那硕大而又笨重的胸脯一起一伏,不住地喘动。

"那是另外一个人写的。"

"那么,"我低声对她说,"我不愿意替船上的每一个男士负责。你应该找他们帮忙,不必找我。所以——"

我转身正要走开,但是,她拉住我的胳膊。

85

"那封短信是丝毫无害的,但是,也许——或许会让人误解——我也许掉到什么地方了——啊,埃德蒙! 你应该知道是掉到哪里呀!"

"你要相信我,"我说,"我那个小屋虽然让一件'微妙的事件'扰乱了,可是,当我重新整理房间时,应该会发现的。"

"啊,请你帮帮忙,请你帮帮忙!"

她凝视着我的眼睛,那个神情含有绝对的信任,混合着痛苦。这样一来,那一双眼睛的光彩又锦上添花,益发明亮! (但是,在下何许人也,怎敢指导爵爷。您已经让钦慕您的小姐们包围,她们目不转睛地望着可望而不可即的东西——啊,我附带问一句:我的阿谀之词太粗俗吗? 您要记得您曾经说奉承话如果加上事实是非常有效的!)

季诺碧亚走近一些,抬头望着我。

"一定在你的舱里。啊，万一惠勒发现，我就完了！"

我想，该死！如果惠勒发现了，我就完了，也可以说差不多完了。——她是想把我牵连在内吗？

"布罗克班克小姐，别再说了。我马上去找。"

我由右方"下台"——或者是左方？就戏院的情形而论，我一向是不能确定的。那么，就这样说吧：我朝船的左舷方面走向我那"宽敞的寓所"，打开门，走进去，关上门，然后开始寻找。被迫在一个狭窄的地方寻找一个物件，天下还有更令人气恼的事吗？我真想象不到！突然之间，我发现我的脚旁边有另外两只脚。我抬头一望。

"走开，惠勒！走开！"

他走了。然后，我找到那张纸条了，不过只是在我要放弃了，不再去找的时候才找到的。我正要把水倒进我的帆布盆子里，然后，瞧，在盆子正中央折得好好的，不是一张信纸是什么？我抓着那张纸，正要回到季诺碧亚的舱里，这时，忽然想到一件事，停下来。首先想到的是，我在那天上午较早的时候已经洗过脸。那个帆布盆里的水已经倒光了，而且已经把床整理好了。

是惠勒！

我马上把那张纸摊开，又深深地透口气。那字条看起来是出自未受过教育者的手笔：

　　　最亲爱、最敬慕的女子：我急不可侍(待)了！我发见(现)一个谁也不知道的地方。

　　　我的心藏(脏)直跳。我平常有危险的时候从没这样！只要告诉我什么时间。我就会带你到我们的天当(堂)。

　　　　　　　　　你的水手英雄

哎呀！我想。纳尔逊爵士已经升高到更可笑的地位了。她现在正患爱玛①式的乱点鸳鸯谱的毛病,并且已经传染了这个不相识的水手英雄。我已经陷入完全困惑的状态。科利先生,非常威严——现在又有这个字条——萨默斯拿一把普瑞蒂曼的短枪,其实那是布罗克班克先生的——于是,我开始哈哈大笑。然后喊惠勒来。

"惠勒,你一直在我的舱里忙个不停。我要是没有你,不知道该怎么办。"

他深深鞠躬,没说什么。

"我很高兴,你很专心。这里有半个畿尼给你。你有的时候记性不好,是不是?"

那人的眼睛一眨不眨地望着帆布盆子。

"谢谢你,塔尔伯特先生! 你可以样样事都交给我办,先生。"

他告退了。我再仔细看那字条。这显然不是德弗雷尔写的;这种没受过教育的写法,不是一个绅士风度的人所为。我不知道该怎么办。

于是,我就想,演戏的技巧也许是我把季诺碧亚和那个牧师一齐摆脱的办法。(其实,等到较晚的一个时期,我会想起这件事多么适合一个闹剧的剧情,就很好玩了。)我只要把这字条丢到他的舱里,假装忽然发现这个东西——先生,这个字条不是写给布罗克班克小姐的吗? 你还是堂堂教会里的牧师呢! 招认吧,你这狗东西! 让我们庆贺你对付你那情人的手段多么成功吧!

就在我想到这里的时候,我突然停下来,觉得惊奇,而且愤怒。看我现在这样子。我还自以为是一个爱荣誉、负责任的人呢。现在

---

① 爱玛是简·奥斯丁小说《爱玛》中的女主人公,喜牵线做媒。

竟然想做一件不但有罪而且卑鄙的事！这个念头是如何产生的？你看,我什么都没隐瞒。我现在坐在床沿上检讨那一连串导致这样错误想法的事,终于发现根本的原因就是季诺碧亚的所作所为,完全含有演戏的性质。她完全求助于——直接回到闹剧和奇情剧——总而言之,完全求助于演戏！希望在所有的学校里,都宣布这样一句话:

柏拉图是对的！

我起身,走到隔壁房舱,敲敲门。她把门开了。我把那个字条递给她,便走开了。

（Ω）

欧米加,欧米加,欧米加。不错,是最后一场戏！此外再不会发生什么变化了——除非是火灾、船忽然失事、敌人的猛烈攻击或者奇迹！即使是最后一个可能发生的变化,我相信万能的主就会像在舞台上一样地出现,成为这出戏里突然出面为我们解围的神！即使我不会因此而丢脸,似乎也不能让全船的人都纵情于舞台表演。我本人现在就应该来到你面前,穿一件戏里一个信差的外套——何不当你的拉辛①呢？——想我用"你的"两个字,但是,我不能对他有别种想法。

要不然,我可以和希腊人在一起吗？这是一出戏。是闹剧,或是悲剧？悲剧的好坏不是全靠主角的尊严吗？他不是一定要有伟大的精神,才能死得伟大吗？那么是一个闹剧了。因为,那个人现在似乎是一个傀儡戏中的滑稽角色。他的堕落是从社会的观点来说的。这样的戏里没有死亡。他不会毁掉自己的眼睛,或者让复仇女神追赶。他没犯什么罪,没违法——除非我们这位厉害的暴君为那些不小心的人故意留下几种法条让他冒犯。

我把那个字条脱手之后,就到后甲板去透透空气,然后又到军官用的后甲板。安德森船长不在那里,但是德弗雷尔和那老准尉戴维斯先生在一同守卫。戴维斯先生在明亮的阳光下显得愈加老态龙钟。我同德弗雷尔招呼一下,便回到后甲板,打算和普瑞蒂曼先生谈谈。此人仍然发狂似的在那里巡逻。(我愈来愈觉得此人不可能对国家有什么危险。谁也不会理会他。不过,我以为我有责任要经常和他接近。)他丝毫没有注意我的来临。他正目不转睛地往下面船腰部分看,我也跟着他往那边看。

我大吃一惊地看到科利先生。他的背影由后甲板下面出现,正朝着船员活动的部分走。这个现象本身就够令人吃惊了,因为他已经越过大桅杆那里的那条白线。那是限制他们的,除了受到邀请或者有任务,不许到我们这一边。但是,更令人吃惊的是他像发疯似的,把牧师的盛装都穿在身上:白法衣、披巾、假发、小帽。这些东西在阳光直射之下显得可笑!他庄严地迈步向前走去,好像在一个大教堂一样。在阳光下闲荡的人们,看到他马上站住,露出看似有些胆怯的神气。科利先生在前甲板的分界处往下走,看不见了。那么,这就是他同萨默斯谈到的那回事了。船员们想必领到他们的朗姆酒了——的确,我记得曾经听到水手长吹哨子和"酒来了"的声音,但是没有理会,因为到现在我对那一种声音已经听惯了。现在船行得很平稳。空气很热。船员们本身正以度假的心情开怀畅饮,也就是萨默斯称为正在"加油"时的心情。我在后甲板上站了一会儿。普瑞蒂曼先生正在狠狠地批评他称为野蛮服装的复活。我几乎没有注意他的酷评,因为我正在好奇地等待着,想看到那牧师再出来时的情形。我不能想象他会想在那里主持一个盛大的礼拜仪式。我想象到一个牧师与其说是走进礼拜堂,不如说是同其他人鱼贯而进的样子——因为看到他走路的态度和那副神气,我们就可以猜想到至少还有唱诗班的孩子、几个牧师会的会员和一个副主祭。这样一个现象我看了一定立刻感到非常有趣,印象非常深刻。我了解他的错误。他缺乏一个绅士天生的尊严,并且很可笑地过分表现出他那种职业的尊严。他现在露出充分的"天上教会信徒"(或者应该称为"地上教会信徒"吗?)的尊严朝下层的人们走去。我看到

---

①　拉辛(Racine,1639—1699),法国悲剧作家。

这个画面,有些感动。这就是使英国(或者说"大不列颠")社会成为现在这样完美状态的一个因素。这里,在我面前的,就代表"教会";在那里,在我的后面那个舱里端坐的,就是安德森船长代表的"国家"。不知道哪一条鞭子更有效?那条九尾鞭就实实在在地放在那个红色的哔叽袋里,专供船长之用,不过,我还没见他吩咐部下拿鞭伺候。是这条九尾鞭吗?或者是那抽象的鞭子,也就是柏拉图心目中的鞭——那地狱之火的威胁?因为,毫无疑问的,那些船员一定使牧师受到轻蔑的待遇(这是从那个人在船长面前那种庄严的、受辱的样子判断的),不管是真的,还是想象的。听到堡状甲板上回荡着忏悔的呜咽声和恐惧的尖叫声,我应该不会太过惊讶。过了一会儿——我不知道有多久——我等着看会发生什么事,后来断定不会有什么事。我回到我的舱里,继续写那些热闹的情节,我想爵爷会很高兴看的。忽然有一阵嘈杂的声音,使我的工作中断了。

爵爷能猜到是什么声音吗?不会,即使您也不能猜出!(我希望能用更聪明的阿谀方式。)

听到上甲板前部的堡状甲板上传来的第一个声音是喝彩声。但不是一个抒情调唱过之后的那种喝彩,那种也许会使歌剧院的表演中断好几分钟的喝彩声。那也不是歇斯底里的叫声,因为那些观众并没有发狂。那些船员也没有掷玫瑰花——或者是畿尼金币,就像我曾经看见一些花花公子试图投给那个歌手范特莉妮那样。他们是在做一件适当的事,一件妥当的事,这是一个有社交经验的人可以听出来的。我在大学读书时,当一个优秀的外国人接受名誉学位时,同学中谢尔登牧师似的人就会这样喝彩。他们像我和我的同学们当时的情形一样。我走出去,快速上了甲板,但第一阵喝彩声过后,这会儿已是静悄悄。我想我可以听到那位牧师讲话。我几乎想走到现场,在前甲板分界处藏着,听一听。不过这时我想到我这一生中听到过的证道词的数目,也想到将会听到多少。我们的航行生活有许多方面都很不如人意,虽然如此,我们也有过几乎是完全的假日。所以,我决定等着,等到我们这位新近获胜的科利牧师说服船长,使他认同这只老船上的确需要举行一次布道会,或者,更糟,需要举行一连串正式的布道会。在我沉思的眼前,甚至还浮动着一个画面,譬如说是《科利证道词全集》,或者是《科利论人生之旅》一类的书。那么,我就会预先决定不订购。

站在那轻轻摇动着的风帆阴影中,我正打算回去,忽然使人难以相信的,我听到爆出一阵喝彩声,这次比较热烈,也更自然。我不必向爵爷指出这个事实了。那就是,一个盛装的牧师(或者像年轻的泰勒先生形容的"全身披挂的"牧师)受到这样的喝彩,机会不多。假若他的证道词有若干热诚的成分,他就有望听到听众的呻吟、哭泣、悔恨的喊叫和虔诚的感叹。假若他安于当一个乏味的上等人,他得到的反应就是沉默和偷偷打呵欠的声音。但是,我听到由前甲板传来的喝彩声更适合一个娱乐节目。仿佛科利是一个走绳索的或者一个变戏法的。那第二阵喝彩声听起来仿佛是(他将六个菜盘同时在空中旋转,博得第一阵掌声之后)现在又在前额上加了一根台球棒,棒顶上有一个夜壶不住地旋转!

现在实在激起我的好奇心了。我正要到前面去的时候,德弗雷尔由他守卫的岗位走下来,和我谈论起美人儿布罗克班克。我只可以说,他的话意味深长,显然是故意的。我觉得自己的事让人发觉了,立刻像任何一个年轻人那样,感到受宠若惊,同时,也有些担忧,于是我就想到我跟她的关系会产生什么后果。她自己呢,我感到她站在后甲板的右舷,倾听着普瑞蒂曼先生的高论,我把德弗雷尔拉到我们这边的廊里。我们就在那里谈了一会儿,彼此都避免正面答复对方的问题。我们相当不拘束地谈到那位小姐,我偶然心生一念，以为他在我卧病的期间很可能在追求她这方面有些成就，不过他不肯承认，却有所暗示。我们可能处境一样。上天啊，他虽然是一个海军军官，却仍然是一个君子。无论发生什么事，我们都不会泄露彼此的秘密。我们在旅客餐厅喝了一杯。然后，他就去办他的事。我正转身回到我的舱里，中途忽然听到上甲板的堡状甲板上传来一个很大的声音，一个意想不到的声音——那绝对是一阵笑声。我一想到科利先生会是一个风趣的人，便惊呆了。后来我马上想到他已经离开他们任其自由行动了。他们像小学生似的，当老师骂过他们，然后离开，他们便以哑剧的动作模仿他的举动。我走到后甲板上面想看得更清楚些。然后到军官用的后甲板，但是在上甲板前部的堡状甲板上，除了派在那里担任哨兵的人之外，没看见什么人。他们都在里面，聚集在一起。我想，科利大概没讲什么，现在或许已经回到舱里，正换掉他那套野蛮的华服。但是消息已经传遍全船。在我下面的后甲板上挤满了先生、女士和军官。那些胆子大的便站在我旁边，在军官用后甲板前面的栏杆边上。在方才发生那个事件中我的脑子里一再出现的，并且使我的想象更多彩多姿的形象，现在似乎全船都可以看到。刹那间，我甚至于愚蠢地这样想：不知道那些军官出来是不是预防船员们叛变。但是，德弗雷尔应该已经知道是怎么回事。但是，他什么也没说。可是，人人都向前瞻望船上那一大片未知的部分。在那里，船员们正纵情地欢笑，不管正在进行中的是什么把戏。我们是观众，在那里，隔着一些东西可以看到帆的下桁上的小船和那巨大的圆锥形的主桅外面，就是舞台。前桅前面的上甲板中断部分，像房屋的两侧，向上延伸，又备有两个梯子和入口，一边一个，而且，这实在是令人烦恼的，很像一个舞台——我说是令人烦恼的，因为，谁也不敢确保可以在这里演一出戏，而且，我们这种奇怪的期望很可能会成为失望。现实生活中有各式各

93

（Ω）

样的事,有的部分呈现出来,有的隐藏着,令人气恼。这一切都是杂乱无章的。舞台上的幻象,我一度认为是现实生活的清晰写照,我不能发现二者之间的差别。我不想问究竟是怎么回事,也不能想到如何发现这种差别,除非我愿意表现出有失身份的好奇心。当然,爵爷最喜欢的剧作家也许会展示出那个女主角和她的知心人。我最喜欢的剧作家就会加上一个舞台指示:两水手上。我能听见的只有上甲板前部的堡状甲板上的人愈来愈热闹,我们旅客方面也是一样,军官们更不必说了。我等待着,也许会有什么事发生。出乎意料的,终于来临了。两个船上的青年——不是年轻的军官,由前甲板的左舷门冲了出来,在大桅后面越过,就看不见了。然后,他们同样突然地冲到右舷门。我正在想也许那牧师的证道词很粗鄙,才会造成这样广大而持久的热闹场面,忽然我发现安德森船长也站在军官用的后甲板前面的栏杆边神秘兮兮地向前凝视。萨默斯上尉快步跑上梯子。他的每一个动作都显示出不安和匆忙的样子。他一直走到安德森船长面前。

"怎么啦? 萨默斯先生?"

"船长,我恳求你准许我来处理。"

"萨默斯先生,我们可不能干涉教会呀。"

"船长——那些船员!"

"怎么样?"

"他们喝醉了,船长!"

"那么,萨默斯先生,你得负责罚他们。"

安德森船长转过身来,似乎是初次发现我也在场。他隔着甲板叫道:

"早安,塔尔伯特先生,我相信你很喜欢我们进行的情形吧?"

我说是的,用一些什么字眼儿来表达我的答话,我现在记不得了,因为我发现船长有不寻常的变化而觉得心神不定。他那惯常的等候别人走近时的面容,可以说是好像一扇牢门,正在欢迎新来的囚犯。他也有一个习惯,就是将他的下巴突出,愠怒的面孔一沉,同时目不转睛地望着你。这副模样想必会使部下看了心惊胆战。但是今天,他的脸上,其实还有他的言语之间有一种欢快的意味。

但是萨默斯上尉又说话了:

"至少准许我——啊,看那个,船长!"

他指着我转过身。

我们习惯上都披一件中世纪式的披巾,戴一顶像灰泥板似的学位帽来表示我们学业的成就。爵爷曾否想到这种传统很奇怪?(大学校长不应该拿着一个像镀金煤斗一样的东西吗?我又说到题外的话了。)有两个人物由左舷的入口处出现了。他们现在正一先一后地越过甲板,朝右舷走。也许船上敲打轮班钟的声音,当然还有那充满讽刺意味的"一切平安"的呼声使我相信,那两个人物是一个奇怪的钟上的两个机器小人。前面的那一个披一件镶皮边的披巾,那披巾不是披在身上的,而是蒙在头上的,就像我们在乔叟时代以后的插图原稿上看到的一样。那披巾是蒙在头上,遮住面孔,由一只手拉到下巴下面的。我想太太小姐们会把那东西叫作女佣披巾。另外一只手叉着腰。那个人物扭扭捏捏地越过甲板,过分地模仿一个女人的步态。第二个人物,除了船员平常穿的宽松的帆布衣服之外,还戴一顶绝对像是打扁了的学位帽,他一路蹒跚地跟在第一个人后面。当他们两个在前甲板那边走得看不见了,就听见一阵笑声,接着是欢呼声。

由于叙述得如此微妙,我可否斗胆地说:爵爷大概以为这是一种回头的学问吧?这种表演并不只是对里面,朝前甲板的方向表演,那是对着后甲板我们这个方向!你不是看见过一个演员有意地向外面,对着楼上包厢座的观众独白吗? 这两个由我们面前游行过去的人物,已经把人的弱点和愚蠢直接对着后甲板那些地位高的人聚集之处表达出来。爵爷如果知道丑闻在一只船上传播的速度,如果知道前甲板上出事(不管它是什么事)的消息瞬息之间传得满船风雨,那么,你就会称赞那消息传得多直接,多迅速。船员们、男士们以及船上全体工作人员——他们各有自己的目的。他们都惊惶万分。他们同我们一致地发现,这个小社会的稳定受到威胁,那些水手与移民中间随时都会起叛变。前甲板上正在胡闹,而且任意采取无礼的行动。科利和安德森船长都有过失——一个是这种无礼举动的原因,另外一个不应该容许有这样的行动。在整整一个世代之中(即使荣誉随着我们成功而来),文明世界有理由悼惜高卢族由于毫无纪律引起的后果。我想,他们不大可能恢复原状。我开始非常厌恶地由后甲板走下来。四周的人对我的招呼,我只勉强地答礼。普瑞蒂曼现在同格兰姆小姐站在后甲板上。我痛苦地想,他大可以提出显而易见的证明,让我们看看他所提倡的自由有何结果!安德森船长已经离开后甲板走到萨默斯那甲。萨默斯仍然目不转睛地望着前方,绷着面孔,仿佛他预料到敌人、大海兽或者海蛇会出现。我正要走下去到船腰部分,这时候甘伯舍穆先生由廊子里出现了。我停顿一下,不知道是否可以问问他。我正在想的时候,年轻的汤米·泰勒偏偏从前甲板冲出来,跑向后甲板。甘伯舍穆一把抓住他。

"在甲板上要礼貌点,小伙子。"

"先生,我得去见上尉——那是真的,主可以做我的评判!"

"又发誓了,你这小兔崽子?"

"那是牧师,先生,我告诉过你是他!"

"你要称科利先生,你这个叽叽叫的小野种,你这该死的! 这么无礼!"

"这是真的,先生,这是真的。科利先生就在那里,在前甲板,醉得像屠夫的靴子!"

"下去吧,否则我就罚你爬到桅顶!"

泰勒先生走了。我现在大吃一惊,因为发现,自从听到各种吵闹声之后,那个牧师一直都在上甲板前面的堡状甲板上!当那里有戏剧表演和装机关的小人耍的那些骗人的把戏,使我们大开眼界时,他都在场!现在我不再想回到舱里了,因为现在不仅后甲板和军官用的后甲板上挤满了人,那些够活跃的人都爬到尾桅的横帆索较低的部分,同时,在我下面,船腰部分——我想用戏剧名词说,就是戏院正厅的后面座位——还有更多的观众。奇怪的是在后甲板我的周围,妇女也和男人一样处于(或者可以说是显示出)一种既吃惊又兴致勃勃的状况。看情形似乎是,有人叫她们安心,说这消息不确实,她们很高兴——宁愿让人劝她们安心——假若是真的,她们就非常难过——她们无论如何也不希望发生这样的事——并且,假若,一反所有的或然性,不,可能性,这是真的啊——不会是真的,不会是真的。只有格兰姆小姐绷着脸由后甲板下去,在廊子里一转身,就不见了。普瑞蒂曼先生拿着枪,目光由她身上转到前甲板,然后又转回来。然后,他匆匆地跟着她走过去。除了这两个严厉的人物之外,后甲板,尽是窃窃私语和连连点头、兴致勃勃的人。这种情形更符合一个大会场的休息室,而不大像是在一艘军舰的甲板上。布罗克班克先生重重地倚着手杖,两边的女士们听到他的话,不住点头,所以她们的帽檐不住地上下抖动。甘伯舍穆站在他们一旁,默默不语。就在大家期待的这一时候,忽然船上的人都静下来,所以,船轻轻移动的声音、波浪撞到船板的声音,以及风吹绳索的声音就变得清晰可闻了。就在这一阵沉默的时候,我的耳朵——我们的耳朵——听到远方有一个男人的声音（这仿佛是沉默产生的）。那是唱歌的声音。我们马上知道一定是科利先生。他在唱歌，但是，他的声音和他的外表一样的弱。曲调和歌词是够熟悉的。也许是在一个艾尔啤酒馆或是一间客厅里听到过。不知道科利先生是从什么地方学来的。

"小比利，你整天都在哪里？"

接着是一段短暂的沉默，然后，他突然又唱一首不同的歌，这首歌我不熟悉。我想，歌词必定是多情的，也许是关于乡村的事情，因为有笑声表示支持。一个农夫，生来就是注定要捡石子和吓唬小鸟的人，也许是在工人中午常去休息的篱笆树下听来的。

我现在回想到当时的情形，仍然不能解释当时我们的感受：科利的不端行为竟是那件事的全部真相。早一些时候，我还很烦恼，因为我发现我们多么不可依赖前甲板的那个舞台给我们表现出这出戏的形态和范围。可是，我现在在等待着，爵爷可能理直气壮地问："你难道以前没听到过一个牧师的笑话吗？"我只能这样回答："我的确听到过，但是还没有看见过。而且，时代和地点也不同。"

歌声停止了，又开始有笑声了！先是喝彩声，接着是叫喊和嘲笑声。过了一会儿，我觉得我们似乎真的让这件事给骗了——这几乎是令人不可忍耐的，尤其是想到我们为了我们戏院的座位，多么难过，多么危险，多么无聊！虽然如此，就在这个节骨眼儿上，安德森船长由他的舱里下来，走到后甲板，在前面栏杆边站好，然后望望这个剧场和观众，他的面容像格兰姆小姐一样严厉。他厉声地对德弗雷尔先生说话（这时候他正轮班，他的声调仿佛是这件事完全是由于德弗雷尔先生的疏忽），他说那个牧师还在那里。然后，他在后

甲板他那一边打一两个转,往栏杆走过去,一直到栏杆挡住去路为止,用比较高兴些的声调对德弗雷尔先生说:

"德弗雷尔先生,请你通知牧师,说他现在必须回到他的舱里。"

当德弗雷尔先生对威利斯先生重复船长的命令时,我想船上没有一个人动一动。威利斯向他敬礼,然后就到船前面去了。于是,所有的人都目不转睛望着他的背影。我们大吃一惊,因为我们听见科利先生同他讲话的声音。他的话里用了一连串亲热的称呼,假若布罗克班克小姐听到了(或许真的听到了),她的脸就会红得像一朵牡丹花。那个年轻军官迟疑地走出前甲板,后来又窃笑着跑回来。但是,我们实在没人会怎么注意他,因为现在牧师在前甲板左边的门口出现了,像一个智力低劣的独眼巨人,像一个既奇怪又可厌的东西。他的法衣和身份的标志都不见了——就是短裤、袜子和鞋子都让人脱掉。我想,也许是一个心肠慈悲的人可怜他,给他一件船员穿的宽松的帆布衣服。那件衣服,由于他的身材矮小,遮盖住他的腰也够了。他并不是一个人,一个高大健壮的人在照顾他。这个人扶着科利先生。科利先生的头靠在这个人的胸口。当这两个奇怪的人物摇摇晃晃走过大桅时,科利先生往后一退,因此,他们就停下来。很明显的,他的脑筋已经变得和他的理解力只有一点点联系了。他似乎处于一种极愉快的状态中。他的眼睛漠然地转动着,仿佛看到的东西都没有一点印象。的确,他有那样的体格,自己也不可能高兴的!他的头盖——现在不再有假发遮住了——又窄又小,他的腿没有腓肉;但是"自然之母"好玩儿地给他一双大脚和粗大的膝盖骨,因此掩饰不住他是种田汉出身的。他正在嘟嘟囔囔地讲什么狂热一类的话。后来,仿佛第一次看到他的观众,便挣脱了他的助手,两腿成八字地站在那里,伸开两臂,仿佛要把我们

99

(Ω)

都抱起来。

"快活！快活！快活！"

然后他面露若有所思的神气，向右边一转身，很慢很慢，非常小心地走到舷墙前面，对着舷墙小便。女士们发出尖叫，而且无不以手掩面！男士们无不咆哮如雷！科利先生转身对着我们，张开嘴。即使船长也不能造成这样立刻全场肃静的场面。

科利先生举起右手，开始说话了，不过，含含糊糊的。

"啊，万能的圣父、圣子和圣灵赐福给你们，永远与你们同在！"

接着，我可以告诉你，是多大的一番骚动啊！虽然此人异乎寻常地当众便溺惊吓了那些女士，那个帆布衬衣遮体的人向她们祝福，又引起一阵惊叫，于是人们都纷纷退避，而且听说还有一位小姐晕倒了。这件事过后不过几秒钟，那个勤务员菲利普和萨默斯上尉用力把那可怜的傻瓜拖走，同时，那扶他来的水手站在后面，目不转睛地望着他们的背影。当科利看不见了的时候，那人摸摸前额上面的头发，然后就回到上甲板去了。

我想大体而论，观众已经很满意了。除了那些女士，安德森船长似乎是科利的表演的主要受益人。他变得确确实实地喜欢同女士们打交道，而且有意地由后甲板他那神圣不可侵的地区走过来，对她们表示欢迎。他虽然坚决而客气地拒绝谈论科利事件，但他的脚步轻快，而且眼睛里甚至闪出亮光。我想只有在战争即将来临时，一个海军军官的眼睛才可以发出这样的亮光！其他军官们的兴奋情绪很快地就消逝了，他们必定见过不少醉酒的场面，也曾经亲身参与过，因此，这种事情不过是悠久历史上的一个事件。那些海军军官也许看到过甲板上尽是他们阵亡弟兄们的五脏和鲜血，科利的尿和这些一比，又算什么？我回到我的小屋，决定尽我的力量把这个插曲充分而又生动地向您报告。可是，当我忙着回想那些情节时,我很快地又想起他那堕落事件更进一步的发展。我正在叙述前甲板传来的奇怪声响时,又听到廊子另一边一个房门非常不灵活地打开了。我一跃而起,注视着对面的情形(是借着我的百叶窗缝,也是我的窥视孔)。科利由他的舱里出来。他手里拿一张纸,仍然露出那种轻快的满足与快乐的笑容。他这样又快乐又出神地朝船上厕所那一边走去。显而易见的,他仍然处于一个神仙境界,这个境界不久就会消逝,离他远去。

那么,结果如何呢?他对于饮酒毫无经验。我可以想象出他清醒时那副痛苦的样子,于是,我又要哈哈大笑了——然后,又改变主意!我的舱里非常闭塞,已经变得恶臭扑鼻了。

(51)

我想,这是我们航行的第五十一天,不过,也许不是的。我对于日历已经失去兴趣,而且在航行中几乎丢掉。我们有船上记事历,非常琐碎。自从科利给我们助兴以后,船上没发生什么事。现在,此人备受轻蔑。安德森船长仍然显得很和蔼。科利在他醉酒之后的四天之中,没离开他的舱。除了那个勤务员,谁也没看见他——除了我那次看到他拿一张纸到厕所之外。现在不谈他也罢。

可能使爵爷感到更有趣的就是我们年轻朋友围着布罗克班克小姐跳的那种乡村舞。我还没有认出她那个水手英雄,但是,我确信德弗雷尔与她有关系。我一再问他,他才承认。我们都认为一个人乘的船失事以后漂流到岸边时,就得与难友并肩努力共同保卫自己。爵爷,这是一个混杂的暗喻。你可以看出我是多么愚钝。还是言归正传。我们两人都以为那时候她是喜欢甘伯舍穆的。我承认,这样使我很放心。德弗雷尔也这样想。我们担心——我们两个人——担心我们对我们的共同情人感到同样困难。你会记得,我以为既然科利这样迷上了她,我就有个轻率的计划:我想排演一出《无事生非》,使这个贝特丽丝和培尼狄克坠入情网。我把这个意思告诉德弗雷尔。他听了沉默片刻,然后突然大笑。我正要告诉他,他的事是例外,他就以最宽厚的态度请求我原谅。但是,他说,这样的偶合是人的才智不能捏造的,又说,假若我发誓不把他告诉我的话对别人说,他就同我一块儿开开玩笑。就在这个时候,我们的话让人打断了。我不知道是开什么玩笑,不过,到时候我会报告给您的。

ALPHA

启
蒙
之
旅

　　我近来不大对劲儿,所以一任日子过去,而没理会这本日志。我感到懒懒散散的。我除了在甲板上散步,就是同任何一个愿意陪我的人喝杯酒,再到甲板上散步,也许同张三李四聊聊天儿。我想我还没告诉你,当"布罗克班克太太"由舱里出来露面的时候,原来她看起来比她的女儿还年轻呢!我一直躲避她和那美貌的季诺碧亚。季诺碧亚在这样炎热的时候,显得格外妖艳,几乎令人作呕。甘伯舍穆并不这样脆弱,在这样炎热的差不多没风的纬度线上航行非常无聊,因此我们烈酒的消耗量就增加了。我本来想把我们船上旅客的全部名单都抄给您看看,结果还是作罢。他们是谁,您不会感兴趣的。那么,就让他们继续隐姓埋名吧。虽然如此,多少有些有趣的就是科利的行动——也可以说毫无行动。事实上,此人自从栽了那个跟斗之后,压根儿没离开他的舱。勤务员菲利普偶尔会进去一下。我想萨默斯去探望过他,大概是以为那是一个上尉的责任。一个像科利这样没光彩的人必然觉得毫无自信心,不敢再出来见见各位先生和女士。女士们对他特别苛刻,至于我呢?因为安德森船长狠狠地骑在他的头上(这是德弗雷尔的说法),我如果有任何念头,想否认科利是一个人,这就完全可以缓和我的意图了。

　　我和德弗雷尔都认为布罗克班克就是(或者一直都是)那两个婊子的老板。我知道艺术品不应该受到既定的道德标准评判。但是,我宁可让他在另外一个地方开他的妓院。虽然如此,他们有两个小屋,一间是"父母"住的,另一间是"女儿"住的,因此,他至少还要做一点姿态,保留一些面子。面子是保留了,于是,皆大欢喜!甚

103

至格兰姆小姐也欢喜。至于普瑞蒂曼呢,我想他,他一点没有注意。我暗暗叫道:幻想万岁!让我们把它和所有其他文明的好处输出到我们的殖民地吧!

我刚刚从旅客餐厅出来。我和萨默斯在那里坐了很久。我们的谈话值得记下来，不过，我有一个不安的感觉，这件事说出来是于我不利的。我不得不说，萨默斯是船上在英王陛下的海军中最有功劳的人。德弗雷尔自然是更有君子风度，但是，工作并不勤快。至于其他的人，那就统统不在话下了。这种差别，我只是暗自思忖，但是，我确实讨论到人都希望由原来的身份往上爬。当时我说的方式，现在想起来恐怕他会觉得不愉快。我太大意了。萨默斯有点严厉地说：

"塔尔伯特先生，这话我不知道该怎么说，也可以说不知道我是否该说。但是，你自己说得很明白，并且说得不会让人错会你的意思。你说人的出身都烙在脑门子上，永远去不掉。"

"嘻！萨默斯先生。我没这么说！"

"你不记得吗？"

"记得什么？"

他沉默了一会，然后——

"我了解。我要是以你的角度说，这是很明显的。你为什么要记得？"

"记得什么呀，先生？"

他又一语不发。他转过脸去，似乎要把下面一句话的字一个个地由那个隔舱板上认出来。

"'嗯，萨默斯，让我向你道贺。你模仿比你的出身更高贵的人，惟妙惟肖。'"

现在轮到我一语不发了。他所说的话是实在的。爵爷如果乐意，可以把这本日志往回翻阅一下，就可以看到那些话。我自己就这样做了，并且重新看一遍我们初次会面时那段记载。我相信萨默斯以为我不会这样手足无措，这样的窘。但是，那些话，就是那些话，是赖不掉的！

"萨默斯先生，我向你道歉。那是——令人不能忍受的。"

"但是实在的，先生，"萨默斯说，声音很严厉，"尽管我们这个国家这么强大，但有一件事，在我们国家是做不到的，那就是把一个人整个由一个阶层转变到另一个阶层。由一种语言完全译成另一种语言是不可能的。阶层是大不列颠帝国的语言。"

"来吧，先生，"我说道，"你不相信我吗？由一种语言完全译成另一种语言是可能的，我可以给你做个示范。由一个阶层完全转变到另一个阶层也是可以的。"

"模仿得惟妙惟肖——"

"在这件事情上是惟妙惟肖，那就是，你是一个绅士。"

萨默斯的脸红了，很慢很慢才恢复惯有的紫铜色。现在是改变话题的好机会了。

"可是你要知道，我亲爱的朋友，我们中间至少有一个例子，可以证明那种转变是不成功的。"

"我想你是指科利先生而言，我正是想说这个的。"

"这个人已经脱离了他原来的身份，却没有一点优点可以证明这种升级。"

"我看不出怎么可以由他的行为追溯到他的出身。因为我们不知道他的出身是什么。"

"嗐，这可以由他的体格、他的言谈，尤其是他那种我只能称为服从的习惯上表现出来。我敢发誓，他由农夫身份升上来是用一种谄媚拍马的手段达到的。现在,举例来说——贝茨,请拿白兰地来!——就我自己来说,我喝白兰地,并且想喝多久就喝多久,我可以保证,没有一位男士,尤其是没有一位女士会看到我会有科利那种行为,让男士们觉得好笑,还冒犯了女士们。科利在前甲板上被他们不断地劝酒,他既没有坚强意志拒绝他们,也没有那种教养使他能抵抗饮酒的不良后果。"

"至理名言,应该记在书里,流芳百世。"

"先生,你要笑就笑吧。今天我是不会怪你的。"

"但是,有另外一件事,我也是打算提一提的。我们船上没有医生。可是,这个人病得快死了。"

"那怎么会呢?他很年轻,现在不舒服,不过是饮酒过度而已。"

"怎么会一直不舒服呢?我同勤务员谈过,而且也进去看过他。在海军服役这么多年,菲利普和我都没见过像这样的事。那张床肮脏极了。可是那个人,虽然不时有呼吸,却躺在那儿一动也不动。他的脸贴着枕头,看不见。他俯卧在床上,一只手抓住头上的垫枕,另一只手抓住木板上的一枚有环的旧螺丝钉。"

"你看过以后还吃得下东西,我觉得很惊奇。"

"啊,那个呀!我还想把他翻过身来呢。"

"试过吗?你大概把他翻过来了。你有比他大三倍的气力呢!"

"在这种情况之下是不行的。"

"萨默斯先生,我没见过科利这种职业的人有这样滥喝酒的现象。但是,在我的大学里据说有一位年长的导师在礼拜仪式之前喝得太多了。他由座位上站起来,蹒跚地走到讲坛,几乎跌倒,幸而扶着那个铜鹰像,喃喃地说:'要不是这个该死的绝种大鸟,我就跌倒了。'但是;我敢说你从来没听见过这个故事。"

萨默斯先生摇摇头。

"我在外国到过不少地方，"他严肃地回答，"那样的事情在我当时服役的那些人中是不会引起骚动的。"

"大成功，显而易见的大成功！但是，你放心，年轻的科利会抬起头来的。"

萨默斯凝视着那杯没动的酒。

"他有一种奇怪的力量。好像是牛顿的万有引力受到感染了。他那抓住螺丝钉的手也许是钢打的。他躺在那里，把床铺压得凹下一个坑，仿佛是铅制的，陷进去。"

"那么，就让他待在那儿吧。"

"就这样吗？塔尔伯特先生？你对这个人的命运像其他人一样漠不关心吗？"

"我不是这船上的军官。"

"先生，你是更有力量帮助他的。"

"怎样帮助呢？"

"我可以随便同你讲话，是不是？那么——这个人，大家怎样对待他呢？"

"首先，他是一个人特别憎恶的对象，然后，他受到一般人冷眼相待，后来，即使在那个越轨行动之前，大家也对他非常轻视。"

萨默斯转过身去，对那船尾的大窗户外面凝视了一会儿。然后，他转回头来望着我。

"假若我对你的品格判断错误，我现在说的话可能毁掉我。"

"品格？'我的'品格？你考察我的品格了吗？你从事——"

"原谅我。我绝对不想冒犯你，而且，假若我不相信这种情况是毫无办法的话——"

"什么情况？为了主的缘故，告诉我。"

"我们知道你的出身、你将要有的职位——啊——先生们——和女士们——大家都会巴结你，希望或者盼望着你在总督面前美言一两句。"

"啊——萨默斯先生！"

"等等，等等。塔尔伯特先生，你要了解我——我从来不抱怨。"

"先生，你的话听起来像是一个人在抱怨，很不寻常。"

我差不多已经站起来了，但是萨默斯伸出他的手来，他这种姿态是表示单纯的——"恳求"。我想我可以这样称呼。结果，我又坐下了。

"假若一定要这样，那么就进行吧。"

"我不是代表自己讲话的。"

我们两人都一语不发，过了片刻。然后，萨默斯咽了一口气，深深地，仿佛他的嘴有一口酒，而且并非一小口。

"先生，你利用你高贵的出身和预期的高位，得到极不寻常的殷勤待遇和舒适的享受——我不是抱怨——我不敢！我，何许人也，怎敢质问我们的社会习俗和自然的法则。总结一句话，你运用了你那地位的特权。我现在是请求你担负起社会的责任。"

在这半分钟之内——也许是半分钟，因为，在船上时间又算什么？或者再回到科利先生当众出丑时我想到的隐喻，在一个戏院里，时间又算什么？在那段时间之内，不管是长是短，我经过无数种感情的变化——我想那些变化是愤怒、慌张、难过和不安，因此，我感到非常烦恼。我知道我现在才发科利先生的情况很严重。

"萨默斯先生，你的话显然非常不客气。"

我清晰地看到，此人紫铜色的皮肤变成苍白的样子。

"让我想想,伙计,再来一杯白兰地!"

贝茨飞快地端来了,我想必定是我的声音露出很不寻常的紧急情绪。我没有马上喝,只是目不转睛地望着杯中酒。

麻烦的是此人说的话,句句都是正确的。

过了一会儿,他又说了:

"你亲自去拜访,先生,这样一个人——"

"我?跑到那个臭烘烘的洞里?"

"先生,有一个警句,很适合你的情况。那就是'位高则任重'。"

"啊,萨默斯,你的法文,去他妈的!但是,我可以告诉你这个,信不信由你:我主张公平的竞争。"

"那个我是愿意接受的。"

"你愿意吗?先生,你真大方!"

然后,我们又一语不发。最后,我想必是用一种很难听的声音说:

"那么,萨默斯先生,你说得对,是不是?我是不对。但是,那些在校外担任纠正工作的人不能希望人家感谢他。"

"我不怕。"

这太过分了。

"朋友,不要怕。你把我想得多么卑鄙,多么喜欢报复,多么量狭!你的宝贵前程非常安全,我是不会破坏的。我不喜欢你把我同敌人一样看待。"

就在这个时候,德弗雷尔和布罗克班克,以及其他的人进来了,于是,我们的谈话就不得不变成一般性的了。我端着酒杯尽快地回到舱里,坐在那里想该怎么办。我叫惠勒来,并且叫他去把菲利普叫来。他很鲁莽地问我,叫菲利普来干什么。我肯定地对他说照我吩咐的办就好了，不必多问。菲利普很快就来了。

"菲利普，我要去探望科利先生。我可不希望让一个病人房里的脏乱情形和难闻的气味弄得很不舒服。帮帮忙，把那地方打扫一下，而且，尽量把床铺清理一下。做完了，来告诉我。"

我想，片刻之间，他大概想提出抗议，但是，忽然改变主意，便告退了。惠勒又探进头来，我仍然怒气未息，就告诉他，假若他以为无事可做，那么就去帮帮菲利普。这句话立刻把他打发走了。等了大约整整一小时，菲利普才来敲门说他已经尽力而为了。我赏他点钱，然后一面暗自往最坏的方面想，非常担心，一方面由菲利普陪着穿过走廊，惠勒跟在身旁，仿佛希望我为他叫菲利普来而赏他半个畿尼。这些家伙像牧师施洗或主持婚丧典礼时要钱一样地坏！他们俩本来想站在科利的门口守卫，但是我叫他们离开，并且眼看他们走得看不见了，然后，我才进去。

科利的小屋同我的小屋是一样的格局。菲利普虽然没把屋里的臭气完全除掉，但是，已经喷了些刺鼻的倒也不怎么难闻的药水。科利就像萨默斯所说的躺在那里，一只手仍然抓住边上那个被称为环状螺丝钉的东西（这是《海事词典》编者福尔克纳和萨默斯一致的称呼）。他那头发很短的头埋在垫枕里，脸转过去。我站在床铺旁，不知道该怎样才好。我几乎没有探视病人的经验。

"科利先生！"

没有回答。我再试试。

"科利先生！几天以前，我想同你进一步地交往交往。但是你没有露面。这太令人惋惜了。今天可以同我一起到甲板上走走吗？"

这样说够漂亮了，我确实这样想。我很有把握提起这个人的兴致。但是，我心头忽然掠过一个念头：想到同他在一起我会感到很乏味。因此,我想把他叫醒的那个决心就打了个折扣。我开始后退了。

"那么,先生,如果今天不方便,就等你方便的时候再说吧。我会恭候着。期待你的光临。"

这样说多么愚蠢。这就是公开邀请这个人频频来麻烦我。我退到门口,刚好看见惠勒和菲利普走开。我环顾屋里的情形。这里的东西甚至比我的还少。架子上有一本《圣经》,一本祷告书,一本肮脏的旧得书角都折起来的书,我想大概是从旧书摊上买的,重新用牛皮纸装订起来的。原来是《植物类编》。其他的是宗教方面的作品——巴克斯特的《圣徒永久的安息》,等等。在桌子的活板上有一沓手稿。我把门关上,回到我的舱里。

我刚打开自己的舱门,就发现萨默斯紧跟着来了。看样子,他一直在监视我的一举一动。我做个手势叫他进来。

"塔尔伯特先生? 怎么样?"

"他毫无反应。虽然如此,你看到我已经探望过他,而且尽力而为了。我想,我已经把你提醒我注意的责任尽到了。我再也无能为力了。"

他把一杯白兰地举到唇边,使我大吃一惊。他是把那杯酒藏着带出来的,至少是没让人发觉。谁会想到一个不沾酒的人手里会有这样的东西呢?

"萨默斯,我亲爱的萨默斯! 你喝起酒来了!"

他一尝到那种液体就哽在喉咙,连连咳嗽。由此可见,他是不会喝酒的。

"朋友,你需要再练习练习。几时同德弗雷尔和我一块儿喝两杯。"

他又喝了口酒,然后,深深地吸口气。

"塔尔伯特先生,你今天告诉我你不生我的气。你嘲笑我,但那是君子之言。现在,我又找你了。"

"对于那个话题我已经感到厌倦了。"

"我可以向你保证,塔尔伯特先生,这是我最后一次提起。"

我把帆布椅拉过来,坐下来。

"那么,把你要说的话说出来好了。"

"这个人的情形谁应负责?"

"科利吗?该死!他自己呀!我们不要吞吞吐吐地不说实话,像两个教堂里的老处女一样!你准备把这个责任扩大范围,是不是?你要把船长扯进去,我也同意。那么,另外还有谁?甘伯舍穆?德弗雷尔?你自己?右舷哨兵?全世界的人?"

"先生,我要明白地说。医治科利先生最好的药就是他所敬畏的船长能耐心地探视他一次。我们当中有足够的影响力、能让船长采取这样行动的,唯有你。"

"又是这样该死的话,我是不会这样做的。"

"你说我要把这个责任扩大范围,那么,让我现在就这样做吧!你是最应该负责的人——"

"天堂里的主啊!萨默斯,你是——"

"等等,等等!"

"你醉了吗?"

"我说过我会很直白的,我会受得住打击,先生,虽然你带给我的职位的危机超过了法国人。说到底他们能做到的也不过是打死我,或是使我变成残废。但是,你——"

"你真的喝醉了——你一定是醉了!"

"在船长的后甲板上,你如果没有很无礼、很轻率地使他丢脸,你如果没利用你的地位、前途和关系打击他,使他的权威受到根本动摇,这一切可能不会发生。他很粗鲁,他讨厌牧师,他并不把它当作秘密。但是,你当时如果没有那样做,他绝对不会一转眼就在盛怒之下打击科利,并且继续羞辱他,因为他不能羞辱你。"

"假若科利有点常识看看安德森的《内务规则》——"

"你同他一样也是一个乘客。你看过《内务规则》吗?"

我气呼呼地回想了一下。从某种程度上说这没错——不,完全正确。在我上船的第一天,惠勒曾经咕哝着提到那个《内务规则》。那东西就放在我的舱外面。有适当机会时我应该——

"你看过吗?塔尔伯特先生?"

"没有。"

爵爷是否偶然会注意到这个奇怪的事实?坐着,而不是站着会使人(至少可能)镇静?我不敢说我的怒气已慢慢消了,但是已经止住,不再上升了。萨默斯仿佛也希望我们两个都能镇静下来,他也坐在我的床边,微微地俯下身来望着我。我们这样相对的姿态,似乎免不了说些说教性的话了。

"船长的《内务规则》你会觉得似乎像他一样的不礼貌。但是,事实上完全是必要的。那些适用于乘客的规则和其余的规则一样必要,一样强迫人遵守。"

"好了,好了!"

"先生,你没见过一只船遇到紧急事件的时候是什么情形。一只船可能被波浪冲得倒退,几分钟就沉没。无知的乘客会有妨碍,可能耽搁一个命令,或者让人听不见命令。"

"你已经说得太多了。"

"希望如此。"

"你确定我要为其他差池负责任?也许伊斯特太太流产了,我也要负责吗?"

"假若有人能劝我们的船长对一个病人友善些——"

"告诉我,萨默斯——你对科利的事为什么这么好奇?"

他把酒一饮而尽,站了起来。

"公平对待,位高则任重。先生,我受的教育和你受的不同。那是绝对实际的。但是,我知道有一个字眼儿可以把这两个警语——该怎么说?——并成一个词来说。我希望你能查到它。"

说完这句话,他很快地离开我的小屋,害得我百感交集,待在那里!是愤怒吗?是的。窘迫吗?是的——由于一日之内让同一个教导者教训两顿,也有一种又悔恨又好笑的感觉。我咒骂他是一个爱管闲事的人,然后又不咒骂他了,他这人不管是否粗俗,倒蛮可爱的。他究竟和我的责任有什么关系?

难道就是这个名词吗?他实在是个怪人!我的爵爷,他说话方式的转变实在像您的翻译一样好!他能够由一只大不列颠船的一端转到无数里格以外的另一端!忽而听到他为了甲板上的事发号施令,忽而同他把酒言欢——由一句话变为另外一句话——由水手的隐语转换到绅士之间单纯的交谈。现在我冷静下来了,可以看清楚他以为由于对我那样说话使他的饭碗有打破之虞。因此,我又有些悔恨地笑了。我可以用戏剧用词来形容他的特性:"好人!"

不过,我暗自思忖:好人和儿童有一个共同点——我们不可使他失望!这讨厌的差事已经处理了一半。我已经探视过病人。现在,我必须运用我的影响力来调整科利和我们那位阴郁的船长之间的关系。我承认一想到将有什么后果,就有些胆怯。晚上,我回到旅客餐厅喝了杯白兰地。说实话,我发现自己不能运用判断力。我想这是有意的,是想把那个我以为必然是困难的会晤延期举行。最后,我迈着大概是很庄重严肃的步子回到床铺上,本来想叫惠勒帮我宽衣就寝,但是实在是醉了,倒头便着,后来醒过来的时候,头痛欲裂,直想吐。清晨,我按了按弹簧自鸣表,发现时间还早。布罗克班克先生正鼾声雷动。我隔壁的小屋里传来一些声音,我推想也许是美人儿季诺碧亚和另一个相好——也许是顾客——正在缱绻。我想,难道她也想使她的艳名传到总督的耳朵吗?会不会有一天发现她接近我的目的是设法让布罗克班克先生为总督画一张像?由于萨默斯坦白直言的直接影响,我这么早就醒来了。在这时候这样想是很乏味的。我再次诅咒他。我这小屋的空气太闷,所以,我就披上大衣,拖着便鞋,摸索着走到甲板上。这里只有一点点亮光,只够你辨认船、大海和天空的差别,别的什么都看不清。我想起我决心要为科利去和船长谈判那件事,实在有很大的反感。那个乘着酒兴觉得似乎是一个无聊的责任现在却成为一件绝对讨厌的事。我想起据说船长在黎明时刻有到后甲板散步的习惯,但是在这种时间和地点举行会谈太早了。

然而,凌晨的空气,虽然并不会对健康有益,却似乎很奇怪地消除了我的头痛、恶心,甚至那种对于会谈结果的不安心理。所以,我就开始在后甲板与大桅的分界处走来走去。我这样做的时候,便考虑一下,想要看清这一切情势。我们和船长在一起航行的时间还有好几个月。我对安德森船长既不喜欢,也不敬重,也认为他不过是一个气量偏狭的暴君。想要帮助可怜的科利这种努力,免不了要增加我们彼此的厌恶之感。这种厌恶感就在彼此互不承认的和平关系的界限之外。船长承认我是爵爷的教子等等身份,我也承认他是英王陛下军舰的舰长。他对乘客的权威达到什么限度是模糊的,我对他的上级有多大的影响力,也是模糊的。我们像两只对彼此的威力不敢大意的狗,彼此都以高姿态相对。科利是他憎恨的职业中最令人不齿的从业者。现在我试着想用我的影响力劝他改变对那个人的态度。除非我非常小心，否则我就有接受船长"恩惠"的危险。一想到这个，便觉得无法忍受。在我沉思默想的那一段漫长的时间里，我想我也许说了不少咒骂的话。的确，我差不多要放弃这个计划了。

虽然如此，在这种纬度线上的潮湿但是很柔和的空气里，不管它对人的健康有什么后果，确实可以建议给头痛和胃酸过多的人当作解毒药。我愈来愈感到恢复常态时，便愈来愈发现自己有能力运用判断力，并且考虑采取行动。那些野心勃勃想达到掌理国家大事地位的人，或者是那些由于特殊的家世，必然会运用那种权力的人，如果能经受我们这样航行的考验，对他们一定是有益的。我记得很清楚，爵爷的仁慈不但使我能在一个新的、未成形的社会有工作几年的机会，也保证让我在这初步的航程中有时间可以反省，并且运用我自己不算太弱的思考力。我决定用最低限度的势力关系来进行一切。什么力量能打动安德森船长的心，使他照我的心意来做呢？对于他，除了"为自己利益着想"这种观念，还有什么更有力的理由可以打动他的心？那可怜的小人物，科利先生！但是，这是毫无疑问的。是否有一部分是我的错误（照萨默斯的说法），他毫无疑问地受到了迫害。他是一个蠢材，而且自己愚弄了自己。这个事实并不重要。德弗雷尔、小汤米·泰勒和萨默斯本人——他们都暗示，安德森船长，不管是为了什么理由，故意使这个人让人难以忍受。我除了"正义"这两个字之外，如果能找到另外的文字把萨默斯的警句"位高则任重"和我的警句"公平对待"概括起来，那就怪了！这是一个很大的教科书上的名词，可以直接倚赖，就像大海中间的礁石。其中也有恐怖的成分，因为这个名词已经由中小学校和大学转移到一艘战舰的甲板上——也就是具体而微的暴政之船！那么，我的事业怎么样呢？

可是,我一想到萨默斯对我的能力有信心,我的心便感到温暖了。再想到他很有信心地求助于我的正义感,我的心就越发温暖了。我们是多么容易受外力支配的人啊!你看我,就在几星期之前,我自视甚高,因为我的母亲看到我走而哭泣,现在我却在这个尉官赞许的小火炉上烤手!

然而,我终于知道如何进行了。

好了。我回到我的舱里,洗过脸,刮过胡子,很小心地穿好衣服。我到餐厅喝过早茶,便挺直身,好像站在经常为我量制衣服的裁缝师傅面前。我并不因为要见船长而感到高兴,这一点我可以告诉你。因为,假若我已经确定了我在船上的地位,船长显然也确定了他的地位。他实在是我们的大人物。为了除去我的不吉利的预感,我很轻快地往军官专用的后甲板走去,其实是跳上梯子。现在,风正吹向右舷,安德森船长站在那里,正面对着它。这是他的特权,据船员们说,这是由那个秘密的暗示"危险就在向风处"而产生的。不过,一转眼,他们就会说,世上最危险的东西就是"顺风的海岸"。我想第一个隐语是指可能潜伏的敌舰,第二个是指暗礁和类似暗礁的天险。不过关于船长的特权究竟来源于何处,我有一个更深入的想法。不管船上哪部分是向风处,那地方几乎不会有船经常带到各地的臭气。我指的并不是尿和粪,而是由船上动物尸体和那些腐烂的压舱砂石散发出的到处弥漫的臭气。也许用铁块压舱的现代船只气味会香一些。但是,在这个诺亚的军中,即使无风,必须用桨划船,船长仍会继续往向风处走。暴君必须住在不受臭气熏的地方。

我发现我无意中拖延了这段描述,就像我的日志写得拖拖拉拉一样。我又经历了一遍集中精神准备采取行动的情形。

那么,就说下去吧。我站在后甲板对面那一边,除了轻轻地抬起一个手指随意地对他施个礼之外,假装不注意其他人。我的希望是他最近的愉快心境和很高的兴致会使他先跟我讲话。我的判断是正确的。他新近沾沾自喜的神气的确很明显,因为他看见我的时

119

候,便走过来,露出一嘴黄牙,笑脸相迎。

"今天天气很好啊,塔尔伯特先生!"

"真是不错,先生!我们的船在这个纬度上照常行进吗?"

"在之后一两天之内,恐怕不会超过平均每小时一海里的速度。"

"每天二十四海里。"

"一点不错,先生。战舰一般说行驶得比大多数人想象的要慢些。"

"不过,先生,我得承认,这个纬度上的气候比我以前经过的地方都好。啊,我们要是能够把大不列颠的岛屿拖到世界的这一部分,我们的很多社会问题就都迎刃而解了。芒果会掉到我们的嘴巴里!"

"你有很奇怪的想法,先生。你是说把爱尔兰也包括进去吗?"

"不,先生。我会把爱尔兰送给美国。"

"让他们第一个碰钉子吧。对不对,塔尔伯特先生?"

"海白尼亚①会舒舒服服地躺在新英格兰的旁边。我们会看到应该看到的新气象!"

"那么,大风浪来的时候,我的当班船员就会损失一半。"

"那也是值得的,先生。海洋在红日低垂之下会呈现出多么壮丽的景象!只有在太阳高高居上的时候,海洋才缺少我们在日出与日落时看到的风景。那是色彩艺术难以名状的景象。"

"我已经见惯了,所以,看不出这个。其实,我对海洋非常感激——在这个情况之下,不知道这两个字是否毫无意义——我感激的是海洋有另外一个特质。"

---

① 海白尼亚(Hibernia),爱尔兰的别称,诗歌用语。

"那是?"

"那是它能把一个人与他的同伴隔离的力量。"

"把船长隔离吗,先生? 那么海上其余的人就让人赶到一起,共同生活了。对他们的影响可不是最好。喀耳刻①的工作必定不会遇到阻碍,至少可以说,不会让那些被害人的职业阻碍!"

这话我是直接说出来的,我知道听起来多么尖刻。但是我看到船长一脸茫然的神情,接着又见他皱着眉头,我知道他是想要回忆,一只有那个名字的船遭遇过什么变故。

"'赶到一起?'"

"我本来该说'挤到一起'的。但是,这里的空气多香! 我告诉你,我几乎难以忍受要走下去忙着记我的日志了。"

安德森船长听到"日志"那两个字,就停顿下来,仿佛是踩到一块石头。我假装没有注意,继续兴致勃勃地讲下去。

"船长,那种工作一半是消遣,一半是责任。我想那种东西你们称之为'航海日志'。"

"像这样的情况之下,你必定发现可以记的事很少。"

"其实,先生,你错了。我既没有充足的时间,也没有足够的篇幅,把航行中所有的趣事和重要人物,连同我的观察一一记载下来。你看,譬如普瑞蒂曼先生,他就是一个重要人物! 他的意见是众人皆知的,你说是不是?"

但是安德森船长仍然在目不转睛地望着我。

"重要人物?"

"你得知道,"我哈哈大笑地说,"爵爷如果不曾直接指示我多看看船上的情形,现在我还在写呢。我有野心想超过吉本②。拿这

121

---

① 喀耳刻(Circe),荷马史诗《奥德赛》中将人变为猪的女巫。
② 吉本(Edward Gibbon,1737—1794),英国史学家。

个礼物献给教父是很合宜的。"

我们的暴君笑了笑,不过有点发抖,好像一个人知道把一颗牙拔掉,比让那折磨人的小东西留在嘴里,痛苦要少。

"这么一来,我们兴许都要出名了,"他说,"我倒没有料到。"

"那是说将来。你要知道,先生,爵爷本人暂时为痛风症所苦,这是我们大家都很难过的事。在这样不如意的情况下,我希望献给他一本坦白的然而是私人的日志,上面叙述我旅行的情况,以及我的交往情形,可以提供给爵爷一些消遣的资料。"

船长突然来回地在甲板上踱着,然后,直接站在我面前。

"船上那些军官的情形,在你的日志里一定记得很突出了。"

"他们是一个陆地上生活的人最感兴趣和好奇的。"

"尤其是船长,是不是?"

"你吗?先生?我还没有考虑过。但是,你毕竟是我们这些漂洋过海者的国王或是皇帝,具有审判和宽恕的特权。对了,你在我的日志里是很突出的大人物,而且持续不变。"

安德森船长转过身去,走开了。他背对着我,迎着风凝视着前面。我看见他的头又低下去了。两手交叉在背后。我想他的下巴想必又翘起来了,因为这样才能形成一个基石一样的东西,以便承担他那沉下来的阴郁的面孔。毫无疑问,我的话产生了效果,不是在他身上,就是在我身上!因为我发现自己直发抖,就好像那个上尉竟敢刮埃德蒙·塔尔伯特先生的胡子,浑身发抖的情形一样。我不知道为什么会找那正在值班的甘伯舍穆谈话,因为,这是绝对违背《内务规则》的,同时,我斜着眼睛偷看一下,只见船长交叉在背后的手握得更紧了。这不是一个应该拖长的情况。我向那个上尉说了声再见,便由后甲板上走下来。我很庆幸回到我的小屋了,因为我发现我的手仍然有点发抖的样子。所以,我就坐下来,喘口气,让我的脉搏慢下来。

最后，我开始再度细想船长，预卜他可能采取什么行动。一个精于治国的人，权力不是完全操在他的手里，使他能影响别人的未来吗？那种权力不是直接建立在他预卜别人行为的能力上吗？我想，如果要看我这个生手的成败，这就是一个大好的机会。那个人如何能对我给他的暗示产生反应？那不是一个微妙的暗示，但是，我想，由他问话直截了当的方式判断，他到底还是一个心地单纯的人。他很可能不会注意到我提到普瑞蒂曼先生的极端信念时对他的暗示。可是，我确信当我提到我的日志时，我的话会迫使他回顾整个航程，并且考虑到他在我的日志中会成为何等人物。他迟早会偶尔想起那个科利事件，因而回想到他当时是如何对待他的。他一定会意识到，不论我如何触怒他，可是，由于他恣意地憎恨科利，因此，他是残酷且不公正的。

那么，他会怎么办？当萨默斯透露出我在这件事情上应尽的一份责任时，我是什么反应？我试着想出在我们这个海上剧场中可能演出的一两场戏。我想象安德森由后甲板走下来，漫不经心地在廊子里走着，以便显得他似乎并不注意那个人。他也许是站在那里检查自己写的那张《内务规则》——虽然笔迹清晰，像出自书记的手笔，但现在已经褪色。然后，找到一个适当的时候，没有人走过的时候——啊，不然，他一定得让别人看见，以便让我记在我的日志里。他会走进那个科利正躺在里面的小屋，关上门，坐在床沿，同科利聊天，直到两个人成为一对知己朋友。啊，安德森也许就代表一个大主教，甚至英王陛下。科利怎么不会被这样和蔼的屈尊的态度感动呢？船长会承认他自己也曾有一两年如此荒唐过。那时候还没有——

我不能想象会有这种情形，这是实在话。那种想象仍然是假的。安德森绝对不会有这种举动。也许,他也许只是走下来,略微抚慰一下科利,承认自己粗暴,但是一只船上的船长常常会这样。更可能的是他会下来,不过只是确定一下科利是否躺在他的床铺上,一动不动地俯卧着,而且不会用一套开玩笑的开场白来唤醒他。不过,我又想到,他也许不可能下来。我何许人也,如何能够探讨他的性格,分析他的心灵,而且用一种外科手术式的试验宣布他那种不公平的措施,是如何任其自然发展的?我坐在这里,面前摆着这本日志簿,暗暗斥责自己的愚行,斥责自己不该企图扮演那个政客,不该扮演那个支配同辈的人!我不得不承认我对于人类行为根源的知识仍停留在幼稚的阶段。强大的智力对于这件事只能协助而已。我们必须加倍努力,由经验中提炼出一些法则,然后一个人才能判断这样庞大、繁多和混乱的情况会有什么结果。

　　然后,然后如何,爵爷猜得出吗?我必须将最美的留到最后才说,他真的下来了。我亲眼看到他下来,仿佛我的预言像一个令人难以置信的符咒,把他引下来了!我是一个巫师,对不对?你至少要承认我是一个没有经验的巫师。我说过他会下来,结果,他果真下来了。我由百叶窗里看见他走下来,一副粗鲁而严厉的神气,停在廊子的中央。他目不转睛地望望这个舱,又望望那个舱,然后转过身来。我及时躲开那个百叶窗,以免让他那严峻的眼睛看见我的面孔,因为,我几乎可以发誓,他那严峻的目光会产生一种像一块红煤散发高热那样的效果。当我冒险再偷看的时候——因为不知为什么,要是让他知道我看见了似乎是很危险的——他是背对着我的。他走到科利的舱口,向里面长久凝视。我看见他交叉在背后的手,一只紧握着另一只。然后,他不耐烦地向左边猛一转身,仿佛叫了一声:我绝对不可以这样做!然后,他就拖着笨重的步子走到梯子上,不见了。几秒钟之后,我听见上面甲板上有他走过时发出的坚定的脚步声。

这是一次打了折扣的胜利,对不对?我说过他会下来,果然他下来了。我虽然想象他会试图安慰可怜的科利,可是,他不是太狠心,就是不够精明,以至于不能这样做。他愈是快要掩饰住心中的怒火,怒火就升得愈高。可是现在我是有信心的,因为,我有一些理由。他知道有这本日志的存在,他决不善罢甘休。这好像是指夹缝里的一个碎片。他还会再下来的——

BETA

又错了,塔尔伯特! 再学学吧,我的孩子,你那一招又失败了! 你万不可再想到初步的胜利就得意忘形。

安德森船长并没有下来,他派了一个使者。我方才正写了只言片语时,便听到有人敲门的声音。之后出现的除了萨默斯先生,还会是谁? 我叫他进来,一面连忙在纸上撒沙子吸干墨水(你可以看出撒得不匀),一面合上日志簿,并且锁好,然后站起来指指一把椅子,请他坐下。他没拉过椅子,却坐在床沿上。他把三角帽放到床上,然后心事重重地望着我的日志簿。

"还锁着呢!"

我没说什么,正视着他,笑了笑。他点点头,仿佛很了解。我想他确实是了解的。

"塔尔伯特先生,要继续下去是不容许的。"

"你是说,我的日志吗?"

他不理会我这句玩笑话。

"我奉船长之命,去看过那个人。"

"科利吗? 我自己也去看过。我同意这样做的,记得吗?"

"那个人的脑筋有错乱的危险。"

"都是因为喝了一点酒吗? 仍然没什么变化吗?"

"菲利普说他已经三天没有动一动了。"

我也许说了一句其实是大可不必说的骂人的话。萨默斯并不理会它。

"我再说一遍,那个人快发疯了。"

"似乎的确是这样的。"

"我是奉船长之命尽力而为。你得协助我。"

"我?"

"哦,他并不是命令你协助我,而是命令我请你协助,并且发表高见。"

"哎呀呀!他在奉承我!你知道吗,萨默斯?我自己呢,也有人劝我练习运用计谋。但是,我没想到自己会是这种练习的对象。"

"安德森船长觉得你有社会经验和对社会的认识,你的意见对他会很有价值的。"

我哈哈大笑,萨默斯也跟着笑起来。

"算了,萨默斯!安德森船长根本没说过这种话。"

"是的,并非一丝不差地这样说。"

"并非一丝不差地这样说!萨默斯,我告诉你——"

我及时打住我的话茬儿。有许多话我觉得要说出来。我不能告诉他,安德森船长突然对科利先生关心,并不是在我要求他的时候开始的,而是在听见我在记日志,以备有权势者过目以后开始的。我不能发表我的意见,我不能说船长并不关心科利的神志如何,而是很狡猾地让我也卷入旋涡,这样就可以遮掩这个问题,或者最低限度地缓和爵爷可能对此事的苛刻和轻蔑的批评。可是,我已经渐渐学乖了,是不是?话已经到了嘴边,终于忍了下来,因为我了解要是说出来对萨默斯会有多大危险——而且甚至对我也很危险。

"好吧,萨默斯,我会尽力而为。"

"我相信你会同意的。在我们这些不学无术的水兵当中,你以文人的智力与我们通力合作。现在要怎么办呢?"

"我们这里有一个牧师——可是,嗨!我们不应该请格兰姆小姐合作吗?她是教士之女,也许最晓得如何对付教会人士。"

"先生,严肃些! 把她留给普瑞蒂曼先生吧。"

"不,不可能的! 智慧女神密涅瓦也会这样吗?"

"科利先生全靠我们照顾。"

"好吧,我们这里有一个教士——他把自己变成一个太像禽兽的人物,现在急需我们的照顾,以求改进。"

萨默斯注视着我——也可以说是好奇地注视着我。

"你知道他把自己弄成一个多像禽兽一样的人物吧?"

"朋友,我看到他了! 我们都看到他那个模样了,女士们也包括在内! 的确,萨默斯,我告诉你,我还看到一个别人没看到的现象呢!"

"你太有趣了!"

"这并不很重要的。但是,在他当众出丑几小时以后,我看见他在廊子里走过,往厕所去,手里拿着一张纸,而且,不管真假,他那丑陋的脸上露出非常奇特的笑容。"

"你想那种笑容是什么意思?"

"他醉得很好笑。"

萨默斯朝船的前面部分点点头。

"是在哪里? 在前甲板上喝醉的吗?"

"我们怎么能确定呢?"

"我们可以问问。"

"那样做聪明吗? 萨默斯? 那些平民(恕我这样说)的表演不是演给自己看的,而是演给他们上面的当权诸公看的吗? 你不应当提醒他们这回事吗?"

"这是人的智力问题,先生。总得冒些险。是谁鼓动他们的? 除了那些平民之外,还有那些移民。就我和他们的接触情形而论,他们都是善良的。他们不会想讽刺当权的老爷。但是,他们知道的想必和任何一个人知道的一样多。"

我突然想起那个可怜的女孩和她那消瘦的面孔，以及上面蒙的一层阴影，仿佛那阴影就是由内心投射出来的。也许在她有权利希望一个牧师会有一副迥然不同的模样时，她已经看到科利在她面前展露出野兽的原形。

"但是，这太可怕了，萨默斯。那个人应该——"

"先生，事情已经过去，现在已经不可挽回了。但是，我重复一遍，真正处于险境的是他的智力。看在主的分儿上，再努力一下，把他由昏睡中唤醒吧！"

"好吧，再来一次，来吧。"

我轻快地走出来，萨默斯跟着我，到廊子那一边。我打开那个小屋的门，站到里面。确实是那样，那个人还是照原样躺在那里，看样子，似乎实在不能想象是否还有更静止不动的东西。他那只抓住环状螺丝钉的手已经放松了，只是将手指伸进环里，但是毫无肌肉紧张的迹象。

萨默斯在我背后说：

"这是塔尔伯特先生，科利先生，他现在来看你了。"

我必须承认，我忽然感到这一切情形使我非常慌张，而且夹杂着厌恶，我甚至找不出适当的字眼儿来鼓励这个可怜虫。他的状况，以及那种我想是他那久未洗澡的身体上发出的臭味，那种恶臭，令人三日作呕。那臭味一定是非常强烈的(我想您也会同意)，因为它可以同船上一般的臭气相比，而且胜过后者(船上的臭味我至今还感到不习惯)！萨默斯显然相信我有一种其实我并没有的能力，因为，他站得远远的，同时直点头，仿佛表示这件事现在完全由我处理。

我清了清嗓子。

"科利先生,这是一件不幸的事。但是,先生,请相信我,你会因此而大有改进的。毫无节制的酗酒及其后果,是每个人在他一生之中多少应该有一次的经验,否则,他怎么能了解别人的经验呢?至于你在甲板上小便那回事,你只要想想那些甲板以前是什么情形!而且在我们遥远的祖国那些安静的小城里也会有的。科利先生,萨默斯先生提醒我,我对于你这样的苦境也应该负一部分责任,不管是多么间接,我不是激怒了我们的船长吗?——可是,别提这个了。先生,我可以告诉你,有一次我看见一些年轻人,分布在楼上的窗口。听到约好的信号,便对着下面走过的一个没有人缘的醉酒的家庭教师撒尿。那么,那个惊人的事件结局如何呢?先生,什么事也没有!那个人伸出手来,皱着眉头望望天空,然后打开他的雨伞!我可以向你发誓,先生,就是那些小伙子,有朝一日,其中也许有人会成为大主教呢!再过一两天,我们都会在一起回想起你那件滑稽的事时哈哈大笑。我相信你将来一定是到悉尼湾大教堂,由那里再升到范迪门大教堂。啊,科利先生,我听说他们更可能喜欢见到你喝醉的样子,而不喜欢看到你清醒。你现在需要的是喝一点酒,而且你的胃能容纳多少就喝多少。放心吧,你不久就可以用迥然不同的眼光来看一切事情了。"

毫无反应。我看看萨默斯怎么样,只见他两眼向下望着床毡,嘴唇闭得紧紧的。我摊开双手做一个失败的姿态,便离开那个小屋。萨默斯跟在后面。

"怎么样,萨默斯?"

"科利先生是决意要死了。"

"别说了。"

"我曾经看到野蛮民族有这样的情形。他们能够躺下来等死。"

我向他做个手势，让他到我舱里来。我们并肩坐在我的床沿上。我忽然有个主意。

"他过去也许是一个狂热的信徒吧？也许是因为他对他的宗教信仰太认真了——啊，萨默斯，别笑！没什么好笑的！要不然就是你竟然如此不体谅人，把我的话当作取闹的目标了？"

萨默斯把举到脸上的手放下来，笑了笑。

"绝没有这样的事！让敌人射中一枪而没有额外的危险，将自己当作——我们朋友的目标，已经够痛苦了。相信我，我是通情理的，能够和你高贵的教父膝下高雅的教子相当熟悉，已经极感荣幸了。但是，你有一件事说对了。就可怜的科利来说，没有什么可笑的。他不是失去了理智，就是对他自己的宗教认识不够。"

"他是一个牧师呀！"

"先生，穿上牧师的法衣，并不能把一个人变成牧师。我相信他是绝望了。先生，我擅自做主以基督徒自居——不管和真正的教徒差得多远，我自以为是一个谦虚的追随者——而且我可以断言：一个基督徒不可能绝望！"

"那么，我刚才的话太浅薄了。"

"你能说的就是那些话。不过，那些话他当然根本没听进去。"

"你觉得是这样吗？"

"你不是这样想吗？"

我随便想到也许找一个科利自己那种身份的人，一个船上的人，但是尚未受到他所受的教育或他经历的这种不算大的职位妨碍，这样一个人也许有办法接近他。但是在上一次我和萨默斯交谈之后，我觉得向他提出这个意见又有一种新的困难。还是他打破了沉寂。

"我们既没有教士，也没有医生。"

"布罗克班克承认曾经当过大半年医科学生。"

"真的吗？我们应该请他来吗？"

"但愿不要这样，他太啰唆了！他把他弃医从画那件事形容成'弃埃斯枯拉庇乌斯①就缪斯②'。"

"我要去找前甲板的人问一问。"

"找医生吗？"

"探听一下当时发生的情形。"

"朋友，我们看到发生的情形了。"

"我指的是在前甲板上面，或者是下面，而不是在甲板上。"

"他被人灌得不省人事。"

我发现萨默斯正在仔细地窥视我。

"就是这些吗？"

"就是这些。"

"哦，那么，先生，我要回报船长了。"

"对他说我会继续考虑我们用什么方法可以唤醒那个可怜虫。"

"我会照办的，并且谢谢你的协助。"

萨默斯走了，我独自思忖着，同时打开这本日志簿。一个不比我或德弗雷尔大多少，并且一定也没到甘伯舍穆那个年龄的年轻人会有这种自我毁灭的冲动。一想到这个，便觉得很奇怪。啊，不管是否想到亚里士多德的话，消磨半小时想想美人儿布罗克班克——甚至普瑞蒂曼和格兰姆小姐——啊，我想，那就是我必须认识的情况，而且是有好几个理由的，最低限度是好玩。那么——

你猜我想到些什么？我想到科利那张桌子的折板上放的一沓

─────────────

① 埃斯枯拉庇乌斯（Aesculapius），罗马神话中的医神。
② 缪斯（Muse），希腊神话中的艺术女神。

手稿,我和萨默斯走进那个小舱的时候没注意那个折板或者手稿,但是现在,由于人类脑筋里那种不可理解的功能,我仿佛又走进那个舱里,去勘察我刚刚离开的那个地方是什么情形。我想象到那个写字折板是空无一物的,这是应该派仆人去调查的事。一个人的脑筋如何能回想到他没有看见过的东西呢?但是,情形就是如此!

好了,安德森船长已经与我合作了。我想,他会发现他找到一个什么样的监督者来参与其事的。

我快步来到科利的舱里。他还像先前那样地躺着。我来到舱里,才有一种感觉——那至少是一种忧虑。我除了希望这个人平安无事之外,没有任何企图。而且,我现在是为了船长才这样做。可是,我的心里又有一种不安的感觉。我觉得这是船长的规则产生的效果,一个暴君可以把稍微违背自己心意的事变成罪恶。我现在至少是想要他由于虐待科利先生而得到应有的惩罚。我迅速地环顾这屋里的一切。墨水、钢笔和撒沙器仍在那里,还有床脚那个摆着祈祷书的架子。看来,它们的功能似乎是有限度的。我俯身望望那个人。

就在这个时候我才不用眼睛就可以看出——我知道,但是没有真正地知道——

一定有一个阶段,他由于肉体上的痛苦而醒过来,然后就很快地转变为精神的痛苦。他就那样躺着,痛苦逐渐加深,知觉逐渐加深,记忆逐渐扩大;他整个的人慢慢由这个世界转开,直到除了死亡他什么都不需要的时候。菲利普不能叫醒他,甚至萨默斯也无能为力,唯有我——我的话毕竟触发了一些反应。那第一次访问完了,我离开他以后(很高兴已经离开了),他忽然感到一种新的痛苦而跳了起来!然后,在一阵自怨自恨的感情发作当中,他急忙将他的文卷由桌上抓过来。像一个孩子似的,他把文卷全部抓过来,塞到一个就近的墙缝里,仿佛那东西放在那里,永不会让人找到,直到最后审判日。当然,在床铺与船边中间有一个空处——正如我自己的舱里一样——一个人可以将手伸进去,像我现在将手伸进科利房里的那个洞一样。我的手碰到一些纸,于是,我就从里面抽出一卷纸,上面写得满满的,有的涂改过。这一切,我确信,都是重要的证据。倘若科利和安德森对簿公堂,就是不利于那个暴君的证据。我赶快将那些文卷放到外套里面贴胸的地方,走了出来——愿主保佑,不要让人发现——匆匆回到舱里。在那里,我把它放进我的文卷箱,并且锁起来,仿佛在掩藏偷来的东西。然后,我坐下来开始把所有这一切经过记在这个簿子里,仿佛是个熟悉的动作,正在寻求法律的保障。这不是很滑稽吗?

惠勒来到我的舱里了。

"先生,我是来传达信息的,船长请你赏光,一小时之后到他那里餐叙。"

"代我问候船长,我很高兴接受他的邀请。"

GAMMA

这是多么意想不到的一天。我一开始的时候,有些兴致勃勃,可是结束的时候却——不过,您是希望知道全部情形的。似乎是很久以前,这件事模模糊糊的,像笼罩着一层浓雾。我竭力想拨开这层雾,心里感到非常得意,沾沾自喜——

萨默斯说过,这件事一部分该怪我。我们大家也都多多少少地应该负责;但是,我觉得没一个人该像船长那样负那么大的责任。爵爷,现在让我带着您,一步一步地,走过我已经走过的地方。我保证您会有——啊,不,不是娱乐——不过至少会让您看到一件非常可恼的事,并且有机会运用不是我的而是您的判断力。

我换好衣服,把惠勒打发走,后来却发现他的位置被萨默斯取代了。他的样子的确非常高雅。

"啊,萨默斯,你也受到邀请赴宴吗?"

"我准备分享那份荣幸。"

"这是一件创举,一定的!"

"奥尔德梅多是第四个被邀的客人。"

我掏出我的弹簧自鸣表。

"现在还差十几分钟。在船上,这样的访问有什么礼节?"

"就船长来说,在轮班钟打最后一下时到达。"

"既然这样,我要出其不意,到得早一点。我相信,他知道我的脾气,必定预料我会迟到的。"

我走进安德森船长房舱时,仪式非常隆重,就是晋见海军上将也不过如此。那个舱,或者更准确地说是房间,虽然没有旅客餐厅那样大，甚至也不像军官进餐的那个餐厅大，可是，与我们那些可怜的小房间一比，就仿佛有皇宫一样的面积了。某一块有整只船那么宽的空间被两边隔开，是船长自己的卧室、壁橱、他个人用的厨房，另外还有一个小舱，我想一位海军上将可以在那里主持一个舰队的会议。像军官餐厅和旅客餐厅里一样，那个后墙，或者用海事用语说就是那个后舱壁，是一个宽大的铅制的窗子。透过这个窗子可以看见一个天线似的东西。可是，那窗子有一部分看不清，那情形我起初几乎看不真切。那团模糊的地方有一部分是船长。我一出现，他就叫我，那种声音，我只能称之为度假时的轻松声音。

"请进，请进，塔尔伯特先生。我得向你道歉，不能在门口恭迎。让你在花园里撞见我了。"

事实的确如此。遮蔽那个大窗户的是一排攀爬的植物，每一株都盘绕着一棵竹子，由靠近甲板处的暗处升起，我想象中花盆就是摆在那里的。我靠着一边站在那里，可以看见船长用一个长嘴小水壶浇每个花盆里的植物。那个水壶是一种又轻又薄的东西。那种东西就是你可以看见小姐们在温室用的那种小壶，实在不适于浇那么大花盆里的小树，然而却是自然之母精心设计的怪东西。那阴郁的船长与这样的画面让人感觉着实不搭。但是，我一看见他，便大吃一惊。原来，他的样子非常和蔼，仿佛是一位女士前来拜访他。

"船长，我不知道你有一个私人的乐园。"

船长笑了！是的，绝对的，他笑了！

"塔尔伯特先生，只要想想看。我现在浇的这株开花的植物，仍然是纯洁的，没有叶子脱落，很可能就是当年夏娃在创世第一天头上戴的花环。"

"那不是预卜失去纯真吗？船长？那不是无花果叶子的预兆吗？"

"也许是的。塔尔伯特先生,你的眼光多敏锐!"

"我们都在说富于幻想的话,是不是?"

"我是说我心里要说的话。这个植物叫作'花环木'。据说,古时候的人都用这种花做花冠。这种树刚开花的时候很香,而且白得发亮。"

"那么,我们可以当希腊人,戴着花冠赴宴。"

"我想这种风俗不适合英国人。但是,你看到我有三株这种植物吗? 有两株实际上是我由种子种大的。"

"听到你得意的腔调,就可以知道大概很难种。是那么难法吗?"

安德森船长高兴得哈哈大笑。他的下巴翘起来,面颊皱皱的,小眼睛里闪着光。

"约瑟夫·班克斯爵士说这是不可能的!'安德森呀!'他说,'还是剪枝好。那些种子大可以扔到海里。'但是,我还是保留着,结果,我有一大盒子——我是说,种子——足够在市长阁下的宴会上用了——这是说,如果照你想象的那样,他们需要市议员们都戴花冠。但是,算了吧。这是不可想象的。花冠像格林尼治的色彩鲜明的大厅一样不相称。给塔尔伯特先生上菜,先生,喝点什么? 酒很多,不过我自己只偶尔喝一杯。"

"给我葡萄酒吧,先生。"

"霍金斯! 请拿红葡萄酒来! 塔尔伯特先生,你看这些天竺葵的叶子上有病虫害。我曾经撒过硫黄粉,但是没用。毫无疑问的,我要失去它们了。但是,先生,在海上种花必须习惯于损失。我初次当船长时,我种的花全损失了。"

"由于敌军的猛烈攻击吗?"

"不,先生,由于天气反常,好几星期既没有风,也没有雨。我没有水浇花。这种情形也许会发生叛变的,所以损失一株植物并不是一件大事。"

"而且,你到悉尼湾可以换一株。"

"你怎么要——"

他转过身去,将那个水壶放在板子旁边的一个匣子里。他转过身来的时候,我又看见他两颊的皱纹和眼睛里的闪光。

"塔尔伯特先生,我们离我们的目的地还有一段很长的路程和很长的时间呢。"

"你这样说仿佛并不很高兴指望到达目的地。"

他的闪光和皱纹不见了。

"你还年轻,先生。你不能了解对于有些人,孤独是有乐趣的,不,是必要的。如果这个航程永远继续下去,我也不在乎。"

"如是,一个人一定要和陆地、社会和家庭有联系的——"

"家庭? 家庭?"船长露出一种激烈的神情说,"一个人怎么不可以没有家庭? 请问,家庭又有什么好处?"

"一个人不是一株花环木,船长,他是不能使自己的种子受精的。"

接着是一段很长的沉默。这时候船长的勤务员霍金斯把我们的红葡萄酒端来了。安德森船长举着半杯红葡萄酒在脸前象征性地示意了一下。

"至少我可以提醒自己,对跖岛的花多么好。"

"那么,你就可以补充你收藏的品种了。"

他的脸上又露出快活的样子。

"那个地区有很多大自然的杰作尚未被带到欧洲。"

我现在发现有一个办法,虽然不能打动他的心,至少可以获得他的许可。我有一个突如其来的想法——一个值得小说家描写的想法——那就是，他常常露出一脸暴躁和郁郁不乐的样子离开他的乐园，那就是被上帝逐出天堂时亚当的面孔。我正在一面这样想一面喝酒的时候，萨默斯和奥尔德梅多一同走进舱来。

"两位请进，"船长叫道，"奥尔德梅多先生，你喝点什么？你可以看到塔尔伯特先生对红葡萄酒很满意。你也喝一样的酒吗，先生？"

奥尔德梅多先生低头像乌鸦似的叫了一声，然后说，他喜欢喝点没有甜味的雪莉酒。霍金斯拿来一个阔底的玻璃酒瓶，先给萨默斯倒酒，好像已经知道他要喝什么酒，然后再给奥尔德梅多先生倒。

"萨默斯，"船长说，"我本来要问你的，我们的病人怎么样了？"

"还是老样子，船长。塔尔伯特先生很帮忙，他已经照你的要求做了。但是他的话并不比我的话更有效果。"

"这是一件痛苦的事。"船长说。他目不转睛地直直望着我。"我会在航海日志上记一笔，就说：病人——我相信我们不得不认为他是这样一个人——已经由你，萨默斯，还有你，塔尔伯特先生，探望过。"

现在我才明白安德森船长把我们集合到他舱里来的目的，以及他处理科利事件有多么拙笨。他不等到我们酒喝得高兴，话也谈得很愉快的时候，立刻提出这个话题，也太突然了。现在是该替我自己想想的时候。

"你得记住，船长，"我说，"如果把那个可怜的人当作病人看待，我的意见就毫无价值。我对医学一窍不通。啊，你可以请教布罗克班克先生呀。"

"布罗克班克？布罗克班克是谁？"

"就是那个红酒面孔，有女跟班的艺术家呀！但是，我是开玩笑的。他对我说过，他曾经已经开始学医，后来又放弃了。"

"那么,他有一点医药的经验了?"

"不,不,我是开玩笑的。那个人是——萨默斯,那个人是干什么的?我怀疑他是否会量脉搏。"

"不过——你说他叫布罗克班克吗?霍金斯,去找布罗克班克先生,请他立刻来见我。"

我都看到了——我看到航海日志上记的那一笔——业由具有医学经验者探视。他虽然粗鲁,却很狡猾,这个船长!他是一个德弗雷尔所谓"能保持船桁端毫无障碍"的人。注意他是强迫我在日志里向爵爷报告,他已经想尽办法照顾那个人,并且要他的部下、我以及具有医学经验者探视过。

过了一会儿,没人说什么话。我们三个人凝视着杯中酒,仿佛一想到那个病人,便都变得严肃起来。但是,恐怕还不到两分钟,霍金斯就回来说:布罗克班克先生说他很愿意来见船长。

"那么,我们就坐下,"船长说,"塔尔伯特先生坐在我右手边——奥尔德梅多先生,坐在这里!萨默斯,请你坐在餐桌那一头。啊,这个聚会变成家庭式的,非常愉快!诸位有周转余地吗?萨默斯那里自然是很宽敞的。但是,万一他有什么事必须离开,我们得给他留下一条路走到门口。"

奥尔德梅多说汤好极了。萨默斯用一种在十几个前甲板上养成的熟练的方式吃着。他说到有很多人说了些有关海军食物的无聊话。

"这是必然的,"他说,"海军的食物有几千几万吨,必须定购,集中储藏,供应给各个部队,自然免不了会有人抱怨。但是大体地说,英国海军在船上吃的比在岸上好。"

"说得好!萨默斯,你应该坐在政府的法官席上!"

"萨默斯先生,我同你喝一杯,"船长说,"有一个说法是什么?

啊,'杯中不许有残酒!'我同诸位喝一杯! 可是,书归正传,萨默斯,主桅上抹一点干酪,当作桅杆帽那种说法,你觉得怎么样? 还有,牛肉刻成的鼻烟壶?"

我冷眼旁观,看到船长不过是闻闻酒的香味,然后就把杯子放下。我决定顺着他的话来说,即使只是想看穿他的计谋也是值得的。

"萨默斯,我得听听你怎样回答船长的问题。'鼻烟壶'和'桅杆上的干酪'是什么?"

"主桅帽——"

"我们听说他们给我们英勇的水兵吃的肉骨头上面只不过带一丝丝的干肉。你做何感想?"

萨默斯笑了。

"我想你要品尝品尝干酪了,先生。而且我相信船长就要让你们惊奇一下,看看这船上的肉骨头如何了。"

"的确,我是要这样的,"船长说,"霍金斯,端上来吧!"

"哎呀呀!"我叫道,"牛髓骨!"

"我想是贝西品种的,"奥尔德梅多说,"这种菜牛的肉吃了很有益处呢!"

我向船长鞠躬致敬。

"我们都非常感动! 船长。就是卢库卢斯①将军的盛宴,也不过如此!"

"我是想供给你写日志的材料,塔尔伯特先生。"

"船长,我可以向你保证,我会把今天的菜单保留着,连船长盛情款待的情形一并记下来,以便流传百世!"

---

① 卢库卢斯(Lucullus, Lucius Licinius, 前 117—前 56),古罗马执政官及将军,以豪富著称。

霍金斯弯下身向船长报告：

"那位先生就在门口,船长!"

"布罗克班克吗? 各位先生,请原谅,我要带他到我的办公室谈谈。"

现在这里演出了一幕闹剧。布罗克班克先生并没有停留在门口,而且已经进来,往这边走过来了。他不是错认为船长请他来是像请我的情形一样,便是喝醉了,或者两者都是。萨默斯这时候已经把他的椅子往后一推,站了起来。那位上尉仿佛是一个仆役。布罗克班克便一屁股坐了下去。

"谢谢,谢谢! 牛髓骨吗? 你究竟怎么会知道的,先生? 我相信一定是有一个我的女孩子告诉你的。我们举杯咒法国佬早日溃退吧!"

他把萨默斯的那杯酒拿起来,一饮而尽。他说话的声音好像一种水果的味道。那种水果——不知道是否有那种东西——有桃子和梅子合并起来的味道。他将一个手指探进耳朵,挖了一会儿,然后看看指尖上挖出些什么。这时候没一个人出声。布罗克班克把萨默斯看得更清楚了,然后满面笑容地对他说:

"你也来了,萨默斯? 坐下,老兄!"

安德森船长这时候插嘴了,而且说的方式,就他来说,已经算很圆通了。

"对了,萨默斯,把那把椅子拉过来,和我们一块儿吃。"

萨默斯在桌子一角坐下。他喘息得很厉害,仿佛刚刚赛跑过。不知道他是否在想德弗雷尔想的,并且推心置腹地同我说的话。那是他在喝酒,或者也许我应说是我们一同喝酒的时候说的话:不,塔尔伯特,这不是一只快乐的船!

奥尔德梅多转面对着我。

“塔尔伯特，有人提到你有一本日志簿。你们政府官员有很多东西要写。”

“你是抬举我呀，先生。但是，这是实在的。那些办公厅堆满了公文。”

船长假装喝口酒，然后放下酒杯。

“你们也许以为一只船是用文卷压舱的。我们差不多把船上的样样事情都记下来，从准尉的航行日志到全船的航行日志，那是由我管的。”

“就我的情形来说，我觉得时间不够用，几乎一天之间的事还没记完，就又要记以后两三天的事了。”

“你是怎样选择该记的事呢？”

“当然是选那些显著的事来记——选一些琐碎的事，可供我的教父在闲暇的时候解闷儿。”

“我希望，”船长沉重地说，“你会报告爵爷，他让我们能和你交往，我们非常感谢。”

“我会这样做的。”

霍金斯把布罗克班克的杯子斟满。这是第三次。

“唔，布——布罗克班克先生，”船长说，“你可以用你的医学经验帮我们的忙吗？”

“我的什么呀？船长？”

“塔尔伯特——这里这位塔尔伯特先生，”船长用一种很为难的腔调说，“塔尔伯特先生——”

“他到底有什么不对？啊，我告诉你，季诺碧亚，那个亲爱的热心肠的女孩——”

“我本人，”我很快地说，“和现在这件事没有关系。我们的船长指的是科利。”

"那个牧师,是吗?哎呀!你要相信我,在我这样的年纪,这是没有关系的。我说过,让他们好好玩吧——我在船上说过,是吗?——我说过吗?"

布罗克班克先生打了一个嗝儿。他的嘴里流出酒来,细细的一串儿,一直流到下巴。他的眼神飘忽不定。

"我们需要你用你的医学经验帮助我们。"船长说。他差不多要咆哮出来了,但是,还是用妥协的腔调:"我们都没有医学经验,所以要靠你——"

"我也没有,"布罗克班克先生说,"伙计,再来一杯!"

"塔尔伯特先生说——"

"你知道,我考虑过,但是,我说:'威尔莫特,这解剖的玩意儿不是你干的,真的,不行,你的胃受不了。'事实上那时候我的确这样说。所以,我就弃医神而就艺术神。塔尔伯特先生,我不是对你说过吗?"

"你说过,先生。至少在两个场合说过。我相信船长会相信你的解释。"

"不,不,"船长不高兴地说,"不管这位先生的经验多少,我们还是要从他的经验中得到些益处。"

"益处,"布罗克班克先生说,"从艺术之神那里得到的益处比从另外一位得到的多。我生性热情,比平常人对性的爱好更浓厚,而且英国社会那种惊人的腐败的传统逼着我不得不乘机过一种过度浪费的生活。假若不是这样,我早就发财了——"

"我不能坚持认为医学一定是好的,"奥尔德梅多说,"看看所有那些死尸,哎呀呀!"

"一点不错,先生。我宁可把'凡人必死'的备忘录放在伸手可及的地方。你知道吗?在纳尔逊爵士去世之后,我是第一个用石版画描绘出那个场面的人。"

"你没有在场!"

"在伸手可及的地方,先生。任何一个别的艺术家都不在场。我可以毫不拘束地对你承认,当时纳尔逊爵士是在甲板上断气的。"

"布罗克班克!"我叫道,"我看到过。在'狗与枪'酒吧的墙上有一张复制品。在战况最激烈的时候,那一群年轻军官如何能跪在纳尔逊爵士周围,露出又痛苦又忠诚的态度?"

那个人的嘴角又流出细细的一串酒来。

"先生,你把艺术和现实混为一谈了。"

"先生,那张画我看起来完全是可笑的!"

"塔尔伯特先生,那张画确实卖了很高的价钱呢。我不能瞒你,要不是那张作品继续不断地受人欢迎,我现在就债台高筑了。那张画至少可以让我有钱买船票到——不管那个地名叫什么吧,我一时想不起来。先生,想想看,纳尔逊爵士大概就死在舱底的臭水里,除了船上的一个灯笼,谁也不能见证。到底谁能画一张那样的画?"

"也许伦勃朗可以吧。"

"啊,伦勃朗,呵,是的。塔尔伯特先生,你至少要佩服我处理烟雾的本领。"

"你说得对,先生。"

"烟雾最难处理了。萨默斯用我的枪射击的时候,你看见了吗?侧舷炮火齐发的海上大战,那种情景,除了伦敦特有的雾以外,什么都比不上。所以,你的真正的大画家一定得把它藏在一个地方,让它不会突出——"

"像一个小丑。"

"突出——"

"要有必要的行动时,不会碍手碍脚的。"

"不,是突出——船长,你没在喝酒呀。"

船长举杯又做出饮酒的姿态,然后,又气又沮丧地回过头来,望望另外三个客人。但是布罗克班克,两肘放在本来是给萨默斯吃的牛髓骨两边,继续说下去,声音非常单调。

"我始终主张,烟雾如果经过适当处理,可以在表达气氛方面大——大有帮助。有时候,会有一个船长来找你。他曾经遭遇过敌军,后来又脱身了。他照那些船长的老样子来找我。买我的石版画。譬如说,他同另外一支队伍,和一只小帆船在一起。他和法国佬相遇,然后打了一仗——啊,请原谅! 有一首墓碑上的题诗说得好:'无论何地,只管放屁,如若强忍,要我断气。'现在,我请求你们想象一下,那会怎么样? ——实在的,我的好朋友,富塞利,你知道,'阿基里斯之盾'——啊,想象一下看!"

我不耐烦地喝一口酒,转身面朝船长。

"我想,船长,布罗克班克先生——"

没有用。那家伙的嘴里又流下酒来,但是他并没注意。

"想想看,谁付我钱? 假若他们都付钱,就根本不会有烟雾了。可是,他妈的,他们一定会争得面红耳赤。你知道,他们会打起来的。"

"布罗克班克先生,"船长焦急地说,"布罗克班克先生——"

"你如果给我找到一个成功的手里有王牌的船长,那么,就不会有争论了!"

"不,"奥尔德梅多说,低头窃笑,发出像乌鸦叫的声音,"确实不会!"

布罗克班克先生气势汹汹地望望他。

"你怀疑我的话吗? 先生? 你怀疑吗,因为假若你怀疑,先生——"

"我？先生？啊，不，先生！"

"他会说：'布罗克班克呀，就我个人来说，我才不稀罕呢。但是，我的老母、老婆和十五个女儿，她们要一张图，画出海战最热闹的时候我在船上的样子！'你们听清楚了吗？后来，我找到报道那次海战的报纸，又叫他把当时的情形详详细细对我说了一遍，然后他就高高兴兴地走了，一心妄想他真正知道一场海战是什么样子。"

船长举起杯来。这一次他一饮而尽，他对布罗克班克说话了，他的声音即使不能达到更远的地方，也应可由船的一端传到另一端。如果泰勒先生听见就吓坏了。

"先生，在我这方面来说，我同他一样的想法！"

布罗克班克先生，为了要表示他自己聪明到何种程度，想要老练地用一个手指摸摸他的鼻子边，但是没有摸到。

"船长，你错了。假若我是依赖那些逼真的东西——可是，不然。你以为我的主顾，他付给我定金的——因为，他也许走了以后，转眼之间，会丢掉脑袋——"

萨默斯站了起来。

"船长，外面在叫我。"

船长哈哈大笑，眼睛里露出也许是我看到他眼睛发出的唯一的机智闪光。

"萨默斯先生，你很幸运！"

布罗克班克先生一点也不注意。的确，假若我们都离开他，我相信他的独白还会继续下去。

"现在你以为那艘随行的护卫舰会画成同样战况激烈的样子吗？那艘护卫舰并未付出任何代价。这就是烟雾发出的原因。等到我完成设计，那只船也许刚刚开炮，烟雾也许已经弥漫四周。至于那只帆船呢？也许已经在一个不知名的中尉手里。要是出现，就是他的运气！从另一方面说,我那个主顾的船发出的火光比冒的烟更多,并且正遭受敌军全面的攻击。"

"我几乎可以希望,"我说,"那些法国佬会给我们一个机会请你大笔一挥呢!"

"那是毫无希望的,"船长面带怒容地说,"一点希望也没有。"

也许他说话的腔调影响到布罗克班克先生。酒喝多了的人常常会忽而兴致勃勃,忽而转为忧郁,他就经历过一个这种奇怪的迅速的转变。

"但是,那还没有完。你的主顾会回来。他的第一句话就是那恋爱之神号的前樯并不是那样靠近船头,而且,他又说那个大转帆索上面的木块是什么东西? 啊,我那最得意的主顾除了纳尔逊爵士之外——假若我可以这样形容他的话——我是说就主顾而论——甚至愚蠢地反对我把那艘随行的护卫舰画得有几处损伤。他并且非常肯定地说那只船并没失掉中樯——我想他指的是前面的中樯——因为那只船并不在炮火的射程中。然后,他又说我没画出他船上后甲板部分的损伤,其实是不正确的。他又强迫我把两个炮门并成一个,因此,就去掉了很多栏杆。然后他说'布罗克班克,你可以把我画到那里吗? 我分明记得我就站在那个破栏杆边,鼓励水兵,并且挥动我的指挥刀,指向敌人的方向'。我能怎么办呢? 主顾永远是对的。这是艺术家的第一个原则。'萨莫尔爵士,这样人就得画得很小。''那没关系,'他说,'你可以把我画得稍大一点。'我向他鞠躬。'假若我这样画,萨莫尔爵士,'我说,'如果比较一下,那护卫舰就变成一只小帆船了。'他在我的画室来回地踱着,和我们这里的船长在后甲板上的样子一模一样。'那么,你就把我画得小一点。他们看到我的三角帽和肩章就可以认出是我,在我是没什么关系的。布罗克班克先生,但是我的太太和女儿一定要看到我在画上的样子。'"

"萨莫尔爵士,"船长说,"你是说'萨莫尔爵士吗'?"

"是的。我们换白兰地好吗?"

"萨莫尔爵士。我知道他。老相识。"

"船长,愿闻其详,"我说,希望止住布罗克班克的酒兴,"是船上的水兵吗?"

"我是指挥那只小船的上尉,"船长不快地说,"但是我并未看到那幅画。"

"船长! 那么,我实在希望你能叙述一下当时的情况。我们陆地上的人,对那一类的事很起劲儿呢。"

"啊,那只小船,我见过另外一个——那个上——上尉。船长,一定得把你画上去。我们把烟——烟雾吹散,把你画在战况最激烈的地方!"

"他当然是在战况最激烈的地方呀,"我说,"我们还会相信他在另外一个情况中吗?"

安德森船长现在简直咆哮起来了。

"在战况最激烈的地方? 就在一只小船上吗? 这样可以对抗敌人的炮船吗? 但是,萨莫尔船长——不,我该说萨莫尔爵士——他大概把我当成一个傻小子,因为他就那样叫我,用他那个传话的喇叭筒大声喊:'躲开,你这傻小子,不然我就把你降三级!'"

我向船长举举杯。

"船长,我要向你敬酒。但是,那次战争中没人眼睛打瞎、耳朵震聋吧?"

"Garçon①,白兰地呢? 船长,我一定要给你画一张像,而且价钱

---

① 法语,意为"伙计"。

特别公道。你未来的事业——"

安德森船长现在就在餐桌的一端,仿佛要跳起来。他握紧两拳,放在桌上,酒杯掉到地下,碎了。假若他方才是咆哮,现在简直在作狮子吼。

"事业?你不明白吗?你这该死的蠢材,战争快结束了,我们都要失业了,我们海军每个水兵都要失业了!"

接着是一阵长长的沉默。这时候,甚至布罗克班克似乎也发现他有不寻常的变化。他的头低着,然后又猛然抬起来,向四周茫然地望望,然后,目光忽然集中在一个方向。我们一个接一个地,转身望望那个方向。

萨默斯站在门口。

"船长,我方才在科利先生那里。我相信他已经死了。"

我们都慢慢地站起身,我想,大家受到他那脾气不好的冷淡待遇之后,现在忽然有另外一个发现。我看看船长的脸,方才盛怒之下,涨得红红的,现在已经变白了。他这人是莫测高深的。现在我看他的脸上既没有关怀、宽慰、痛苦的表示,也没有胜利的神情。他这个人也许是和船头那个波浪神像用同一种材料制成的。

他是首先发言的人。

"诸位。因为发生了这件难过的事,我们的——我们的聚会就得中止了。"

"当然啦,船长。"

"霍金斯,送这位先生回舱。塔尔伯特先生,奥尔德梅多先生,请看看尸体,看萨默斯先生说得对不对,我本人也要去证实一下。我想,那个人因为饮酒过度,把自己害了。"

"饮酒过度吗?船长?只有一次喝多了些,就会这样吗?"

"你这话是什么意思?塔尔伯特先生?"

"你会在航海日志里这样记吗?"

看得出,船长竭力约束自己,不要发脾气。

"那是我有空的时候要考虑的事。"

我向他鞠躬,没说什么。我和奥尔德梅多告退。布罗克班克在我们后面被他们半抬半拖地跟在后边。船长跟在围绕在那酒鬼的几个人后面。船上差不多每一个乘客,也可以说至少后一部分的人,都聚集在廊子里,目不转睛地静静望着科利的舱门。许多没值班的船员,还有大部分的移民,也同样目不转睛地静静望着我们。我想风和船移动中必然有些声音,但是我并未注意。其他的乘客为我们让路。惠勒站在那个舱门口,他那一团团白色的汗毛、光头和闪耀着智慧亮光的面孔——我找不出其他适当的字眼来形容他那了解所有的人世沧桑与悲欢离合的表情。这一切使他显露出一种绝对像圣者的神气。他一看到船长,便像一个殡仪馆职员那样热诚地对他鞠躬,也可以说,那忠诚的科利已经把衣钵传给他了。虽然这本来应该是菲利普的事,结果还是惠勒打开舱门,然后站在一旁。船长走进去,在里面只不过停了片刻工夫,便出来,招手叫我进去,然后迈开大步走到梯口,爬上去,回到他的舱里去。我并不很情愿地走进那个舱里。是的,你可以相信我,我是不很情愿的。那可怜虫仍然抓着那个环形螺丝钉,仍然脸贴着枕垫,但是垫子已经翻转过来,露出他的面颊和脖子。我用三个手指摸他的面颊,然后突然将手移开,仿佛火烫着一样。我没有采取弯下身听听有无呼吸的方式去证实,其实也没有那个必要。我走出来,到那些科利的教友当中,然后对奥尔德梅多点点头,他便走进去,一面舐着他那苍白的嘴唇。他也很快地走了出来。萨默斯转过身,对着我说:

"怎么样?塔尔伯特先生?"

"活的人不可能这样冷冰冰的。"

奥尔德梅多的眼睛向上一翻，就慢慢顺着舷墙滑下来，结果跌坐在甲板上。惠勒一脸献身宗教者的谅解样子，将他的头埋到他的两膝之间。现在偏偏出现了一个最不适宜出现的人物，你猜是谁？除了西勒诺斯①还有谁？布罗克班克现在也许是有点清醒过来了，也许是由于醉酒而显得呆若木鸡的样子，一路跟跄地由他的舱里出来。那两个女人想要阻止他，他用力挣脱她们。其余的妇女发出尖叫，然后突然静下来，在这两种迥然不同的情况之中，不知如何才好。那个人的身上除了衬衣之外什么都没穿。他挥动双手，摇摇摆摆地冲进科利的舱，同时把萨默斯往旁边一推，因为用力过猛，害得那位上尉几乎站不稳。

"你们我统统都认得，"他大喊，"统统认得，统统认得！我是一个艺术家！那个人没有死，只是睡着了。他是患了'低热病'，也许喝点酒就好了——"

我抓住他，把他拖出来。萨默斯也在那里。我们两个，加上惠勒和跌跌撞撞、东碰西倒的奥尔德梅多——但，真的，死亡就是死亡，假如不大惊小怪的话——终于把他拖出廊子，女士们和先生们在那里再度陷入沉默。世上有些情况，可以说没有适当的反应——也许唯一适当的办法就是统统回避。我们终于设法把他送回他的舱门口，同时，他还一直夸张地嚷嚷着酒和低热病。他的两个女人静静地等着，吓坏了。现在我也低声说：

"好啦，我的朋友，回到舱里去吧。"

"低热病——"

"低热病到底是什么？现在进去——进去，我说！布罗克班克太太——布罗克班克小姐，我求求你们——看在上天的分

① 西勒诺斯（Silenus），希腊神话中酒神的养父。

儿上——"

她们倒确实帮忙,把门关上,让他出不来了。我转身走开,这时候安德森船长刚好由梯子上走下来,又到廊子里来。

"各位,怎么样?"

我代表我自己和奥尔德梅多回答:

"安德森船长,据我想,科利先生是死了。"

他的两只小眼睛盯着我看。

"我听到有人提到'低热病',是吗?"

萨默斯走出来,随手带上科利的舱门,这是一种很奇怪的合乎礼仪的表示。他站在那里,望望船长,又望望我,然后转回头望望船长。我很不情愿地说——我还能说什么别的呢?

"那是布罗克班克先生说的;我想,他恐怕精神有些失常。"

我敢说船长脸上的皱纹和眼睛的闪光又恢复了。他环顾四周的目睹者。

"虽然如此,布罗克班克先生有些医学经验呢!"

我还来不及劝他,他又用他那海军的专横腔调说:

"萨默斯先生。你要负责依照惯例安排一切。"

"是,是,船长。"

船长转过身,轻快地走回舱去。萨默斯用差不多和他的船长一样的腔调接着发号施令说:

"威利斯先生!"

"是,上尉!"

"把船头领航员和他的助手叫到后甲板来,再叫三四个健壮的弟兄来。你可以找那些因放哨时失职被罚苦役的人来。"

"是,是,上尉!"

这里没有职业殡仪馆人员那种假装忧郁的表情,因为那是他们的老手段。威利斯先生赶快跑到前甲板去。接着上尉就用他那惯常的温和语调对乘客致辞：

"诸位先生，诸位女士，你们是不希望看到底下那种场面的。我可否要求诸位离开这个廊子。我可以建议诸位到后甲板去透透气。"

廊子里的人都慢慢走开，只有我和萨默斯两人，还有那些勤务员。布罗克班克先生的门忽然打开，他一丝不挂地站在那里，样子怪极了。他露出可笑的严肃样子说：

"诸位，'低热病'就是'高热病'的反面。各位，再会！"

他让她们拖回去，摇摇晃晃的。门关上了。于是，萨默斯转过身来对我说：

"塔尔伯特先生，你也留下来吗？"

"我不是还要照船长的意思做吗？是不是？"

"我想，那件事已经因为那个可怜人的死亡而结束了。"

"我们谈到过位高则任重和'公平对待'。我发现可以合并起来换一个名词来表达。"

"那是什么？"

"正义。"

萨默斯似乎在考虑。"你已经判断出谁要出庭做证吗？"

"难道你没有吗？"

"我？一个船长的权力——而且，先生，我是没有显赫人士赞助的。"

"不要这样肯定，萨默斯先生。"

他迷惘地望望我，过了片刻。然后，他喘过气来说："我——？"

但有几个水手正从船尾向我们快步走来。萨默斯瞥了他们一眼，转身对着我。

"我可以建议到后甲板走走吗?"

"喝一杯白兰地,倒更合适。"

我走进旅客餐厅,发现奥尔德梅多倒在船尾的大窗下面的一把椅子上,手里拿着一只空酒杯。他喘息得很厉害,而且满头大汗。但是,脸上已经有血色了。他咕咕囔囔地对我说:

"竟会做出那样该死的蠢事!不知道我是什么鬼附体了。"

"这就是你在战场上的行为吗?奥尔德梅多?不,原谅我,我自己也失常了。你看,这个死人躺在那里的样子,就好像我近几天来看到他的那个样子,又僵又硬,即使那个时候就是如此——那个伙计究竟跑到哪里了?伙计!我这里要一杯白兰地,再给奥尔德梅多先生添一杯!"

"塔尔伯特先生,我知道你的意思了。其实,我从来没看见过战场,也没听到一声枪响,除了有一次我的仇敌只差一码就打中我了。船现在变得多静呀!"

我向餐厅门外望望。那些水兵已经聚在科利的舱里。我关上门,回转身来对奥尔德梅多说:

"奥尔德梅多,不久,一切都会办好。我们是不是都感到不自然呢?"

"我穿英王陛下的制服,但是我除了偶然看见锁着铁链的水兵尸体之外,还没看见过死尸。这具尸体可把我吓呆了——我是说摸到它的时候。你知道,我是康沃尔郡人。"

"有这样的姓吗?"

"我们康沃尔郡人不都是姓崔、蒲尔和潘呀!哎呀!这只船上的木板发出这样大的嘎嘎声音!她移动的声音难道没有变化吗?"

"不可能的。"

"塔尔伯特,你想——"

"什么呀？先生？"

"没什么。"

我们坐了一会儿。这时候，我觉得白兰地在我血管中产生的热劲儿，比任何其他的东西都厉害。不久，萨默斯进来了。我瞥见一些水兵抬着一个遮盖着的东西在甲板上走过。萨默斯本人苍白的脸上并未复现一丝血色。

"给你叫一杯白兰地吗？萨默斯？"

他摇摇头，奥尔德梅多站起身来。

"我想，我还是到后甲板去呼吸呼吸新鲜空气。方才我真该死，会那么好笑，真好笑极了。"

不久，只剩下我和萨默斯两个人了。

"塔尔伯特先生，"他说，声音很低，"你提到过'正义'两个字。"

"怎么样，先生？"

"你有一本日志簿。"

"还有——"

"就是那个。"

他意味深长地对我点点头，站起来，便离开了。我站在原地，暗想，他究竟对我了解到什么程度。他不知道我已经用同一本日志了——也不知道我计划着清清楚楚地记载下来，以便呈献给一个信任我的有判断力的而且非常诚实的人——

爵爷，您曾经劝我练习谄媚的手段。但是，在一位迟早一定会发觉这种手段的人物身上，我如何能试用这种手段呢？让我违背您一次吧，不要再谄媚您了，即使就是一次！

好啦，我已经怪罪船长滥用权力，我也记下萨默斯说的话。他说这件事我也应该负一部分责任。我不知道"正义"这个名词需要我更负什么责任。现在夜已深了，只有现在，当我写这些话的时候，我才想起那个科利手稿。在这些手稿中也许可以找到更明白的证据可以证明您的教子多么应受谴责，我们的船长多么残酷。我要看看那可怜虫写了些什么，然后再就寝。

我已经看过了。啊，我几乎希望我没有看过。可怜、可怜的科利，可怜的罗伯特·詹姆斯·科利！比利·罗杰斯、那个开枪的萨默斯、德弗雷尔、甘伯舍穆、安德森，威胁人的、残忍的安德森！这个世界上不知道是否还有正义——但是，你可以由我写的这种情形上看，这些手稿对我有多大的影响。我，我——

我的百叶窗缝里透进一些光来，离天亮还有好一会儿呢。我做什么好呢？科利写的这封信没头没尾，我不能把它交给安德森。尽管，这听起来很合法，我也应该这么做。要不，会有什么后果呢？给扔到海里，给藏起来。科利会被宣布是死于低热病，如此而已。我的任务也跟着消除了。我推敲得太过分了吗？因为安德森是船长。他的所作所为，百分之百都是正确的。我也不能信任萨默斯。他的宝贵的前程正面临危险。他一定不得不说，我擅自拿走这书信也许是可以的，但是我无权把它扣留下来。

不过，我不要把它扣留下来。我采取唯一维护正义的办法——我所指的是自然的正义，而不是船长的正义，或法庭上的正义——是把这个证据交到爵爷的手中。他说，他"就要到岸上，要失业了"。假若您像我一样地相信他已经超出了纪律的范围，变得残暴，那么，您在适当的场所说一句话，就可以定他的罪了。

我呢？我已经把这个日志写得比我原来打算得更明白，真的！我当初想到的就是我的行为要符合我的身份——

好吧，那么，我也——

哎呀，埃德蒙，埃德蒙！这是卫理公会教徒的愚行！你难道没想到你是一个情感少于智慧的人吗？你欣然接受的那种适用于一般人的道德标准，你不觉得——不，相信——这个标准应归功于感情的成分比理智的成分少吗？这里所记的东西，其中你会希望撕掉的比想给人看的多。但是，我由于整夜都在看这些手稿，并且写这个日志，有些头晕目眩，也许可以原谅。我现在感到一切都不真实，已经进入了半睡的状态。我要找点胶水把这封信牢牢地粘在日志里。让这个日志成为塔尔伯特手稿的另一部分吧。

千万不可让他的姊姊知道。这是不把这封信公开的另一个理由。他死于低热病——啊，船前头的那个可怜的女孩也许在我们到达之前也患同样的病死去。我说过要找胶水吗？舱里一定有。哎呀，惠勒会知道在什么地方。那无所不知、无所不在的惠勒。我必须把这一切都锁起来。这个日志已经变得像一支装了实弹的枪一样可以致命！

这封信的第一页，或许是头几页，已经不见了。我可以想象那一页，或者是那几页，他拿在手里时的情景。我仿佛看到他醉酒时发呆的样子，昂着头走过去，面露笑容，似乎已经上了天堂。

后来，在他醉后蒙蒙眬眬的昏睡当中，有个时候，他醒来了，也许是慢慢的。那可能是一段空白的时候，于是，他突然知道他是谁，以及他是做什么的了。这时候，他想起他就是那个担任圣职的罗伯特·詹姆斯·科利。

不，我不想再想象这些了。我第一次探望他的时候——我所说的话是否使他想起他已经忘掉了的事？那是自尊心吗？他的朋友对他的尊重吗？想起我对他如何友善吗？想起我对他的赞助吗？后来，后来，他在那样痛苦的情况中忽然抓住那份手稿，把那些稿子弄得皱皱的，然后连忙塞到一个地方，好像如果有可能的话，就把他的记忆塞到一个别人看不到的地方——藏起来,藏到那个床铺下面的深处,他再也受不住回想往事的痛苦——

我的想象是假的。因为,他一定是一心一意地想死,但是,并非为了那个,绝对不是为了那个,不是为了一个偶然的,单单为了一个——

他犯了杀人罪吗? 或是由于他自己的身份——?

这是一桩疯狂的事,一件傻事。在船上的那一头,还有什么女人对他有帮助呢?

我呢? 假若我不那么顾虑自己的重要身份,假若我不那么顾虑和他交往可能有感觉无聊的危险,我或许已经救了他了。

啊,那些谨慎的意见,那些有趣的观察,那些我一度想要供爵爷消遣的机智的火花! 现在都不必提了,这里只是叙述一下安德森的任命和我的疏忽。

爵爷现在请看这封信。

科利的信

因此,我就在我最尴尬、最不光彩的经验上蒙上一层面纱。由
于长久的晕船,在我的记忆中,上船后最初一段的情形,我已经不大
清楚了。在这样一只船上,一个乘客,即使他是一个牧师,也必然会
在那股臭气熏天的小天地里接触到一些残暴的欺人之徒、放荡的人
以及随便亵渎神明的人。这些情形,我也不想对你细说。但是现在
我的晕船已经好了,而且已经恢复到足可提笔的程度,我就忍不住
暂时回想到我在船上最初那一段时间是什么样子。在海滩上,我逃
脱了一群无名暴徒的毒手,花了不少钱请人送我到这只大船。被他
们用一种吊索(有点像我们家猪栏那边吊在桦树上的秋千,不过更
精致)拉到船上之后,我就遇到一个挟着一个小望远镜的年轻军官。

他并未彬彬有礼地向我打招呼,却转身对着他的一个同伴说了
下面这句话:

"哎呀! 一个牧师! 这就会使那个肚子咕咕响的家伙吓得爬到
前桅楼了!"

这不过是我要忍受的一个例子而已。其余的我就不必详述了,
因为,我亲爱的姊姊,自从我们这一船人告别了老阿尔比恩海岸之
后,已经有许多天。我的舱里有一个折板,可以当作 *priedieu*[①]、书
桌、餐桌和讲台用。现在我的体力已经恢复得可以坐在这块小折板
前面,不过我仍然不能坐得太稳,不敢再多写。等我完全恢复了,我
的第一个任务(在履行我的职务之后)自然就是让我们那位英勇的
船长认识我。他住在我们上面两层楼(现在我得称它为甲板)之
上。我希望他能答应将这封信交给一只向相反方向行驶的船带回

去，这样你就可以得到关于我的最早消息。当我写这封信的时候，菲利普（我的勤务员）已经到我的小舱里，他给我端来一碗肉汤，并且劝我不要在时机未成熟之前就贸然去见安德森船长。他说我应该稍稍提起精神，到旅客餐厅吃点东西，换换口味，不要老是在舱里吃——吃些我吃得消的东西！到廊子里活动一下，或者更进一步到他称为船腰的那一大块甲板上走走。那个甲板就在我们船上最高的桅杆附近。

我虽然不能吃东西，可是我已经出来了。啊，我亲爱的姊姊，我方才那样埋怨我的命运，多么不对呀！这是一个地上的——不，海上的乐园！阳光暖洋洋的，像是大自然的恩惠。大海灿烂多姿，好像朱诺之鸟（我指的是孔雀）在曼斯顿广场斜坡上亮相，展露出它们美丽的尾巴。（我得提醒你，你也不要忽略了那个地方可能发生的事。）欣赏这样的景色等于服了一帖药。这种药和一个人可以希望在某一天指定阅读的经文中受到鼓舞一样好。在天边有一只帆船，瞬息即逝。于是，我就做了个简短的祈祷，希望我们的安全永远在神的意旨关照之下。虽然如此，我们船上的官兵那种行为，却使我着恼。不过，在我们救世主的爱与照顾之下，我有更安全的一股力量支持我，远胜于船底下的锚。现在让我鼓起勇气向你自白：那只奇怪的帆船沉到海平线之下的时候——她始终没有完全浮到海平线上——我就开始做白日梦了。我仿佛看到她向我们攻击，我表现出了非常英勇的行为。其实，一个教会任命的牧师这样做是很不适宜的。不过，我小的时候，我往往梦想能和英国的英雄人物并肩奋斗，争取名誉和财富。这样的罪过是可以原谅的，而且，我已经很快地承认，也忏悔了。在我周围，四面八方都有英勇的海军弟兄，他

---

① 意为"祷告台"。

们才是我应该帮助的人。

我几乎希望能为他们打一场仗。他们各自忙着各自的工作,他们的紫铜色健壮身体,腰部以上都是赤裸的。他们的头发很多,扎成一根辫子,他们的裤子裹得很紧,但是裤脚管张开,好像是马的鼻孔。他们毫不在乎地在一百英尺高的空中嬉戏。我恳求你不要相信那些恶意的、不信基督的人说的残暴待遇。我从未听说,也未见过有人受鞭打。假若有一个年轻人犯了过错,也不过是在他身上的适当部位予以适当的责打,就好像一个学生在学校受到的处罚一样。此外根本没发生过更严厉的刑罚。

我必须让你了解一下这个小社会的情况,因为我要在这里面不知道要过多少个月的时间。我们仿佛是这里的上流社会人士,在船的后部有我们的城堡。在船腰的另一端是水兵和其他比较下等的人居住的地方,像是移民等。船腰的一个墙下面,有两个入口,装有楼梯,他们现在还管它叫作梯子。在那上面就是上甲板前部的堡状甲板以及那个斜桅的令人惊奇的天地。你也许像我一样习惯上认为那是船前端突出的一根桅杆,称为"突梁"的东西(记得温伯瑞先生的瓶中之船吧)。不对! 现在我必须告诉你,一个"斜桅"就是整个的桅杆装得比其余的桅杆更接近水平线。它有帆桁、桅杆帽、侧支索,甚至还有帆的升降索。不但如此,正如其他的桅杆可以比作大树,我们的弟兄们可以爬上它的枝干,同样的,一个斜桅就是一条大路,事实上也许很陡,但是,他们可以在上面跑或走。那斜桅的直径有三英尺多。桅杆,就是其他的桅杆,也有这样粗。塞克森林中最大的榉木也不够造这样的庞然大物。敌人的一次袭击,或者更厉害些,是大自然的风雨突袭,就会把它们折断或者拧掉,就好像我们把萝卜的叶子拧掉一样容易。我一想起这个,就陷入一种恐惧的状态。其实,这不是一种担心自身安全的恐惧。在过去,这是对大军舰的威力产生的一种畏惧心理。现在也是一样。那么,我们把这种感觉再引申一下,这是一种对于那些人的力量而产生的一种敬畏——他们的乐趣与职责就是支配这样的创造力,以便效忠他们的主和他们的王。索福克勒斯①在他的那个悲剧《菲罗克忒忒斯》的合唱中不是就有这样的想法吗? 但是,我又说得离题了。

空气是暖的,有的时候又很热。太阳的手抚慰我们,爽快之至。甚至我坐在我的书桌前面,脸上也感觉到他的光线偶尔给我的温暖。今天上午的天空呈碧蓝色,可是并不比那辽阔的海面上闪闪发光的碧蓝的水更亮、更蓝。那个斜桅——我们的斜桅——的尖在那鲜明的地平线上画出有力的圈圈,我对于这个现象也几乎感到一种愉快。

翌日。

我实在已经觉得比较有点气力,也更能吃点东西了。菲利普说我不久就可以复原。但是,天气多少有些变化。昨天海面还是碧蓝和亮闪闪的,今天只有一点点风,或者一点风都没有。海面上蒙着一层白雾。那个斜桅在早先那一阵子,假若我目不转睛朝外望着它,便会感到一阵一阵恶心——现在却一动也不动。的确,自从我们亲爱的国土沉没——不,看起来好像是沉没——到波涛之中以后,我们这个小天地的样子至少变了三次。我问我自己:那些森林和丰饶的田野、那些鲜花、那些我和你毕生都在里面祈祷的教堂、那些我们亲爱的父母安息的教堂墓地——不,是他们的遗体安息的墓地(现在他们一定在天堂受到酬赏)都到哪里去了? 我又要问:那些构成我们两人生活要素的一切熟悉的地点都哪里去了? 面对这

① 索福克勒斯(Sophocles,前496—前406),古希腊悲剧作家。

样一种情形,人的脑子不够用了。我对自己说:有一些重要的现实事物连接着我现在所处的地方与我过去所处的地方,正如连接上康普顿与下康普顿的一条大路。人的理智赞成,他的感情却不能肯定。想到这里我责备自己,并且对自己说:我们的主在这里和在那里都是一样,或者,更正确地说:在他的眼中,这只是同一个地方!

我又到甲板上去过。海面上的白雾似乎更浓了,但是,很热。可以模模糊糊地看到我们的水兵。船完全停了,她的帆都垂下来了。我的脚步声听起来很响,很不自然。我简直不喜欢听见。我在甲板上没看到一个乘客。船上的木板并未发出嘎吱嘎吱的声音。当我冒险隔着船边往下一望,海里没有一个涟漪,也没有一个水泡。

啊,我的身体已经恢复正常了——不过,只是刚刚恢复。

我在外面的热水蒸气中停留了几分钟,这时,突然一阵雷挟着令人目眩的白光击穿我们右边的浓雾,沉入海中。雷声将我的两个耳朵震得发出回响。我还来不及转身跑回去,另一边又接连响起阵阵的雷鸣,同时雨点降下——我几乎要说雨点降落到海水里。但是,实际上似乎是陆地上的积水。巨大的雨点落下之后反弹到甲板以外一码那么远。由我在栏杆边站的地方到廊子不过几码之遥,但是,等到我跑到可以遮蔽的地方时,已经成为落汤鸡。我把衣服脱到不致失礼的程度,然后坐下来写这封信。后来觉得船身一点也不摇动了。在过去这一刻钟的时候(我要有一个表就好了)那可怕的雷声已经停止,雨像瀑布似的降下。

现在,暴风雨的声音正慢慢地消逝在远方。阳光照到我们廊子可以照到的地方。阵阵轻风使我们的船发出嘎吱嘎吱声,漂过拍击波浪的声音和阵阵的水泡声。我说太阳已经露出面了,但是,瞬息即逝。

到现在我仍然保留的,除了对于我的忧虑,仍有生动的记忆之外,还有对神那令人敬畏的威力和神创造万物的威严的感觉,这是一种我们这只船给人的壮丽印象,而不是关于她的琐碎记忆。这种情形仿佛是我把她当作一个单独的世界,一个小型的宇宙。在这个小天地中,我们必须度过我们的一生,接受奖赏或是惩罚。我相信这样的想法不会是不虔敬的。这是一个奇怪的想法,也是一个激烈的想法。

我现在仍有这个想法,因为现在微风渐渐停止,我又冒险走出来了。现在已是夜间。我难以对你形容在星星的衬托之下她的大桅杆有多高,她的帆有多大,可是又多么飘然自在。也难以说出由她的甲板到底下黑夜里闪闪发光的海面有多远。我仍然一动不动地留在栏杆边,不知有多久。当我仍在那里的时候,微风留下来的最后的骚动已经平息,因此,那闪烁的光,那星光灿烂的天空景象已经消逝。取而代之的是一片平坦漆黑的海面和一片虚无的景象。一切都是不可思议的样子。这个情景使我非常恐惧,于是我就转身要回去,这时忽然看到航海高手斯迈尔斯先生只露一半的面孔。菲利普对我说斯迈尔斯先生是船长手下负责我们这只船航行的人。

"斯迈尔斯先生。告诉我这海水有多深。"

他是一个奇怪的人。这是我已经知道的。他遇事必思索半天,不断地观察。他名如其人,起得恰当。① 因为他有一种满面笑容却莫测高深的特点,使他与他的同伴离得远远的。

"谁知道呢? 科利先生?"

我不自然地笑一笑。他走得近一些,端详着我的面孔。他甚至比我的个子还小。你知道我绝对不是一个身材高大的人。

① 他的名字 Smiles 有微笑之意。

"这里的海水也许一英里多深——两英里多深——谁知道？我们可以测量这海水的深浅,但是,我们通常都不这样做。没有必要。"

"一英里多深!"

我觉得头晕,支持不住了。我们就这样吊在海水下面的陆地与天空之间,犹如树枝上挂着的一个干果,或者是池水上漂浮的一片叶子。我亲爱的姊姊,我不能向你表达出我的恐惧感,或者可以说,表达我目前的感觉——我想,那是一个人处于一个不应该到的地方时心中的感受。

昨夜,我在昂贵的蜡烛光下写这封信。你知道我是多么节俭的。可是,我是迫不得已,即使没有别的东西,也必须得沉浸在光亮中。一个人(即使他利用他个人特殊的天性可以得到宗教的安慰),我是说,一个人处在这样的情况之下,特别需要友情。但是,船这一端的诸位先生和女士,我向他们敬礼时,他们的反应并不是高高兴兴、痛痛快快的。起初,我想,他们大概是大家常说的"害怕牧师"。我一再地追问菲利普这是什么意思。也许我不该这样做。他对于社会人士的区分不必讳莫高深,因为这与他并无关系。但是,他咕咕哝哝地说:一般的平民都以为船上要有一个牧师,就好像渔船上有一个女人——那是一种会带来厄运的人物!这种低级的、应该斥责的迷信观念是不适用于我们船上的先生女士们的。这不是一个合理的解释。昨天我觉得也许可以找到一个线索说明他们为何对我莫名地冷漠。我们中间有那位有名的,或者可以说恶名昭彰的自由思想者普瑞蒂曼先生,那个共和主义者和雅各宾派的朋友,我想,船上的人十之八九都厌恶他。他这人矮矮的,胖胖的。他秃顶,四周有一圈乱糟糟的"晕轮"——哎呀,多么不幸,我会选这样的字眼儿——由耳根到后颈长着一圈乱糟糟的褐发。他是一个举止粗暴而古怪的人。我想,这是由于他喜欢发脾气的个性。我们船上的小姐们都躲着他,唯一支持他的人就是格兰姆小姐。我相信那是一位年纪不小的小姐,具有坚定的原则,使她能够安全地不受他那激烈言论的影响。还有一位美艳非凡的小姐,布罗克班克小姐。关于她——我不再多说了,否则你会说我卖弄聪明了。我相信她,至少,她不会以不亲切的态度来对待你的弟弟。但是,她的母亲因为 *mal de mer*① 比我还厉害,她为了照顾母亲,太忙了。

我把一位年轻绅士留到最末了来描述。我相信,并且祷告:在这段航程的进行中,他会成为我的朋友。他是一个贵族子弟,具有这种出身的人应有的体谅他人的胸怀与高贵的举止。有好几次,我鼓起勇气向他施礼,他很有礼貌地答礼。他的风范可能对其他的乘客很有影响。

今天早上,我又出来到了甲板上。在夜里,起了一阵微风,对我们的船很有帮助,但是现在又静止了。我们的帆垂了下来,到处都是雾气,朦朦胧胧的,甚至正午也是如此。但是,顷刻之间,雾气中突然电光闪闪,像方才一样猛烈吓人!我逃回舱里,心里充满了势将毁于这暴风雨中的感觉,同时又恢复了那种悬在这大海之上的感觉,因此,我几乎不能双手合拢来祷告。虽然如此,我还是逐渐恢复了镇静,不过外面仍是狂风暴雨。我提醒自己——其实我早就该这样——一个善良的心灵、一个善行、一个善念,还有一点点上天的慈悲,远胜于这无边无涯的滚滚的雾气和波涛、这浩瀚的大海、这阴沉的广大的天空。的确,我以为——虽然有些踌躇——也许恶人在他们自己也不知道如何死去之后,在这里他们会发现他们由于自己的

---

① 法语,意为"晕船"。

堕落必须待在这可怕的境界。我亲爱的姊姊，你要知道，由于我们这个环境的奇特、我长久晕船而造成的四肢无力，以及天生缺乏的自信，使我像一只乌龟似的，太容易将脑袋缩进我的壳子里了。这一切因素在我的心里产生一种感觉，这种感觉并非不似暂时的神志错乱！我忽然想到一只海鸟在哀鸣，仿佛是我提到过的迷失的魂灵。我要谦卑地感谢上帝许可我及时发觉自己的狂想，使它不致成为一种信念。

　　我从昏睡的状态中醒过来。我发现至少一个可能的原因，足以说明我为什么会受人漠视。这是因为我还没向船长表明我的身份，因此，他可能以为我看不起他。我决心尽快地消除这个误会。我要到他那里对他说：由于船上并无牧师，而且我的身体不适，使得船上没在安息日举行礼拜的仪式，我要由衷地向他表示歉意。我必须消除我的心里那种偏狭的猜疑，不要以为自从来到船上——也可以说加入他们的行列——以后，我没受到船上官员对我这样担任圣职的人应有的礼遇。我相信我们英勇的保卫国土的官兵应该不是这种人。现在我要到甲板上散散步，准备去拜访船长。你还记得我要见一个权威人士时缺乏自信的老毛病吧。

　　我又到船腰来，和我们的航海高手谈话了。他正站在船的左边，以他那种特别的专注凝视着地平线，也可以说应该是地平线的地方。

　　"早安，斯迈尔斯先生！这股雾气要是散了，我就会高兴些。"

　　他露出那样不可思议、讳莫高深的笑容。

　　"好吧，先生，我看看有没有什么办法。"

　　对于他的俏皮话，我哈哈大笑。他的幽默使我完全恢复了原有的镇定。这样才能驱除我对这个世界的光怪陆离产生的奇怪感觉。

我走到船边,倚着栏杆(他们称为舷墙),向下望望我们这只大船的木板凸出到封闭的炮口以外的地方。她的细微前进,在海水中产生一点涟漪。在某种程度上我仿佛在冷冷地仔细观察。我对它的深度的感觉——可是,我该怎么说呢? 我看见过许多水车用的贮水池或者大河的一角,似乎就像这样深。我们的船也没在大海的任何一处或一点劈开一条裂缝,也就是在那诗人荷马所说的"无波纹的大海"中产生一个波纹。可是,我又突然看到一个新的不可解的现象——这是那位诗人不可能想到的一个现象!(你要知道通常都认为荷马是双目失明的。)那么,水上加水如何会产生不透明的现象? 无色与透明的东西在我们面前展开一个什么样的视觉障碍? 我们不是透过玻璃或者钻石或者水晶可以看得清清楚楚吗? 我们不是透过那高度莫测的悬在空中的大气,看到太阳、月亮和那些较弱的发光体(我指的是星星)吗? 可是在这里,夜间那种漆黑的闪烁的东西,在暴风雨时变幻的乌云之下呈灰色的东西,现在,在突然贯穿那一片雾气的阳光之下,逐渐变为蓝色和绿色。

我这样的人——一个牧师,一个上帝的仆人,对于本世纪以及上个世纪那些虽然错误但是很坚强的知识分子非常熟悉,并且能够看出他们的本来面目,我这样一个人怎么会想到这些? 这个地球的物质道理怎么会引起我这么大的兴趣、烦恼和兴奋呢? 那些乘船过海的人! 我想到我们亲爱的国土时,不是只望着地平线(当然是想象中),而是想估算那段海水、那片陆地有多大,那块我想我可以看穿的岩石有多厚,以便朝你那个方向望,朝我们的——让我说我们的——乡村那个方向望。斯迈尔斯先生必定对这种情况的角度和适当的数学计算方式非常熟悉。我必须请教他,要想看到地平线下面的情形,必需的确切度数。在对跖岛目不转睛地望着下面我的鞋扣(我想够近了)是多么奇怪的事! 请原谅我! 我又乱想了。你只要想想看,就是那里的星星都是不熟悉的,那里的月亮是倒立着的!

胡思乱想得够了!现在我要去,让船长认识认识我了。也许,我还有机会把我在上面所说的那些胡言乱语告诉他,给他解解闷儿呢!

＊　＊　＊

我已经见到安德森船长了,并且要尽可能地将简单的事实向你叙述一番。我的手指变麻木了,几乎握不住笔杆!你可以由这种字迹上推想出来我的情况。

那么,就言归正传吧。我比平常更小心地穿好衣服,走出我的舱,走上几层梯子,到了最上层的甲板上。那是船长通常待的地方。在这层甲板的前面那一端,在多少有些低的地方就是舵轮和罗盘。安德森船长和萨默斯上尉正一同注视着罗盘。我知道这时候不宜和他们交谈,所以,就等了片刻。最后,他们两位的话讲完了。船长转身走到船的后端。于是,我便跟在后边,以为这是大好的机会。但是,他刚一到达栏杆前面,便猛一转身。因为我紧跟在他后面,所以我就往侧面一跳。这样子看起来似乎与我这种担任圣职的尊严毫不相称。我刚刚镇定下来,他就对我咆哮,仿佛那是我的错,而不是他的。我说了一两句自我介绍的话,但是,他哼了一声,毫不理睬。然后,他就说了一些毫不客气的话。

"乘客要经过邀请才能到军官用的后甲板来。我在散步的时候对于这样的干扰很不习惯。到前面去。不要离开避风处。"

"避风处?先生?"

突然有人强把我拉到一边。一位年轻军官把我往那个舵轮的方向拉。他就是要带我到那里,那是朝船长待的地方相反的方向走。我只好照他的意思做。他简直是在我的耳畔发出"嘘嘘"的声音,责骂我。甲板的那一边,不管那是什么地方,风就是由那里吹过来的,那是保留给船长专用的。我走错了地方,但是,对一个从未漂洋过海的人来说,这是自然会发生的错误。然而,我非常怀疑,船长对我这样大发脾气,是不容易解释的。这是由于宗派的偏见吗? 假若如此,身为英国国教(也就是英国的天主教——它将两臂张得大大的,以悲天悯人的态度拥抱一切罪人)的虔诚的仆人,我不得不对这种固执的划分表示惋惜。或者,假若不是由于宗派的偏见,而是由于一种社会地位的轻视心理,这种情况也是同样严重的——不,几乎同样的严重! 我是一个牧师,在对跖岛必然有一个虽然低微却很体面的职位。那些牧师会的会员,或者是那些牧师,我在主教的宴会上见过两次面。船长并不比他们更有资格摆大架子——其实比他们更没有资格。所以,我已经决定从我这默默无闻的状况中走出来,多露露面,并且展示出我的圣职服装,给这位先生和一般的乘客看看,使他们即使不尊敬我,也要尊敬圣职的标记。我当然希望得到那位年轻绅士埃德蒙·塔尔伯特、布罗克班克小姐和格兰姆小姐的支持。而且,很明显的,我必须再回到船长那里,为我那次无意侵入他的禁地向他诚恳地致歉,然后提出安息日礼拜仪式的问题。我要求他准许我为那些需要圣餐仪式的先生和女士——当然还有那些平民——举行圣餐仪式。在这船上恐怕有太多改善现状的余地。(例如),我听说船上有每日举行的酒会,这是我想阻止的——因为,你知道主教对于低阶层的牧师酗酒的行为会给予多么慈爱又严厉的谴责! 可是,在这里,这样的情形确实是有的。船上的水兵经常可以领到烈酒。要开始举行礼拜仪式的进一步理由就是,礼拜可以给我机会公开指摘这个问题。我要回到船长那里,用抚慰的办法进行我的计划。我确实得对船上所有的人提供一切的服务。

我已经竭力想要这么做,可是,失败得非常难堪,非常丢脸。我方才已经说过,我本来想走上船长的甲板,为我之前侵入他的禁地向他道歉,求他准我用他的甲板,然后提出定期举行礼拜的问题。我这用意极好的、想要结识那些军官和先生的企图引起的那个实在可怕的场面,我几乎难以详述。我一写完上面一段话之后,便到军官用的后甲板下面的那部分地方去。在那里,有一个军官站在舵轮后面两个人的旁边。我举帽向他致敬,并且亲切地说了一句话。

"先生,我们现在正在好天气中呀。"

那位军官不理睬我。但是,这还不是最难堪的。这时候由船后的栏杆后面传过来一种怒吼的声音:

"科利先生,科利先生,到这里来!"

这不是我希望得到的那种邀请方式。我既不喜欢那种腔调,也不喜欢那种话。但是,和我走近船长时接着发生的事比起来,算不了什么。

"科利先生,你想暗中败坏我所有的军官吗?"

"暗中败坏,船长?"

"我就是这样说的,先生!"

"有一些误解——"

"那么,那错误是你的,先生。你知道一个船长在他自己的船上应有的权力吗?"

"那些权力照理应该很大。但是,身为担任圣职的牧师——"

"先生,你是一个乘客,不大也不小。更甚的是,你的所作所为不像其余的人一样规矩。"

"船长!"

"你是一个讨厌的家伙!就是关于一个小包或者一个小桶的事来同我商量,也要对我礼貌些。我想你大概能阅读——"

"阅读？船长？我当然能阅读呀！"

"但是，你不理会我那写得明明白白的命令，你的病刚好，就两次来找我的军官，惹他们生气——"

"这我一点也不知道，我没看到——"

"那是我的《内务规则》，先生。一张布告贴在你和其他乘客住处很显著的地方。"

"我没有注意——"

"胡说八道！先生，你有一个勤务员，而且那《内务规则》贴在那里——"

"我的注意力——"

"你的愚昧是不可宽恕的。如果你希望和船后一部分的乘客享受同样的自由——你难道不想生活在女士和绅士中吗？——去，去看看那个布告！"

173

"这是我的权利——"

"先生，去看看布告。看完之后，牢记在心。"

"船长，怎么，你想把我当作小学生看待吗？"

"先生，只要我愿意，我就把你当小学生看待；只要我愿意，就会用铁链子把你锁起来；只要我愿意，就会把你捆在栅栏上用皮鞭抽打；只要我愿意，就会把你吊在帆桁端绞死——"

"船长，船长！"

"你是怀疑我的权威吗？"

我现在都看明白了。好像我的年轻朋友乔希——你记得乔希吗？——安德森船长疯了。乔希除了看到他所怕的青蛙，始终是神志清醒的。一看到青蛙，那么，他的狂叫声大家都可以听见。现在，这里的安德森船长就是如此。他的神志大致都是没问题的，除非他的疯病发作时，我不幸碰到了，他会拿我当侮辱的目标——现在我的确成了他的目标了。我现在除了顺着他的意思，别无他法。因为，不管他是不是疯了，我看出他在盛怒之下，至少可以做出威胁我的几件事，我尽可能地以轻松的态度回答他，但是，我的声音抖得可怜。

"安德森船长，这件事我会让你满意的。"

"你要照我的命令做。"

我转过身，默默地走开。不久，我就看不见他了。我发现自己浑身大汗，可是奇怪，我觉得很冷。我发现我很不愿意看到任何人的眼睛和面孔。我自己的眼睛呢？我在流泪。我希望我能够说那是大丈夫盛怒之下掉的眼泪，可是实际上那是羞耻的眼泪。在岸上，一个人最后会受到国王的惩罚。在海上，一个人要受船长的惩罚。船长是看得见的，而国王是看不见的。在海上，一个人的人格会受到损害。这不是一种奇怪的争斗吗？因此，人——我说得离题又远了。现在只说我找到——不，摸索到回舱房的路就够了。我的眼睛能看清楚，我在稍稍镇定下来的时候，便寻找船长写的命令。那个命令的确是贴在舱房附近的墙上。现在我的确记得我在晕船晕得抽筋的时候菲利普给我谈到过关于命令的事，甚至还提到船长的命令。但是，唯有那些晕船时痛苦得像我一样的人才可以体会，这些话在一个头晕眼花的人那里留下的印象有多么少。但是，这里确实贴着那个命令。可以说，这是一件不幸的事。以最严格的标准说，我是犯了过失。那个命令是装在一个玻璃框里的。玻璃由于里面的水蒸气，有些模糊。但是，我能看清里面的文字。其中重要的部分，我抄在这里：

乘客绝不可与执行船务之军官交谈。乘客非经特别许可绝不可于值班时与轮班军官交谈。

现在我看出我是处于一种可怕的情势中了。我想，所谓轮班军官想必就是我看到的和船长在一起的那个上尉，也就是我第二次想见船长时站在舵轮后面的两个人身旁的那个上尉。我的过失是出于无心的，但是，仍然是实在的。即使安德森船长对我的态度不是一位绅士对另一位绅士那样客气，而且可能永远也不会，我还是应该向他表示歉意，而且可以由他转达给其他在值班时受到干扰的军官。容忍也是从事我这种职业的人应有的特性。所以，我便把我准备说的话，毫不费力地、很快记在脑子里，然后立刻返回平台，就是那种水手用语所谓的"后甲板"的高出来的甲板上。现在风力有些增强了。安德森船长正在船边踱来踱去。萨默斯上尉正在和舵轮旁的另一位军官讲话。另外有两个水兵掌舵，导引着我们的船破浪前进。萨默斯先生指着那些复杂的索具中的一条绳索。站在那两个军官后面的一个年轻绅士用手摸摸帽檐，敏捷地跳到我方才上的梯子上。我走到船长的背后，等候他转过身来。

安德森船长简直是在我的心里来回地踱着！

我几乎希望他实际上这样做了——可是，我这个夸张的比喻并非不恰当。他方才想必是陷入了深思。现在，他转过来的胳膊打到我的肩上，他的胸部碰到了我的面孔，因此，害得我摇摇晃晃地整个人摔倒在那洗刷得白白的甲板上！

我困难地喘了口气。我的头由于碰到木板，震得嗡嗡响。真的，在刹那之间，仿佛不止一个船长，而是两个船长，从上面目不转睛地瞪着我。过了一会儿我才发现是有人对我说话。

"起来，先生！马上起来！你这样无礼愚蠢的行为，难道没完没了吗？"

我在甲板上摸索着，找我的帽子和假发，几乎没有气力回答。

"安德森船长——你要求我——"

"我没有要求你什么,先生。我给你一个命令。"

"我的道歉——"

"我并未要你道歉。我们不是在陆地上,而是在海上。你的道歉对我来说是一件无关紧要的事——"

"不过——"

在他那瞪得大大的眼睛里有一种神气,在他那通红的面孔上有一种表情,使我觉得他很有可能会对我施以人身的攻击。我一想到这个,的确非常害怕。他的一个拳头已经举起来。我承认我并未答话,便爬开几步。不过,他的拳头击到了另一只手的手掌。

"我会让每一个无知的陆地人一再蔑视吗? 他喜欢在哪里走走都可以吗? 是吗? 告诉我,先生!"

"我的道歉——本来是对——"

"我对于你这个人比对你的心更注意,先生。因为,我觉得你这个人比你的心更显而易见。你这个人养成那种习惯,永远在不适当的时候到不该到的地方。现在,先生,背你的书吧!"

我觉得我的脸肿了,一定是像他的脸一样的红。同时,汗流得愈来愈多。我的头仍然嗡嗡地响。那两位军官很认真、很细心地观察着海平面上的情况。那舵轮旁的两个水兵必定是铜铸的。我想,我发出了颤抖的呜咽声。我刚刚记得很清的话,现在忘得一干二净。我透过我的眼泪只能模糊地看到面前的一切。船长不太凶地咕哝一句话,也许是忽然想到一件事——我希望如此,忽然想到什么事。

"背呀,先生,背你的书呀!"

"要想一会儿。一会儿——"

"好吧。等你想起来的时候再说吧。你明白吗?"

我想必回答了一句话。因为他用一声大吼,结束了这一场会晤：

"那么，先生——你还等什么？"

与其说是走到我的舱里，不如说是逃回去。当走到第二层梯子时，我看见塔尔伯特先生和两个年轻军官在一起。又有三个人目睹了我这副丢脸的样子！我匆匆走开，来到廊子里。我走下楼梯——我想我该称它为梯子——连忙走进我的舱，颓然坐在床铺旁边。我感到浑身发抖，牙齿咔嗒咔嗒地直打战。我几乎气都喘不过来。的确，我相信，不，我坦白地承认：我要是没听到塔尔伯特先生用一种坚定的声调对一个年轻军官讲的话，我也许会陷入一阵痉挛、一阵晕厥、一阵像心脏病发作的状态——不管怎样，反正是一种发作，也许会结束了我的生命，或者至少让我丧失理智。他说了些好像这样的话：年轻的准尉呀，君子不应以迫害别人为乐。听了他的话，我不禁泪如泉涌。这种尽情的感情发泄，我可以称为忘却烦恼的纵情发泄。愿上帝赐福于塔尔伯特先生！这船上有一位真正的绅士。我默祷能在到达目的地之前，可以称他为朋友，并且告诉他他真诚的体贴对我有多大意义。现在，我跪下来——更准确地说是蹲伏于床上——暗暗感谢他的体贴与了解——也感谢他那高贵的慈悲胸怀。我为我们两个人祈祷。只有在这个时候我才能坐在这桌子前面，用一种好像理智的冷静态度考虑我的情况。

虽然如此，我把那件事反复回想，把事情看得很清楚。我一看清情况，几乎又完全陷入一种恐慌的状态。就船长那一方面来说，我是一个特别憎恶的目标——过去是，毫无疑问，现在也是。我怀着一种近似恐怖的兴奋心情，想象那一幕又在我面前重演的时候，他就像我所说的，"在我的心里来回地踱着"。因为，我现在明白了，那不是偶然发生的事。他的胳膊打到我的时候并不是一个人行走时胳膊无意中碰到别人那样，而是碰到我之后继续摆动，增加了

一种很不自然的力量——而且过后，又加上他的胸部用力一撞，万
无一失地把我撞倒。我知道，也可以说我的身体感觉到，安德森船
长是有意将我撞倒的。他是宗教的仇敌。原因只可能是这个！啊，
一个心灵多么污浊的人！

　　我的眼泪把我的头脑洗得干干净净，使我精疲力竭，但是并未
将我击败。我首先想到的是我担任的圣职。他想侮辱我的圣职，但
是，我暗想：那是我唯一能愉快胜任的职务。他也不能把我当作一
个普通的同辈而加以侮辱，因为我并没有犯什么过失，没有犯罪，除
了没有看他的《内务规则》那种轻微的罪过。关于这个，更应该怪
我生病。不错，我很愚蠢，我也许是那些军官以及除了塔尔伯特先
生之外其他的先生嘲笑和解闷的对象。但是，我也非常谦卑地想，
船长也可能会如此。想到这一点，我就开始了解，那件事虽然似乎
很残酷，很不公平，对我却是一个教训。他打压权势，赞扬谦卑与温
顺。我必须对所有残暴的、有权势的人谦卑，因为那是有绝对统治
权的人固有的特点。所以，我应该是温顺的。我亲爱的姊姊——

　　可是，这是很奇怪的。我所写的已经使你——使他——看了太
难过了。这东西必须改善、修正，改得温和些，可是——

　　假若不是写给我姊姊看的，那么，是写给谁看的呢？啊！仁慈
的救世主啊！是写给你看的吗？我会不会像古时候你的圣徒们那
样，写给你看？啊，救世主？

　　我祷告许久。那个想法使我跪了下来——对于我来说，是一种
痛苦，同时也是一种安慰。然而，最后，我还是把它放弃了，因为太
崇高了，我是办不到的。啊，的确是，要是不曾碰到那些圣袍的边
缘，而是在一瞬间瞥见那一双脚，也可能使我恢复的视力，对自己和
自己的情况看得更清楚些。于是，我就坐下来，开始思考。

　　最后，我得出一个结论。我认为我应该就以下两个办法之中择

其一。一，不要再到军官用的后甲板上，在航行中以后的一段日子里保持尊严，远离那个地方；另一个办法就是，到军官用的后甲板上，对安德森船长以及不管有多少在场的军官，背出《内务规则》，然后冷冷地加上一句话："现在，安德森船长，我再也不会麻烦你了。"说完之后，便退出后甲板，以后在任何情况之下，绝对不利用船上那一部分地方，除非安德森船长本人肯屈尊（我相信这是不会的）主动向我道歉。我费了一些时间一再修正，并且润饰我要对他发表的告别词。但是，到最后，我不得不考虑到他也许不给我机会发表。他是一个用粗暴、镇压的态度答辩的能手。那么，最好还是采取第一个办法，不要再给他侮辱我的借口和机会。

我必须承认，得出这个结论之后，我感到极大的宽慰。仰仗上帝的协助，我必须竭力避免和他碰面，直到航程的终点。尽管如此，身为基督徒，他虽然是个穷凶极恶的人，但我的首要任务就是宽恕他。我能做到这一点，不过，一定要借着竭力祷告，并且想到当他最后到了上帝的宝座面前，可怕的命运正等待着他。那里就是他的监护所。我把他当作弟兄，要为他祈祷。

这样决定之后，我还是舞文弄墨，用与宗教无关的文字消遣一会儿吧，就好像鲁滨孙一样的人，找点事玩玩。我现在就开始，想想看这只船还有什么部分是我可以活动的地方——像我方才形容的——我的王国！我的王国包括我的舱、舱外的通道或者称为走廊的地方，以及旅客餐厅——我如果有勇气，敢面对那些曾经目睹我那件丑事的先生女士，就可以到那里吃点东西。还有船这一边的那些厕所和甲板，也就是菲利普称为船腰甲板的地方，一直到大桅那里那条将我们和那些平民（不管他是水兵或是移民）分开的白线。甲板是我在晴天时透气的地方。在那里我可以见到那些比较友善的先生——还有女士们！在那个地方——我知道他会利用那地方的——我可以同塔尔伯特先生进一步交往交往,以增进我们的友谊。当然,在刮风下雨的时候,我只要在走廊和我的舱里就好了。我知道,即使我只在这些地方活动,我度过未来几个月的时光时,也不会感到太不舒适,并且可以避免那件最令人担心的事——引人发狂的忧郁生活! 一切都会平安无事的!

我想,这个决定和发现使我得到的人间的乐趣,远胜于我和那些最亲爱的故乡景物告别之后所经过的任何一件事。我马上走出去,在我的岛上——我的王国里——踱来踱去。同时,想到所有那些对于他们的领域扩张表示欢迎,而且认为已得到自由的人——我指的是历史上为正义而奋斗以致锒铛入狱的人。我可以说已经由船的那一部分"逊位"了——其实那一部分地方应该是从事我这种圣职的人有特权活动的地方,也是我们这个社会里面我合理的驻地。虽然如此,船腰的甲板在有些方面仍比那个军官用的后甲板好。我的确看见塔尔伯特先生不仅仅走到那条白线,而且越过去,到那些平民中。这是他可以享受的一种充分的民主的自由!

自从我写了上面一段话之后,我同塔尔伯特先生又有了进一步的认识。在船上所有的人当中,首先真的来找我的,不是别人,正是他! 他是宗教信仰真正的朋友! 他到我的舱里来,以最友善、最坦白的态度要求我在晚间给船上的人发表简短的致辞。我在旅客餐厅这样做了。我不能给你说大话,自称许多上等人士(我这样称呼他们)对他们听到的话非常在意。而且,只有一个军官在场。所以,我特别对那些我以为容易接受启示的人讲话——对一位非常虔诚也非常美丽的小姐讲,也对塔尔伯特先生讲。他的虔诚不但给他自己无限光荣,也可以借着他,使他那个阶层的人得到光荣。但愿英国的上流社会人士和贵族都富于同样的精神!

　　＊　　　＊　　　＊

　　这必定是安德森先生的影响；或者，他们不理睬我是由于他们要表现高贵的气质和顾虑。我在船腰甲板上看到我们那些先生和女士在军官用的后甲板上，便由我这里向他们施礼，然而，他们很少会答礼。你知道，说实话，在最近三天之中，没有可以施礼的对象——船腰甲板上也没有可以散步的地方，因为上面尽是海水。我发现自己不再像之前那样病恹恹的了——我已经成为一名合格的水手！而且，塔尔伯特先生确实生病了。我问菲利普他有什么毛病，那勤务员用一种很明显的讽刺语调来回答——八成是啥玩意儿吃坏了！我确曾斗胆轻轻地走过走廊去敲他的门，但是没有应声。我更大着胆拉起门闩走了进去。那年轻人躺在那里，睡着了。由他的唇、下巴和腮帮子可以看出，他已经有一个星期都没刮脸了。他在那里打盹儿时的面容，我几乎不敢在这里记下来——那是一个为我们大家受苦的人的面容。当我由于一种不可遏制的冲动，弯下身来的时候（我不必自己欺骗自己），他的呼吸确实有一种圣洁的芳香。我想我不配吻他的唇，只是在他放在床单上面的一只手上，恭恭敬敬地吻了一下。这就是我得到的一种至善的力量，就好像由圣坛上得到的一样。

　　天气又晴朗了。我又到船腰甲板上散步，那些先生和女士到军官用的后甲板上散步。我发现自己是个很好的水手了。我已经可以在别人起床之前先到那空旷的甲板上活动了。

　　我舱里的空气又热又潮湿。的确，我们已经快到世界上最炎热的地区。我在这里，坐在那个活板前面，穿着衬衫和短裤，正在修书（假若这是书信的话），而且书信如今已成为我唯一的朋友。我必须承认，自从船长对我大加辱骂之后，我在女士面前仍然感到羞愧。

塔尔伯特先生,我听说已经好了些,并且有好几天都可以看见他了。
但是,他对我的圣职缺乏信心,并且,事实上,他多少有些希望免得
令我难堪,总是离得我远远的。

　　自从写了那些话之后,我又到船腰甲板上散过步。现在,那是
一个温和又隐蔽的地方。我在那里一边散步,一边思考。我现在也
有一般陆上的人对那些勇敢的水手一向的看法。我仔细地观察过
这些人。这些人就是那些好弟兄。他们的责任就是驾驶我们的船,
拖绳索,做出一些奇怪的动作将帆扯好。那必定是很危险的。他们
爬得那么高。他们的服务是周而复始的,继续不断,而且,我想,那
是船的行进不可缺少的。他们永远在洗刷,上油漆。他们可以用绳
索创造出惊人的结构。我还不晓得用绳索可以做出一些什么。我
在陆地上曾经在各处看到一些仿照绳索刻出来的精巧的木雕。在
这里,我看到仿照木刻的绳索。有的人的确用木头,或者椰子壳,或
者骨头,或者象牙雕刻。有的人在制作船的模型,像是我在海港附
近的商店橱窗,或者旅店,或者啤酒馆里看到的一样。他们是似乎
有无限巧思的人。

　　那个木墙有两个通往上面那些特权乘客住的地方,并且可以遮
住阳光。我由那里远远地望着这一切情形,觉得非常满意。上面是
一片岑寂,偶尔有低低的谈话声,或者有发号施令的厉声吆喝。但
是船的前部,那条白线之外,那些水手正在干活儿、唱歌,合着提琴
的节拍戏耍——像儿童一样地戏耍,他们天真地配合提琴的乐声玩
着、跳着,仿佛世界的童年时代降临在他们身上。这一切使我感到
有些复杂。船的前端人很多。有一小群穿制服的士兵,有几个移
民,女的似乎和男的一样,都是平民。但是,我们不谈这些人,单谈
船上的水手,这时候我发现他们是些令我非常惊讶的人。他们大部

分都不会看书或写字。他们不了解我们的军官所了解的事物。但是,这些善良的、勇敢的人有一个完全的——我称它为什么才好呢?文明社会吗?不是的。因为他们没有都市。"社会"吗?也许是的,除了在有些方面,他们是与那些军官连在一起的,而且那些人之间是分等级的——他们称为士官长!——并且在水手本身,他们的权力也有等级。那么,这些既自由又独立的人,他们是什么人呢?他们是海员。现在我才开始了解这个名称。你可以看到他们放工之后的情形,彼此搀着手,或者彼此勾肩搭背。他们有时候睡在刷洗干净的甲板上,也许一个人的头枕在另一人的胸脯上。那种天真无邪的友情,其乐无穷——唉,关于这种乐趣,我至今尚无经验——亲切的联系,或者甚至可以说是《圣经》指示我们的那种两人之间的结合,超越男女之爱,必定是将他们牢牢结合在一起的力量。由我戏称为"我的王国"这个地方来说,我的确感觉到:有的时候,似乎船前一端的生活远胜于那种能够控制大桅后部或者后桅后部的体系(这两个名词我用得很正确,这要归功于我的勤务员菲利普)。哎呀,我的职业和由于这个职业而产生的社会地位把我牢牢地安置在我不再希望待的地方!

我们有一阵子天气恶劣——不很恶劣,不过也足以让那些女士大部分都躲在舱里。塔尔伯特先生就在舱里。我的勤务员对我说那个年轻人并没有晕船,但是,我听到他那锁着的门后面传出一些奇怪的声响。我有那种毛遂自荐为他祈祷的胆量,但是感觉到既为难,又担心,恐怕不能使那个年轻人承认他正在祈祷中与他的心灵搏斗。我绝对不会,绝对不会怪他——不,不,我不想这么做。但是,听起来那种声音是充满热忱的。我很担心,这个青年虽然社会地位很高,可能已经成为一种极端制度的牺牲者,而这种制度正是我们的教会反对的。我必须帮助他,而且要这样做。但是,只有等他恢复镇静，像平常一样从容自若，在我们中间走动时才能做到。这种太热诚的盛情的侵袭比这种气候中的居民易染的热病更值得顾虑。他是一个没教士身份的人；我很乐意尽我的责任，使他能回到宗教方面正正派派的温和派。假若我可以杜撰一个名词，我就把这种温和派称为英国国教的"特征"。

他又露面了，但老是避着我，也许因为让我发现他那种太持久的热情感到难为情。我会暂时不打扰他，同时为他祷告。我希望我们会一天一天地逐渐互相了解。我今天早上看见他在军官专用的后甲板散步时，远远地向他致敬。但是他装作没有注意。高贵的青年！这个太愿意帮助别人的人，是不会降贵纡尊为了自己向别人求援的！

今天上午我又看到那种使我很感动的仪式，心中感到一种忧愁，夹杂着一种钦佩之忧。甲板上放着一个酒桶。水手排队站在那里。每人依次领到一马克杯由桶中倒出的酒。他高呼："向英王陛下敬酒！愿上帝赐福他！"然后将酒一饮而尽。我想要是英王陛下看到就好了。我自然知道这种液体是魔鬼酿造的酒。而且，我决不改变我以前所抱的主张：烈酒应该禁止低阶层的人饮用。说实在的，淡啤酒已经够了，而且太多了——不过，让他们喝吧！

可是，这里，在这波涛腾跃的大海上，在这炎热的阳光之下，一大群紫铜色皮肤的年轻弟兄，腰部以上赤裸裸的，他们的手脚由于辛勤而且非常危险的劳动，变得很结实；他们的面孔严肃然而坦诚，由于漂洋过海，露出了风吹雨打的痕迹；他们浓密的鬈发，在额上迎风飘动——看到这里的景象，即使我没有打消我的成见，至少也改正，并且缓和些。尤其是看到一个年轻小伙子——一个细腰、细臀，可是阔肩的"海神之子"①——我感觉到那种麻醉剂的一部

①　海神之子（Child of Neptune），即水手。

分毒性便因地因人而消逝了。因为这些人，这些年轻人，至少是其中的几个人，尤其是其中的一个，仿佛就是那种巨人。现在我想起了塔罗斯[①]的传说——就是那个紫铜制的人，假的外壳之中尽是液火。我觉得这样一种显然像火一样的液体就是那种液体（那是朗姆酒）。船上的军官由于错用了他们的恩惠与慈爱，为鼓励海员而准备的液体。这就是"灵液"[②]。那是为这样的"半神"，为这样真正英勇的巨人而准备的。在他们身上处处有明显的伤痕。但是，他们带着那些平行线似的伤疤毫不在意，甚至还觉得很骄傲。我真的相信，有的人把这些伤疤看作优越的标记！有些人——而且也不少——身上带着这些疤，当作毫无疑问的光荣之疤——弯刀割的、枪打的、葡萄弹或炮弹碎片炸的伤疤。他们没一个人变成残废，即使有，也只是程度很轻，也许是缺一根手指、一只眼睛或者一个耳朵，因此，他们带着这种缺点，仿佛是挂着一个奖牌。我记得有一个人我把他称为我的特殊英雄。在他那豁达的、和悦的脸上，除了左边有四五条抓伤的白印之外，什么伤也没有。他像赫拉克勒斯和野兽搏斗过一样！（你是知道的，赫拉克勒斯相传与尼密阿猛狮搏斗过。）他的脚是赤裸的，他同样光溜溜的腿——我指的是我那个年轻英雄的，不是那个传统英雄的腿。他的裤子紧贴着腿，仿佛是浇铸在那里似的。他把那杯酒一饮而尽，然后将空杯子放回到酒桶上，那优美而豪爽的姿态，我看得着了迷。这时候，我有一个奇怪的想象。我记得读到过联合王国历史上的一段记载。苏格兰女王在她的王国初次出巡时，曾受盛宴款待。据历史上的记载，她的喉部非常纤细，她的皮肤非常白，因此，当她把酒咽下去的时候，旁观者可

---

① 塔罗斯（Talos），希腊神话中火与锻冶神制造的铜人，遇有陌生人即变得灼热，将其紧抱怀中烫死。

② 灵液（ichor），据说是希腊诸神的血液。

以看到那殷红的酒在她那细白的皮肤上产生的效果。这个情景在我幼稚的心里始终有一个强烈的印象。只有现在我才想起,我以前曾经怀着多么幼稚、欢快的心情假想我未来的伴侣会展示出一些这样的美丽——当然是除了那种更不可缺少的心理与精神之美。但是,现在,由于塔尔伯特先生看到我难为情,我突然发现在我这个走廊、舱房与船腰甲板构成的王国里,自己出乎意料地受到废黜,一个新的帝王登基了。因为这个紫铜色的年轻人,浑身都是灼热的"灵液"——当他将那杯烈酒饮下的时候,我觉得似乎听到一个熔炉发出烈火的怒吼声,于是,我借着我内在的眼睛看到火焰冒出来。在我外在的眼睛看来,他就是那个大王。我慷慨地逊位了,并且渴望着跪在他的面前。于是,在一阵热情的渴望中,我整个的心脏都跳出来了。我渴望把这个青年带到我们的救世主面前。这是第一次,实在也是最丰盛的收成。我就是奉命前来收割的。他从酒桶那里走开之后,我的眼睛不由自主地跟着他。但是,哎呀,他走到我不能去的地方。他顺着那第四根桅杆跑出去。就是那根装得更近似水平的桅杆。我指的是那根"斜桅"。那里有许多杂乱的东西:绳索、滑车、铁链、帆的下桁和帆。看到这些,我就想起我和你常去爬的那株老橡树。但是,他(那个大王)跑出去,也可以说跑上去,站在那最细的桅杆顶上,往下望着大海。他的整个身体很不费力地转动着,以便对付船的轻微摇动。他只将一个肩膀靠着一根绳索,因此,他就像倚靠一株树似的,靠在那里!然后,他转过身来,往回跑了几步,躺在那斜桅较粗的桅杆上面,像我躺在床上一样安稳。的确,一个年轻人躺在英王陛下的*旅行之树*(这是我给它起的名字)上的一根枝上,世上再也没有比这更自由自在的事了。我甚至可以把它称为一座森林!那个大王就躺在那里,满头鬈发就是他的王冠——可是,我变得太异想天开了!

我们现在到了赤道的无风带。塔尔伯特先生仍避着我。他一直在船上荡着,又走到下面船的内部,仿佛在寻找一个隐秘的地方,他可以在那里继续祈祷。我感到很难过,恐怕我那次不得其时地接近他,害处多于益处。我为他祈祷。此外,我还能怎样呢?

我们的船一动也不动。海面如镜。没有天空,只有一片热的白色的东西,像一个帐幔由四面八方包着我们,仿佛逐渐降落,甚至降落到海平面之下,因此,把我们可以看见的那一圈海洋缩得愈来愈小。那一圈海洋的本身是一个光圈,呈亮闪闪的蓝色。偶然会有一个海里的动物由海里跳跃过去,将平静的海面破坏。即使海里没有什么东西跳跃的时候,海面也不断地抖动、抽动和震动,仿佛海水不仅是所有海里动物的家,也是一种生物的皮,一个比《圣经》里所说的那头巨大的海兽还要大的动物。一个从未离开家乡那个快乐流域的人,完全想象不到这种热度加上这种湿气是什么滋味。我们自己这种一动也不动——我相信你不会在航海的记述中发现有人提及这一点——使我们四周直接发散出来的恶臭气味更加厉害。昨天上午有一点点微风,但是,我们的船不久又静止下来。船上所有的人都静静的,所以船上的轮班钟声是一种很大、很惊人的声音。今天那股恶臭由于我们四周的水必然会变脏的关系,已经变得令人难以忍受。救生艇都由帆桁放下水,船也被拖到离那个令人作呕的地方远一点。但是现在,如果没有一点风,我们一切都得重新来。我在舱里坐着或躺着都只穿衬衫短裤。即使如此,仍觉舱里的空气令人难以忍受。我们船上的诸位先生女士,也同样待在舱里。我想,都是躺在床上,希望这样的天气和这样的地方赶快过去。只有塔尔伯特先生荡来荡去,仿佛安静不下来。可怜!愿上帝与他同在,保佑他!我有一次要接近他,但是他只很冷淡地对我微微一鞠躬。时机仍然没有成熟呢。

发挥善的力量几乎是不可能的。这需要不断地警觉、不断地戒备——啊，我亲爱的姊姊，你、我以及每个基督徒时时刻刻都靠着慈悲心肠生活。船上有人争吵。这不是（你或许会想到）在船前部那些可怜的人中间发生的，而是在绅士之间——不，在船上的军官之间！

事情是这样的。我正坐在那块折板前面修鹅毛笔尖，忽然听到外面走廊里有人拖着步子在走路，然后又听到有人说话。起先声音很低，但是后来声音提高了。

"你这狗东西！德弗雷尔，我看见你由舱里走出来的！"

"那么，甘伯舍穆，你呢？你在做什么？你这无赖！"

"把那东西拿给我吧，先生，我非拿回来不可！"

"而且两头都没打开——甘伯舍穆，你这狡猾的狗东西！我要看看！我发誓一定要看看！"

争吵变得更厉害了。当时，我只穿着衬衫短裤，我的鞋在床底下，我的袜子挂在上面，我的假发挂在附近的一个钉子上。他们的话变得冒渎神明，而且非常肮脏，因此，我决不能放过矫正他们的机会。我一点没想到自己那副模样，便匆匆起身，跑出舱外，只见那两个军官在拼命抢夺一封信。我叫道：

"先生，先生！"

我就近抓住那个人的肩膀。他们停住争夺，转身对着我。

"甘伯舍穆，他到底是什么人？"

"我想大概是牧师。先生，走开，去忙你的吧！"

"我的朋友，我是在忙着我的事呀。我是以基督慈悲的精神来规劝两位停止这种不好看的行为，不要说这些难听的话，和解了吧！"

德弗雷尔中尉张着嘴，站在那里望着我。

"岂有此理!"

那个叫甘伯舍穆的——另一个中尉——猛力用食指戳我的脸。若非我连忙缩回身子,也许已经戳进我的眼睛了。

"究竟是谁准许你在这船上传道的?"

"对了,甘伯舍穆,你说得对。"

"把这件事交给我,德弗雷尔。现在,牧师,假若你是牧师,把凭据拿给我们看看。"

"凭据?"

"他妈的,我是说你的任命状!"

"任命状?"

"他们叫作执照,甘伯舍穆,老家伙! 准许传道的执照。对啦,牧师,把你的执照拿给我们瞧瞧!"

我吃了一惊,不,觉得惊慌失措。事实是我已经把主教阁下发给我的执照,连同其他的私人文件放在箱子里,因为,我想在航行期间是用不到的。那个箱子已经运到船下面的什么地方了。我把这情形记在这里,你可以转告任何一个将要开始这种行程的牧师。我正想对那两个军官简短地解释一下,可是,德弗雷尔先生拦住我。

"先生,走开吧! 否则我就带你去见船长!"

我必须承认,这种威胁使我有些发抖地匆匆逃回舱里去了。过了一会儿,我想,不知道我有没有平息了他们彼此的怒气,因为,我听到他们走开的时候,哈哈大笑。但是,我的结论是:这两个轻率的——我不要用更重的字眼来形容他们——人物更可能在笑我在服装方面犯的错误,以及他们威胁我的时候我多么狼狈。很明显的,我犯了一个错误。我在公开露面时的穿着,不像习俗许可的、合乎礼仪的穿着容易辨认我的身份。我开始匆匆地穿衣服,而且没有忘记戴上牧师用的宽领带,不过,在那样炎热的气候中,我的喉部感到箍得紧紧的,很不舒服。我很后悔把我的牧师袍子和披肩都装到箱子里了,也可以说是,连同其他的行李都收藏起来了。最后,至少穿戴得可以看出我这种职业应有的尊严标记。于是,我就走出舱来。但是,那两个军官已经不见了。

但是,在地球上赤道这一带,这样盛装打扮,也不过一会工夫,我已经是浑身大汗。我走出去,到船腰的甲板上,但是仍然不觉得凉快。于是,我回到走廊,走进我的舱,决定让自己舒服些,但是不知道如何是好。我如果没有这种职业的服饰,别人也许会把我当作一个移民。我不能跟那些先生女士来往,而且除了那头一回同那些平民讲话之外,也没有任何机会。可是,穿一套适合于英国乡下穿的衣服在这样又热又潮湿的地方似乎是不可能忍受的。这时候,我忽然有一个冲动——我想,这种冲动与其说是由于基督徒的习惯产生,不如说是由于我阅读的希腊罗马的名家作品而产生的——我打开《圣经》来看。于是,我还没有注意到自己做些什么的时候,我已经把这一霎的时间用在一种《维吉尔诗集占卜》上,也可以说是请教神使。这种方法我一向以为是有疑问的,而且,即使是一个最虔诚的基督徒用这个方法占卜,都是有问题的。我一眼看到的字样就是《历代志》下卷第八章第七至第八节:"至于国中所剩下不属以色列人的赫人、亚摩利人、比利洗人、希未人、耶布斯人,就是以色列人未曾灭绝的。"——过了一会儿,我觉得这些话可以适用于安德森船长和德弗雷尔中尉以及甘伯舍穆中尉。于是,我就连忙跪下来恳求主宽恕我。

我把这轻微的过失记下来是想显示人在行为表现上的怪异情形,以及要想互相了解必然感到的窘困,总而言之是显示这种奇怪的生活。这是在世界上这个奇怪的部分,在这些奇怪的人中间,在这个把我运走并且禁锢起来的英国橡木船上的生活!(我自然发觉到这个"运"字有趣的"双关意",希望你看到了会让你解解闷。)

现在再回到本题。经过一段时间的默祷,我就考虑最好怎么办才能使我这神圣的身份将来不会让人认错。除了衬衫和短裤,我再次把衣服脱掉。这样脱完衣服之后,我用一面平常修面用的小镜子来看看自己的样子。这是一件相当困难的事。你还记得谷仓上的木节眼吗?我们小的时候不是常常替乔纳森,或者我们的先母,或者管家乔利老爷看守仓库,由那个木节眼里往外望吗?你记得我们等得不耐烦的时候,常常转动着脑袋,看看能望到外面多少东西吗?然后,我们就会假装很明白我们看到的一切,由七亩地一直到小山顶上。我就是以那个方式扭动着身子照镜子,并且将镜子不住地转动着。但是,你看我——不知道这书信会不会真的寄到你那里——你看我竟然教一位小姐如何用镜子和"自我赞美"的艺术。(我可以这样说吗?)当然,在我自己这一方面来说,我是采取这个名词的原来意义"惊奇"与"惊异",而不是"沾沾自喜"。对于我在镜中所看到的,有很多惊奇之处,但是,几乎没有丝毫可以赞美的地方。以前我还没有完全了解男人的面孔暴露在几乎是垂直线似的太阳光线之下,会晒成什么样子。

你是知道的,我的头发是一种淡淡的、不能确定的颜色。我现在发现,我们分手的那一天你替我剪得多么参差不齐——那一定是由于彼此心情都不好的缘故。经过这么一段时间,这种参差不齐的毛病似乎变本加厉,而并未减少。因此,我的脑袋看起来不得不说像一块收割后麦秸参差不齐的麦田。因为在我第一次晕船(这个名词是由一个希腊词"船"变来的!)的时候,我不能刮脸,又因为在后来一个阶段由于船颠簸得很厉害,我怕刮脸——到最后,我就变得故意拖延了,唯恐刮痛了被太阳晒坏的皮肤。结果,我的面孔上长满了硬胡子,但是并不长,因为我的胡子长得很慢,但是变成各种颜色。在我的头和下颌这两个我可以称为长苗区域的地方,所罗门王发挥了他充分的威力。那一块玫瑰色的皮肤,就是有时被称为"寡妇峰"①的地方,准确地勾出我的假发盖住我前额的界限。在那界限之下的前额呈李子色,有一个地方让太阳晒得焦裂了。再往那下面看,我的鼻子和面颊好像火烧似的发红。我立刻发现假若我以为可以用衬衫短裤的装扮出现,就可以发挥我这种职业的固有尊严,我就完全把自己骗了。不——这些人难道不是以貌取人的吗?我的"制服"(我非常谦虚地这样称呼)必须是很朴素的黑色,配上漂白过的纯白衬衣和漂白的头发,以及担任圣职的人所有的饰物。在这船上的官兵眼里,一个不戴宽领和假发的传教士还不如一个乞丐。

真的,把我由我的隐居地方引出来的是突然传来的争吵声和想做好事的愿望,但是,还是该怪我。当我想象到我在他们面前呈现的这副模样——光头,没刮的脸,太阳晒出疱疱的脸,我便深深地吸一口气,有一种像是很害怕的感觉。我又困惑又羞惭地回想到当初在领受圣职典礼上听到的每一句话——那些话我永远认为是神圣的,那是由于那个特殊的日子和说那些话的德高的教士——"科利啊,你要避免犹豫,并且永远有端正的仪表。"现在在我想象的镜子中看到的是那个"田地白茫茫,正待收割"的乡下那个劳动者的影子吗?在那些与我共处的人之间,端正的仪容不仅是一种必需品,也是一种必要条件(亲爱的,我是说不仅是合乎需要的,也是不可缺少的)。因此,我立刻下决心以后要更加当心。当我在那个我称之为"我的王国"的地方散步时,我不仅是主的使者,也要旁人看出我是主的使者。

情况有些转好了。萨默斯上尉来要求同我讲一句话。我隔着

---

① 寡妇峰(Widow's Peak),脑门上 V 形发际线的地方。

房门回答他,请他不要进来,因为我还没穿好衣服,这副模样不宜接见客人。他答应了,但是声音很低,仿佛怕别人听见。他求我原谅,因为旅客餐厅不可以再举行礼拜仪式了。他曾一再地通知乘客,但是反应很冷淡。我问他是否问过塔尔伯特先生。他停了一下,然后回答说他在忙着自己的事情。但是他——萨默斯先生——以为下个安息日也许有机会可以举行一个他所谓的小聚会。我突然隔着舱门很激动地对他说话。这完全不像我平常那样心平气和的态度。

"这是一只没有神的船。"

萨默斯先生没有回答。因此,我又说了一句话:

"这完全是某一个人的影响!"

我听到萨默斯先生听到我的话便在门外转动了一下,仿佛他突然回转身去望一望。然后,他低声地对我说:

"科利先生,不要有这样的想法!一个小聚会,先生——唱一两首赞美诗,读一段经文,然后来一个祝福仪式——"

我便乘机向他指出在船腰甲板上举行早祷合适得多。但是萨默斯上尉用我以为有些为难的声调说那是不可能的。然后,他走了。虽然如此,但这是宗教的一个小小胜利。不!——谁知道那个铁石心肠的人会不会让我们说服忽然让步?不过,他非让步不可。

我发现我那个"年轻英雄"的名字是比利·罗杰斯。我想恐怕是一个小淘气,他那幼稚的心灵尚未受到一点主的恩惠。我要找一个机会同他谈谈。

过去一小时的时间都消耗在刮脸上。那确实是很痛苦的,而且我也不能说结果会证明我没有徒劳。虽然如此,已经刮过了。

我听到一个不常听到的声音,便走到廊子里。当我这样做的时候,我感觉到脚下面的船甲板一歪——虽然很轻微——但是,哎呀!近几天来海上几乎一点风浪也没有,因此,我反而不能适应这种摇晃的情形。我已经失去了我以为已经养成的"海腿"①。我不得不慌慌张张地回到舱里躺在床上。我在那里比较安全些,而且可以感觉到有一点风,轻轻的、和缓的,对我们很有利。我们的船又前进了。虽然我不能立刻相信我的"海腿",但是,任何一个旅客,要想鼓起他的兴致,就必须让他发现自己是向他的目的地移动的。

＊　　＊　　＊

在这些字的右边我画的那条线就代表我休息了一天。我曾经到外面走动过,但是尽可能地躲避那些乘客和水手。可以说,我必须重新让他们逐渐认识我,直到他们觉得他们看到的不是一个秃头小丑,而是一个上帝的使者。水手们在船上忙着,有的拉这条绳索,其他的人放下,或者放松那条绳索,比他平常的样子更起劲、更敏捷。船在水中行进的声音可以听得更清楚。即使我,虽然是一个陆地人,而且仍然是陆地人,也觉得出船的移动很轻快,仿佛船不是一个没有生命的东西,而是一个与我们分享欢乐的人! 早一些时候,到处都可以看到水手们爬到她的大小枝干上。当然,我所指的是那一大堆可以使空中的风催动船、把我们载到希望到达的避风港所需的各种器具。我们的船向南驶。永远向南驶,非洲大陆在我们的左边,但是显得大而遥远。我们的水手甚至还在我们平常挂的那一组帆(你可以看出,我由于留心听周围那些水手的谈话,我的笔底下用的航海用语多到如何程度)的外缘上接上一些小帆桁,上面再挂些比较轻的布料,使那些帆的面积增大。帆上新增加的面积可以增加船的速度,而且,事实上我刚刚听到一个小伙子对另一个人喊道——我把一个不好听的名词省略几个字母——"这老太婆撩起她

---

① 海腿(sea legs),船颠簸时仍可站稳的不晕船的能力。

的 p-tt-c-ts①,跑起来了!"也许帆上这个增加的部分水手用语中称为 p-tt-c-ts,因为,你想象不到水手,甚至军官给船上各种设备起的名字多么不雅。他们即使是当着牧师和女士们的面,仍继续使用那些字眼,仿佛水手们对他们所说的话毫不在意。

　　在这两段文字之间,又过了一天! 风停了,于是,我的微恙也跟着霍然而愈。我已经穿戴好了,甚至再次刮脸,然后到船腰的甲板上活动活动。我想,我得尽力对你明确地讲一讲我和其他男士的关系,对那些女士就不谈了。自从船长当众侮辱我之后,在所有的乘客当中,我分明处于一种很奇怪的地位。我不知道该怎样形容,因为关于别人对我的意见,我的看法天天不同,每一小时都不同。假若不是有我的勤务员菲利普和萨默斯上尉,我相信我会没有人可谈,因为可怜的塔尔伯特先生不是身体不适,就是不停地走来走去,我只能这样想:他在信仰方面可能遇到了危机。我以为我有责任帮助他,而且是非常乐意的。但是,他老是避着我。他不想在自己遇到困难的时候麻烦人。至于其余的乘客和军官,我有时的确怀疑,他们一定是受到船长对我的态度的影响,都带着轻率的漠不关心的神气,对我的神圣职务丝毫不理睬。但转眼间,我又觉得他们完全是出于一种审慎的态度。这种审慎的态度使他们不会勉强注意我的行动。也许——我只是说也许——他们觉得不要干涉我,并且假装没有注意到什么。至于那些女士,我不能希望她们会接近我,我更不会想到她们当中有任何一个会这样做。但是,由于这种情形(因为我的行动只限于那个我戏称为我的王国的地方),我便陷入相当孤立的境况中。在这境况中,我受到的痛苦比我想象的更

————————————

① 这是水手用语的略语,就是 petticoats(裙子)。

大。可是,这一切必须要改变! 我已经决心改变它,假若他们是由
于漠视我的心理,或是出于谨慎的顾虑而不同我讲话,我必须勇敢
些,主动地找他们讲话。

我又到船腰甲板上了。那些先生和女士,也可以说,那些不在
他们舱里的,都在那个我不可去的后甲板上走着。我确曾远远地对
他们鞠躬,表示我很希望同他们交往,但是距离太远,他们没看见
我。这想必是由于光线太暗,以及离得太远。除此之外,不可能有
其他的原因。船现在一动也不动,帆都垂下来,皱得像老人的面颊。
我不再观看后甲板上散步的奇怪的人群,转过身来朝船的前部一望
(因为在这个海的领域里样样事物都是奇怪的),我看到了一个新
奇的现象。那些水手正在扎一个我起初以为是在那个堡状甲板前
用的"船篷"——我是说,在前面,由我站着的梯子下面,直到后甲
板。起初,我以为那必定是一个遮太阳的篷。但是,现在夕阳渐渐
西垂,我们的牛都给我们吃完了,牛栏都破了,所以,已经没有什么
东西需要掩护了。并且,那个"篷"的材料特别厚重,如果只是遮
阳,不必用那么厚的材料。那个篷由船的左边延伸到右边,扯得和
舷墙一样高。它是用绳索"挂在"——更确切地说,"扯到"舷墙上
的。如果我没说错,水手把那种材料叫作防水帆布。所谓"地道的
水手"这个说法就是由这里来的。

我写过那些话之后,再戴上假发,穿上外衣(我再也不会让他们
看到我服装不整的样子),然后到船腰甲板上。在世界这一端这一
地方所有的奇怪现象中,此时此刻在我们船上发生的变化的确是最
奇怪的了。船上一片沉寂,只有突然爆发的阵阵笑声,才打破了这
种沉寂。那些水兵,充分表现出很高兴的样子。他们正将系在绳子
上的水桶借着滑车——我们这里称为滑舵——由船侧下放到水中。
他们把海水吊上来的时候,水溅到帆布上,重重地压住帆布,以至于

帆布向下鼓起来。吊上来的水恐怕是最不纯净的了,因为我们的船在这里一动也不动的,已经好几个钟头了。这样做似乎对于我们的前进毫无帮助,尤其是,那些水手(恐怕其中也有我们那位年轻的英雄)一定把大小便都排泄到一个容器里,而不是帆布篷里。也许有人以为这样的安排,在船上比沦落在陆上不得已这样做时要好些,因为毕竟海就近在咫尺。我看到这种情形,非常恶心,正要回到我的舱里,忽然遇到一件奇怪的事。菲利普匆匆走到我这里,正要讲话,忽然从走廊里模糊不清的地方传来一个声音——更正确地说,一声叫喊。

"住嘴! 菲利普,你这狗东西!"

我望着那个人由暗处走过来狠狠地瞪着他。那人不是别人,正是甘伯舍穆先生。菲利普走了。甘伯舍穆站在那里望着我。我过去不喜欢这个人,现在也不喜欢。我想他是另外一个安德森,或者可以说,假若他万一升到船长的职位时,他就会成为另一个安德森。我匆匆走进我的舱,脱去外衣,取下假发和宽领带,镇定下来祈祷。刚开始祈祷,便传来一阵轻轻的敲门声。我一开门,发现菲利普又来了。

"科利先生,我求求你——"

"菲利普,你这狗东西! 到下面去! 否则我就把你吊在栏杆上打。"

我吃惊地回头一看。原来又是甘伯舍穆,这一次德弗雷尔和他在一起。可是,起初,我只是由甘伯舍穆的声音和德弗雷尔的毫无疑问的优雅态度才认出他们。他们看到我这副模样,便哈哈大笑——我虽然对自己约法三章,再也不让人看到我这副模样,但还是让他们看到了。事实上,他们的笑声中有一种疯狂的成分。我看出他们两人都醉到相当程度了。他们把手里拿的东西藏着不让我

看见。当我走进舱的时候,他们对我鞠躬。那副客气的样子,我想
绝对不是有诚意的。德弗雷尔是个君子。当然,他是不会伤害
我的。

　　船上特别沉静。几分钟之前,我听见其他旅客沙沙的脚步声。
那是他们走过廊子,登上梯子,又在我头上走过时的声音。这是毫
无疑问的。在船上这一头的人都聚集在后甲板上。唯有我受到
排斥。

　　我又出去过。虽然我对衣着已下定决心,仍然偷偷地溜出去,
到那奇怪的光亮处。走廊上一片沉寂。唯有塔尔伯特先生舱里传
来慌乱的、低低的声音。我很想到他那里恳求他容许我照顾他,但
是我知道他正在祈祷,不想别人干扰。我由廊子偷偷走出,来到船
腰的甲板上。我一看到那个场面,就惊得呆呆地站在那里。当时所
见的一切,深深地印在我的脑海里,至死不忘。我们这一头的船
上——后面高出来的两个地方,挤满了乘客和军官,都默默地目不
转睛地由我头上向前望。怪不得他们目不转睛地在看。以前没有
看到过这样的景象。历史上最伟大的艺术家也不能勾画出这种情
景。我们这条大船一动也不动。她的帆仍然垂下来。她的右方,红
日正在西沉;她的左方,正升起一轮明月,彼此各在天之一方,遥遥
相对。这两个巨大的发光体似乎彼此凝视,把彼此的光都改变了。
在陆地上,这样的奇观由于中间有山、树或房屋插杂着,不可能看得
很明显。但是,在这里,我们可以由这一动也不动的船上向四面八
方眺望到世界的边涯。在这里可以分明看出上帝的天平。

　　这个天平倾斜了,于是,那双重光线逐渐消逝。现在,我们这里
变成月光造成的象牙色,混合着乌檀木的颜色。水手到前面去,在
绳索上挂了十几盏灯。于是我就可以看出,他们已经在那个防水帆
布篷难看的大肚子外面搭了一个像主教座位似的东西。我慢慢明

白了。我开始浑身发抖。我是孤孤单单的一个人！是的,在这只载有无数人的船上,我孤孤单单独处于一处。突然之间,我担心上帝的审判并未因他的慈悲而缓和。于是,我突然对上帝和人类都很畏惧。我一路踉跄地回到舱里,竭力祈祷。

翌　日

我几乎握不住这支笔。我必须,而且一定要恢复镇静。玷污一个人的是他的所作所为,而不是别人所做的事。我的耻辱,虽然毁了我,却是别人加在我身上的。

我祷告完了,但是,糟糕,心还是镇静不下来。我已经脱得只剩了衬衫。这时候忽然有敲门声,如雷贯耳。现在也不必字斟句酌了,我本来就非常害怕了。这一阵如雷的敲门声使我完全陷入惊慌失措的状态。我虽然推测到那些可怕的仪式,而且我就是其中的牺牲者,但是,我又想到或许有翻船、撞船或者敌军猛攻的危险。我现在回想起来,大概是喊叫出来:

"这是怎么回事? 这是怎么回事?"

有一个声音回答我的话,像敲门声一样高:

"把这个门打开!"

我连忙——不,惊慌地回答:

"不行,不行。我没有穿衣服——但是,有什么事?"

有一阵很短的沉默,然后,那个声音很可怕地回答我:

"罗伯特·詹姆斯·科利,你要来接受审判!"

这种话,如此出人意料,如此可怕,我听了惊慌万分。我虽然知道那声音是人的声音,我确实感到心脏收缩,并且知道我的双手紧抓那个部位的力量有多猛,因此,抓出血来。我大声地回答那可怕的召唤:

"不,不,我还没准备好。我是说我没有穿好衣服——"

那阴森森的声音甚至更可怕地这样回答:

"罗伯特·詹姆斯·科利,现在传你到宝座前面回话。"

虽然我有些明白这句话是愚弄我的,仍然令人听了喘不过气来。我跑到门口想拉上门闩,但是,我这样做的时候,门突然开了。两个高大的人物,脑袋像梦魇似的可怕,大眼睛、大嘴巴,黑嘴巴里露出乱糟糟的利齿,向我冲过来。我的头上给他们蒙上一块布,于是,便被一种抵抗不住的力量抓住,匆匆带走,我的脚除了偶尔着地之外,几乎不能找到地面,我知道自己不是一个思维敏捷或者马上能体悟的人。我相信我暂时完全失去了知觉。后来才让一片喊叫声、戏谑声和可怕的笑声惊醒。当我让他们牢牢裹挟住一路拖走时,心里稍稍恢复了镇定,于是,大叫:"救命!救命!"并且简短地乞求我的救世主。

那块布忽然被人猛力扯掉,于是,我可以看得清楚——非常清楚——在灯笼的光下看得很清楚。前甲板上尽是水手,边上是一排像梦魇一样可怕的、像是抓我来的人物,坐在宝座上的人一脸胡须,戴着一顶亮闪闪的王冠,右手执着一个三齿叉。那块布揭掉之后,我扭过脖子,便可以看见船的后部——那是我名正言顺应该待的地方——挤满了看热闹的人!但是,后甲板上的灯笼太少,我看不清楚,也没有足够的时间找到一个朋友来救我,因为,我现在已经完全受掠夺者的摆布了。现在,我还有一点时间了解一下自己的处境和那种"玩笑"有多么残酷。我一想到自己这副模样——现在也不必斟酌用什么字眼儿了——几乎全裸,要在那些先生女士面前露面,于是,我的恐惧便让羞惭完全盖住了。我,这个想不穿牧师服饰决不露面的人。我勉强含笑恳求他们给我点遮盖物,仿佛我同意,并且已经参加了这场大玩笑,不过,一切都发展得太快。我被迫跪在那个"宝座"前面。我拼命想扭脱,拼命挣扎,结果,我本来已经气喘吁吁,现在又上气不接下气。我还来不及说话,"宝座"上就发出一个问题,问得非常下流,以致我现在想都不想提它,更不必用笔墨形容了。可是,当我张口想要抗辩时,马上便被他们用一种令人恶心的东西塞住嘴巴。现在我一想起来就恶心,并且想呕吐。过了一段时间,我也不知道过了多久,这种东西一直堵着我的嘴,不让我说话,等到我不愿再开口时,那东西便抹满我的面孔。那些问题,一个接一个,问的话是属于一种不便写下来的性质的。那些话除了最卑鄙的人,谁也说不出口。但是,每句话都引起一阵嘲笑声和那种使敌人丧胆的英国人的声音。来到我面前的,是一个可怕的事实——*他们把我当成了敌人!*

当然,这是不可能的。他们仿佛喝了魔鬼的酒,已经醉了——他们被人引入歧途——事实不可能如此。但是,我感到一阵慌乱和对这种情况的恐惧——我觉得那个使我血管里的血冻结起来的念头就是这个——*我是他们的敌人!*

平民可能会模仿那些本来应该领他们做好事的人,亦步亦趋地照他们的榜样行事!最后,那狂欢乱闹的群众首领屈尊向我讲话:

"你是一个下等的污浊的家伙,必须洗洗头。"

我感到更痛苦、更恶心、更不能呼吸,因此,我一直都觉得绝望又害怕,以为自己会随时随地死去,成为这个残酷游戏的牺牲品。正当我以为大限已到的时候,忽然让人猛力往后一扳,头被按到一个水槽的污水里。现在他更进一步用奇怪而可怕的方式对付我。我没有伤害他们。他们已经玩得痛快,随心所欲地戏弄我了。每当我挣扎着想把头由那摆动的滑滑的水槽里抬起来的时候,我就听到法国大革命恐怖时期那些可怜的牺牲者临终时听到的声音。啊!这比死更残酷,一定是,一定是如此。一个人可能对另一个人的嘲弄,和那种粗暴的、狂热的、大喊大叫的兴致一比,就不算一回事了!

到了这个时候,我已经放弃了活的希望,不顾一切地等待死亡——仿佛是刚要由马鞍上摔到地上一样——这时候，我听到后甲板上一再地有人喊叫，然后又听到"砰"的一声巨响。接着是一段比较沉寂的时间。这时候我听见有人大声地发号施令。那双把我的头按下来、泡在污水里的手又把我的头扳起来，由水里露出来了。我跌倒在甲板上，躺着。接着是一阵沉默。在这一段沉默的时候，我开始爬走，后面滴着一串污水。但是，又传来另一声吆喝的命令。于是，就有人把我抬起来，送回我的舱里。有人将舱门关上。后来——我不知道是多久以后——房门又开了。有个基督心肠的人把一桶热水放在我身旁。也许是菲利普，但是，我不知是不是。以后我如何设法将自己洗得算是干净些，就不必详述了。我可以远远地听到那些魔鬼——啊，不，不，我不能这样称呼他们——那些船前头的水手已经找到其他的牺牲者，恢复了他们的胡闹游戏。但是那种兴高采烈的声音听起来与其说是像野兽狂叫，不如说是很快活的。这更加难以忍受！我想在任何一只别的船上，他们都不会找一个"牧师"来戏弄。不，不，我不可怨恨。我要宽恕。他们是我的弟兄——即使他们不会感觉到我也要如此看待他们。至于那些先生——不，我不可怨恨；事实上，他们当中有一位，也许是萨默斯先生，或者也可能是塔尔伯特先生，确曾出面干涉，才打断了他们的残忍游戏。即使是晚了一些，也是应该感激的。

我精疲力竭地睡着了，结果做了可怕的噩梦。我梦到了最后的审判和地狱。他们唤醒我，啊，主的荣耀！因为，假若那些噩梦继续做下去，我的理智恐怕就会崩溃。

自从那个时候以后，我都在祈祷，并且祈祷得很久。祈祷之后，在心里平静的时候，我曾经思虑过。

我相信，我已经恢复了一些心里的平静。我很清楚发生了什么事情。发生了什么。这句话里大有裨益。要清除我感情上的——

可以说是"乱丛",我的恐惧、我的厌恶、我的愤怒,替自己开辟一条路。由这条路上,我才能运用自己适当的判断力。我是一个牺牲品,自从我和安德森船长初次会面之后,有好几次都是他对我显示出那种不愉快。像昨天演出的那场闹剧,如果不经过他的许可,至少是默许,是不会发生的。德弗雷尔和甘伯舍穆是他的代理人。我知道我的耻辱——除了我的谦虚受到侮辱的那一段——显得很不真实,并且并不会为我的谅解增光。不管我以前说过什么——我已经恳求我的救世主宽恕我了——我更关切的就是那些先生和女士对于我有何意见。我实在是受到的责罚比应受的更多,但是,还是要改正自己的错误,一切都要重新学习——而且那种教训是没有止境的——去宽恕别人。我要时时提醒自己:主的忠仆在这个世界上可能遭遇些什么?假若必须这样,那么从此我就命中注定遭受迫害吧!有这种命运的不止我一个人。

我又祈祷了,而且非常热诚。最后,我相信,我站起来的时候,自己已变成一个更谦虚、更善良的人。我从小受到的教育使我明白:别人对我的伤害不算什么,不过是要我把另一边面颊转过来给人打!

可是,仍然有一种侮辱,不是对我,而是借着我,对一个他们天天挂在口头却很少放在心里的人!真正的侮辱是对我的圣职,并且借我的圣职,对那个伟大的队伍。我不过是那伟大队伍中最后也是最渺小的一个小卒。虽然我的主本人或许——我相信他会——宽恕,我却有责任加以谴责,而不能默默地忍受。

不是为我们自己谴责他们,而是为你!

写下上面这段以后,我又睡得安静些,醒来时发现阵阵和风催动着我们的船,顺利前进。我觉得天有点凉了。忽然感到一阵惊慌,很难镇定下来回想头天晚上发生的事。但是,后来,那晚上我热诚祷告的内容猛然涌现在我的脑海。于是我就欢欢喜喜地起床,或者,我可否说是由我那个床铺上一跃而起?因为,我感觉到自己又恢复了对基督教伟大真理的信心。你得相信,我的祈祷又比平常的时间延长了许多、许多。

我跪着祈祷完毕,便站起来,喝过早茶,立刻开始细心修面。假若你在这里为我服务,我就会受益匪浅,因为我的头发也会修得整整齐齐。(但是,你是不会看到这封信的,情况变得愈来愈荒谬了。我也许有时得审查一下自己写的东西!)我也同样细心地装扮一下,戴上宽领带、假发和帽子。我让勤务员告诉我我的箱子收藏在什么地方。经过一番争论之后,我才下去,到船的内部,那个阴暗的地方。我取出我的带头巾的修道士服,并且找出主教阁下颁发的牧师执照——那是我放在一件上衣底部口袋里的。现在,我有正当申诉的证据——不是我的证据,是上帝的——我可以同船上任何一个负责人理论,不会把它当作一件比遇见劫路客更可怕的事了——啊,你知道,我有一次提到过我遇盗的事。因此,我就迈着坚定的步子爬上后甲板的上面一层,然后,再爬上那一层后边的高台上。那是通常可以找到安德森船长的地方。我站定,四下张望。风正吹向右舷,并且吹得很爽人。安德森船长正在来回踱方步。塔尔伯特先生同一两个先生站在栏杆边上。他轻轻地用手碰碰他的礼帽帽檐,便往前走过去。我看到他重新露出对我友善的迹象,觉得很高兴。但是这时候我只是向他鞠躬,走过去。我越过甲板,正站在安德森船长必经的路上。我这样做的时候,脱帽向他致敬。这一次,他没有像我上次形容的那样在我的心里来回地踱着。他停下来目不转睛地望着我,张开嘴,又闭上了。

下面是我们一问一答的谈话。

"安德森船长,我希望同你谈谈。"

他踌躇一下，然后——

"那么，先生，你可以这样做。"

我用镇定而又慎重的语调继续说下去。

"安德森船长，你的水手在我行使职务时对我加以迫害。你自己也是如此。"

他的脸忽然变红，然后又恢复了。他对我翘起下巴，然后又沉下去。他说了一句话来回答我——更准确地说，是嘟囔一句话来回答我。

"我知道的，科利先生。"

"船长，你这样承认吗？"

他又咕哝一句：

"那不是故意的——那个场面控制不了。先生，你受委屈了。"

我沉着地回答他。

"安德森船长。你这样承认以后，我可以爽爽快快地原谅你。但是，我相信还有别的人。我想，他们的所作所为，与其说是照你的命令行事，不如说是以你为榜样。那件事有其他的军官牵连在内，不仅是普通的水手。他们的行为才是对我的圣职最荒谬的侮辱。我相信我认识他们，船长，不管他们如何掩饰。他们必须承认错误，不是为了我的缘故，而是为他们自己。"

安德森船长很快地在甲板上来回走了一趟，然后回来，两手交叉到背后。他居高临下地瞪着我。我很惊奇地发现他的脸变得红极了，而且充满了怒意。这不是很奇怪吗？他已经承认他的过失，可是，一提到他手下的军官，便使他恢复了原来的态度。我想，那样的态度，在他恐怕是很平常的。他生气地说：

"那么，你是要样样事都摆平了。"

"我是卫护主的荣誉，正如你会卫护英国国王的荣誉！"

过了一会儿,我们两人谁也没说什么。轮班钟敲了。轮班的人换班。萨默斯先生同威利斯先生接替斯迈尔斯先生和小泰勒先生的班。这种换班的仪式照例是非常隆重的。于是,安德森船长便转过脸来望着我。

"我要同有关的军官谈谈。现在,你满意了吧?"

"船长,让他们到我这里来。我会宽恕他们,像宽恕你一样爽快。但是,还有另外一件事——"

这里,我得告诉你。船长听了这个便发出一声非常冒渎神圣的咒骂。虽然如此,我用蛇的聪明,也用鸽子的温顺,在这个时候假装毫不理会。这不是海军军官咒骂一声就责备他的时候。那,我已经想到了,应该留到以后再说。

我继续说:

"还有船前头那些可怜的无知的水手。我必须探望他们,使他们忏悔。"

"你疯了吗?"

"真的没有,船长。"

"他们也许会进一步地嘲弄你,你也不在乎吗?"

"安德森船长,你有你的制服,我也有我的。我会穿着那种服装到他们那里去,穿担任圣职的人穿的衣服去。"

"制服!"

"你不明白吗,船长?我要穿上我经过长时间的用功并且参加圣职授受典礼得到的服装去看他们。我不在这里穿。你知道我的身份的。"

"不错,我知道,先生。"

"谢谢你,船长。那么,我可以得到你的许可到前面去和他们讲话吗?"

安德森船长走过船身外板，向海里吐一口痰。他并未转过身来，这样答复我：

"随你的便吧！"

我对他的背一鞠躬，然后转过身来。我走到第一个梯子的时候，萨默斯上尉拉拉我的衣袖。

"科利先生！"

"怎么，我的朋友？"

"科利先生，我请求你考虑考虑你要做的事！"说到这里，他的声音变低了，成为耳语一样。"我要是没有在船边用普瑞蒂曼先生的枪开了一枪，让他们吓一跳，谁也不知道那乱子会发展到什么地步！先生，我求求你，让我把他们集合起来，在军官的监视之下，你再对他们讲话。他们当中有的很残暴。有一个移民——"

"放心吧，萨默斯先生。我会穿上我主持礼拜时穿的衣服在他们面前出现。先生，他们会认出那种服装，并且尊敬它的。"

"你至少也要等到他们领到朗姆酒的时候，先生。我知道我说的什么话！那种酒会使他们更和蔼、更镇定——先生，对你要讲的话更容易接受。先生，我求求你。否则，你会受到轻视、漠视——谁知道还会有别的什么结果——"

"你以为那样会使我的训话没人理睬，机会也会失掉吗？"

"真的，先生！"

我考虑了一会儿。

"好吧，萨默斯先生。我会等到今天上午比较晚一点的时候再去。同时，我有些东西要写。"

我对他鞠一个躬，便继续往前走。现在塔尔伯特先生走过来了。他很和悦地要求我同他进一步地交交朋友。他实在是一个不愧为那种身份的年轻人。假若特权永远在像他这样的人手里，那么，将来有一天，他并非不可能——但是，我还是回去吧！

在舱里我刚刚坐下来写这些话，便听到有人敲门。原来是德弗雷尔先生和甘伯舍穆先生，头一天晚上的那两个魔鬼。我对他们露出最严厉的表情，因为，他们的确该先受点惩罚，我才会原谅他们。甘伯舍穆先生没说什么话，但是德弗雷尔先生说了很多话。他很爽快地承认他错了，并且说他喝多了一点儿，像他的同伴一样。他没想到我会这样难过，但是那些水手在越过赤道线的时候，这样闹着玩惯了。不过他感到遗憾，他们错会了船长许可他们欢聚的意思。总而言之，他要求我把它当作开玩笑，只是太过火，无法控制。当时我如果穿现在穿的衣服，没人会想到要对我那样。其实他们绝对不是有意伤害我的。现在他希望我把那件事完全忘掉。

我犹豫了一会儿，仿佛在考虑，不过我知道我要怎么做。要是承认自己不该那样衣冠不整地出现在水手们面前，现在不是时候。其实这些人才是需要一身制服——可以穿，也可以使人尊敬。

我终于说话了。

"先生们，我可以爽爽快快地原谅你们，这是我的主人责成我做的。现在去吧，不要再犯罪了。"

说完那句话，我就关上舱门。我听到他俩有一个在外面吹了一声口哨，低低的，长长的。我想那是德弗雷尔先生的声音。然后，当他们的脚步声变得小一些的时候，我听见甘伯舍穆先生说话了。这是我们的会晤开始之后，他第一次说话。

"不知道他的主人究竟是什么人。你以为他会和那该死的舰队牧师有关系吗？"

然后，他们就离开了。我承认这是许多天以来，我第一次觉得心情平静。现在，一切都会好起来的。我知道我或许可以逐渐展开我的工作，不仅仅是在水手中间，再过一些时候，也许在军官和上流社会人士中间。他们以前对《圣经》似乎漫不经心,现在不会,也不可能那样毫无反应了。啊,甚至船长本人也已经有迹象显示——天恩的力量是无限的。在祈祷之前,我到船腰甲板上,站在那里,终于自由了。现在毫无疑问的,船长会撤销他最初严禁我到后甲板的命令!我凝视着下面的海水:蓝的、绿的、紫的、雪白的、滑动着的水泡!我由船的木头边上,怀着新的安全感望着那水底的长长的绿色海草。我们船上帆的桅杆似乎也有一种奇特的丰富感。现在正是时候,经过适当的准备,我会走到船的前面,去谴责我们造物主那些野性的但是真正可爱的孩子。当时我觉得——现在仍是如此,我曾经,现在也是,让这一切——大海、船、天空、那些绅士和平民,当然还有我们的救世主——所产生的爱,给耗尽了。这就是我的痛苦和艰难最后产生的快乐结果。愿世上万物赞美他!

......

科利再也不写了。这个,爵爷是知道的。人死之后,什么都没有了。关于这件事的全部情形,唯一使我安慰的就是我可以保证:他那可怜的姊姊永远不会知道其中的实情。醉鬼布罗克班克也许会在他的舱里大吼大叫:"谁把矮子科利害死了?"但是我决不会叫她知道:害死他的是他那软弱无能的个性,也不叫她知道是谁的手——包括我的在内——将他击倒的。

我睡的时间太短,而且睡得很不踏实。我让惠勒唤醒的时候,才晓得今天上午头一段时间要消磨在一个调查中。我得和萨默斯以及船长坐在调查庭上。在这样炎热的地带,尸首应该先葬了再说其他的。对于我的及时,惠勒什么也没说。船长的用意是用正式的法庭程序掩饰他和我们迫害那个人的真相。这实在是一件令人难过的事。于是,我们就在船长室的桌子后面坐定。证人也一一列席庭上,那个伺候科利的勤务员对我们讲的话不过是我们已经知道的事。小泰勒先生几乎克制不住因科利之死而产生的惊惶,但是,由于对船长的畏惧,便说科利先生同意尝尝那种朗姆酒,但是他记不得是什么态度——还是我向他提示他要说的可能是"妥协"。他接受了。泰勒先生在船头干什么?(这是萨默斯先生问的话。)泰勒先生正在检查锚链收藏好了没有,看看船首锚的链子是否卸掉后运送到了贮藏舱。这一套漂亮的行话,那两位海军军官觉得满意,便一同点头,仿佛那是用简单的英语讲的。但是既然如此,泰勒先生在贮藏舱外面做了什么呢?泰勒先生检查完毕之后,正要回来报告,途中停留了一下,因为,他以前从未看见一个牧师会处于这种情况。那么，后来怎样？（这是船长问的。）泰勒先生"往船后走，船长，去报告萨默斯先生"，但是"我还来不及报告，甘伯舍穆先生给了我一个酒瓶"。

船长点点头，于是，泰勒先生便露出放心的样子退了下去。我转向对萨默斯说：

"一个酒瓶？萨默斯？他们究竟要一个酒瓶干什么？"

船长咆哮了。

"先生，'一个酒瓶'就是'一声责骂'的意思！现在让我们继续问下去。"

下一个证人是一个叫伊斯特的人。他是一个移民，也就是那个使我很感动的、面孔憔悴的可怜女孩的丈夫。他能看书写字。是的，他看见科利先生了。他一眼就认出那位牧师了。在"獾皮囊酒会"上，水手就是这么叫的，他没看见他。也许因为别人对他说他的妻子病得多重，所以，他一直在照顾她，和罗斯塔保特太太轮流着，不过她的分娩期已经近了。他只是瞥见科利先生在那些水手当中。他想他并没说多少话，便同他们喝一杯酒。我们听到的喝彩声和笑声吗？那是在那位先生想要和水手们一起时说了一点话之后。咆哮声和怒骂声吗？关于这个，他不得而知。他只知道那些水手把那位年轻先生带走，带到下面那位年轻先生去过的索具中间。他必须照顾他的妻子，除此之外，他什么都不清楚。他希望我们这几位先生不会认为他不尊敬我们，但是，除了那些水手之外，任何一个人知道的就是这些，因为，那位牧师已经落入他们手中。

他得到许可退下。我表示我认为唯一可能让我们明白真相的人就是当科利醉得人事不省时把他带回来，也可以说是架着他回来的那个人。我说他或者会知道科利喝了多少酒，谁给他酒喝或者强迫他喝的。船长同意，并且说他已经盼咐他们去传那个人来了。然后，他就用一种比耳语大不了多少的声音对我们说话：

"我的举报人建议说这是一个我们应该取证的证人。"

轮到我了。

"我认为，"我打起精神说，"我们现在所做的，就是你们会称为'让船在暴风雨中折腾'那样，把事情弄得棘手。那个人是让人灌醉的。我们付出了相当大的代价，现在可以知道，世上有些人非常胆小。他们可能在另一个人的盛怒之下，心灵受到伤害而死。他们的心非常脆弱，因此，我们不妨说，他们会死于布罗克班克先生说的'小过失'。算了，各位！我们不能不承认是醉酒害死了他，但我们全体对他的幸福漠不关心，可能是他致死的原因！"

这话说得很大胆，是不是？我是在告诉我们的暴君，我和他是一起的——但是，他惊讶得目不转睛地望着我。

"漠不关心吗？先生？"

"醉酒，先生，"萨默斯连忙说，"这样说就算了！"

"等一下，萨默斯。塔尔伯特先生，对你奇怪的说法'我们全体的漠不关心'，我只有置之不理。但是，你难道不明白吗？你以为只是喝一次酒——"

"但是，你自己说过的，先生——让我们把这一切都归入低热病这一项下吧！"

"那是昨天，先生，我告诉你。很可能那个人在醉得可怜的时候受到一个人的奸污，或者受到天晓得多少人的奸污，那种极端的耻辱，使他断送了性命！"

"哎呀！"

这句话听明白以后，使人产生出一种极大的震动。我不知道在以后这几分钟之内我有没有想到什么。我，仿佛是醒过来了，只听见船长在说话。

"不,萨默斯,我不要隐瞒什么。可是,那些对我毫无意义的谴责,涉及我个人在船上的行为,以及我对船上乘客的态度,我是不能容忍的。"

萨默斯的脸通红。"船长,我只是提出我的意见。假若你认为那超出了我的职责,恳求你原谅我。"

"好吧,萨默斯,我们继续吧。"

"但是,船长,"我说,"谁也不会承认那种事呀!"

"你还年轻,塔尔伯特先生。你猜想不到在一只像这样的船上有什么样的情报系统。即使这只船目前的任务是短暂的,也还是有她的情报系统的。"

"情报系统?你的举报人吗?"

"我看,我们还是继续下去的好,"船长神色凝重地说,"叫那个人进来。"

萨默斯亲自出去,将罗杰斯带来。那就是将科利带回我们甲板上来的人。我很少看见这样相貌出众的年轻人。他自腰部以上都是赤裸的。他的体格呈现出将来有一天会发胖的趋势。但是现在,如果米开朗琪罗还在世,他就可以做他的模特儿。他巨大的胸脯和粗大的颈部呈深褐色,他那宽阔的漂亮面孔也一样,除了两条平行的、淡淡的鞭痕。安德森船长转向我说:

"萨默斯对我说你自称有盘问的技巧。"

"他说过吗?我说过吗?"

爵爷会发现我对这种可悲的事绝对不擅长。安德森船长确确实实满面笑容地对我说:

"先生,你的证人。"

我一点也没预料到这事。虽然如此,现在是不能避免了。

"现在,棒小子,请报出你的姓名。"

"爵爷,我叫比利·罗杰斯。前桅楼的水手。"

我接受这种尊称。但愿这是一个吉兆!

"罗杰斯,我们需要你的信息。我们想要知道前几天那位先生到你们那里来的时候的真实情形。"

"哪位先生?我的爵爷?"

"那位牧师。科利先生。他现在已经死了。"

罗杰斯正站在那大窗户透进的亮光里。我想,我从未看见过这样一副眼睛睁得大大的坦白的面孔。

"爵爷,他喝多了点儿,好像醉得吃不消了。"

现在,照我们海上弟兄的说法,该转向了。

"你脸上的疤痕是哪里来的?"

"是一个臭娘们抓的,爵爷。"

"那么,她必定是只野猫啦。"

"差不离儿,爵爷。"

"不管怎样,你一定要称心如意吗?"

"爵爷?"

"虽然她为了她自己好,不肯从你,但你还是要制服她,是吗?"

"爵爷,那个我不知道。我只知道她的另一只手里拿着我剩下的工钱,我如果没牢牢地抓住她,她就像闪电一样跑到门外头了。"

安德森船长由侧面对我笑笑。

"爵爷,请你让我来——"

该死,那家伙在笑我!

"现在,罗杰斯,别管那些女人。那些男人又怎么样呢?"

"船长?"

"科利先生在前面堡形甲板上遭人强暴。是谁干的?"

那人的脸上毫无表情。船长逼迫他。

"得了吧,罗杰斯。你如果知道这种特别的暴行,你自己有嫌疑,你会觉得惊奇吗?"

那人的态度整个变了。他现在弯着腰站在那里,一只脚在另一只脚几英寸之后。他紧握着拳头。迅速地望望我们中间的一个人,然后又望望另一个,仿佛想从每一个人的脸上看出他面临的危险到了什么程度。我看得出,他把我们当作了仇人!

"我什么都不知道,船长!什么都不知道!"

"那也许与你毫无关系,但是,你知道是谁干的?"

"谁是谁呀?先生?"

"怎么?就是你们中间的人侮辱了那位先生,结果他因此而死。是你们中间的一个人,或者许多人干的。"

"我什么都不知道!什么都不知道!"

我的机智又恢复了。

"告诉我们吧,罗杰斯。你是唯一我们看见和他在一起的人。如果没有其他的证据,你的名字一定在嫌疑人名单的榜首。你们水手们在干什么?"

我从来没看到过更假装惊异的面孔。

"爵爷,我们在做什么?"

"不用说,你有证人可以证明你无罪。假若你是无罪的,那么,就帮助我们让罪人受到应得的惩罚吧。"

他没说什么,只是仍然想作困兽之斗。我再次询问。

"我的意思是,你可以告诉我们是谁干的,或者给我们提供一个名单,让我们知道你怀疑或者知道谁有嫌疑有这种特别的爱好、犯下这种特别的暴行。"

安德森船长的下巴扬了起来。

"鸡奸,罗杰斯。他指的就是这个。鸡奸!"

他望着下面,翻翻面前的文件,并且把钢笔尖浸到墨水瓶里。他沉默良久,大家都期待着证人的答复。最后还是船长打破沉寂。他的声音里含着愤怒与不耐。

"说呀!我们不能在这里坐一整天呀!"

又是一阵沉寂。罗杰斯与其说是转过头来,不如说是转过身来,对着我们。他先望望一个人,然后又望望另一个。然后,他直直地望着船长说:

"是,是,长官。"

唯有在这个时候,那人的脸上才有变化,他的上嘴唇向下一撇,仿佛用一种试验的态度,用他洁白的牙齿谨慎地试试下嘴唇的软硬程度。

"我由军官们开始好吗?长官?"

我可不能动一下,这是非常重要的。只要我的眼朝萨默斯或船长的方向稍微一闪动,我脸上的肌肉稍微一收缩,就似乎是一种致命的谴责。就谴责谁有禽兽般的暴行而言,我对他们两个人都有绝对的信心。至于这两个军官本人,毫无疑问的,他们彼此也有信心。可是,他们也不敢稍微动一动。我们都是蜡像。罗杰斯也是。

船长必须是首先采取行动的人,他知道的。他把笔放到文件一旁,严肃地说:

"很好,罗杰斯。问完了。你可以回到你的工作岗位上了。"

那人的脸色红一阵白一阵。他深深地吐了一口气。他用指关节敲敲前额,开始笑笑,转身走出舱室。我们三个坐在那里一语不发,一动不动,不知过了多久。在我这一方面,这种情形好像怕做一件"错事"或说一句"错话"一样的简单而且平常。但是,那件"错事"可以说会增强力量,而且会达到一种可怕的、危急的程度。在那一段长长的沉寂之中,我觉得仿佛不能让自己动一点脑筋去想想。

否则,我的脸就会红,就会汗流满面。我竭力使我的脑子尽可能地变得差不多是一片空白,静候事情的发展。因为,在我们三人之中,无论如何轮不到我先发言。罗杰斯已经诱我们坠入陷阱。爵爷了解了吗?我的心里已经不由自主地产生了怀疑,忽而猜想到一位军官的名字,忽而猜想到另一位军官的名字。

安德森船长把我们由这种僵局中拯救出来。他没有动,只是说话,仿佛是自言自语。

"证人、调查、控诉、谎言、更多的谎言、军事法庭——那个人的脸皮如果够厚,他就有足够的力量把我们都毁了。而且,我对这一点,毫不怀疑。因为,这是一件要上绞刑台的事。这种指控是提不出反证的。不管结果如何,必然会令人左右为难。"

他转而对着萨默斯说:

"萨默斯先生,我们的调查就此结束。还有其他的举报者吗?"

"我想没有了,船长,一旦参与不可告人之事——"

"一点不错,塔尔伯特先生觉得如何?"

"船长,我如堕五里雾中。但是,这是真的。那个人作困兽之斗,亮出他最后的武器。假证据,等于勒索!"

"其实,"萨默斯终于笑笑说,"塔尔伯特先生是我们当中唯一的受益人。他至少暂时升到贵族阶层。"

"我已经回到地上了,先生——不过,因为安德森船长已经称我为'爵爷',而且他能够主持婚礼与丧礼——"

"啊,对了,丧礼。两位,你们要喝点酒吗?萨默斯,叫霍金斯进来,好吗?塔尔伯特先生,我得谢谢你帮忙。"

"船长,恐怕没什么用处吧。"

船长又恢复了镇定。他满面笑容地说:

"那么,死因就是低热病了。雪莉酒好吗?"

"谢谢你,船长。但是,一切都结束了吗?我们仍然不知道实际发生的情形。你提到举报者——"

"这是很好的雪莉酒,"船长很粗暴地说,"萨默斯先生,我想你是不喜欢白天喝酒的。那么,你就去督导他们为那个不幸的人举行海葬吧。塔尔伯特先生,祝你健康。你愿意在一个报告书上签字吗?或者更正确地说,你愿意'联署'吗?"

我考虑片刻。

"在这船上我没有正式的身份。"

"啊,签了吧,塔尔伯特先生!"

我又考虑一下。

"我可以写一张声明书,在那上面签字。"

安德森船长浓眉之下的眼睛睥睨着我,然后,一言不发地点点头。我把杯中酒喝干。

"安德森船长,你提到过举报者——"

但是,他正皱着眉头望着我。

"我提到过吗?先生?我想没有。"

"你问过萨默斯先生——"

"他回答说没有一个,"安德森船长大声说,"一个也没有,塔尔伯特先生,水手当中没一个举报过,你明白吗?先生?没一个偷偷来我这里报告过——没一个人!你可以去了,霍金斯!"

我把我的杯子放下。霍金斯便把它拿走。船长看着他离开船长室,然后又对着我。

"仆役们有耳朵呀,塔尔伯特先生。"

"啊,的确是的,船长,我相信我的勤务员惠勒就有。"

船长狞笑一下,说:

"惠勒,啊,是的,的确是的。那家伙浑身都是耳朵和眼睛——"

"那么,我要回去记我的日志了。等明天葬礼上见吧。"

"啊,那个日志!塔尔伯特先生,不要忘记加一句:不管别人说那些乘客如何,就我的水手和军官而论,这是一条快乐的船!"

三点钟,我们都集合在船腰的甲板上。有一支护卫队,是奥尔德梅多的水兵组成的。他们都佩着燧发枪,或者称为——啊,管他那种难看的武器如何称呼呢。奥尔德梅多本人全副武装,佩未开刃的剑。船上的军官也是一样。甚至我们年轻的候补军官也佩短剑,并且露出虔敬的样子。我们乘客也尽可能地穿黑色的衣服。水兵都分班排列,他们身着各种各样的服装,尽量表现出很像样的样子。魁梧的布罗克班克先生很挺拔,但是面色黄黄的,脸拉得长长的,是由于酒喝得太多了。要是科利先生,早已变成鬼了。观察这个人的时候,我想,布罗克班克假如经历过科利所经过的那些折磨,他也不过只是肚子痛或者头痛而已。这就是我的四周,那个"人的挂毯"上织成的各色各样的图案!我们船上的女士们呢?她们准备航行的装备时,必定会想到会有这种场面。所以她们都穿着丧服——甚至布罗克班克的两个淫妇也是如此,一边一个,扶着他。普瑞蒂曼先生也在格兰姆小姐身边,参加这个迷信的仪式。那是格兰姆小姐带他来的。这个富有战斗精神的无神论者及共和思想者和水火不相容的埃克塞特大教堂教士之女在一起,是怎么回事?我注意到他站在她身旁非常烦躁,只是勉强克制的样子。我就想到在他们两人当中,她才是那个我打算与之攀谈的人,我必须将我打算规劝我们那个恶名昭彰的自由思想者的话,尽量顾全别人体面地同她谈谈。

你会发现我看完科利那封信以后的激动,现在已有点平静下来了。一个人不能永远闷闷不乐地老想已经过去的事,以及他自己无意而为的事与别人故意的犯罪行为之间的脆弱关系。必须承认这个隆重的海军场面我感觉很有趣！难得有人在这种我是否可以称为异乎寻常的环境中参加葬礼！这个仪式不但奇怪，而且我们这些演员的对话一直都是——或者可以说有一段时候都是——用水手用语说的。你知道我多喜欢那种用语。你也许已经注意到几个特别不可解的例子，譬如，上面提到的"獾皮囊酒会"。塞尔维乌斯不是说过吗？（我想是他。）他不是说维吉尔的《埃涅阿斯纪》里有五六个谜，不管学者用校正的方式，还是凭灵感都不可能解答吗？那么，我就要再多用一些海军谜来供爵爷消遣。

船上的轮班钟敲过了，声音已经降低。一群水手出现了，抬着停在木板上的尸体，尸体上面覆着英国国旗。尸体是脚向右舷方向放的。右舷，也可以说是荣誉的一边。海军上将，以及像这样的杰出人物，都是由这里出去。那具尸体比我意料中的更大。不过，后来我听说，他们从船上剩下来的少数炮弹中取出两枚，系在尸体的脚上。安德森船长站在一旁，身上的金丝缨穗闪闪发亮。后来我又听说他和其他的军官有不少次的排练，务使——照小泰勒先生的说法——"鸣笛将船上牧师投入大海"时，一切都要严格遵守应有的仪式。

差不多所有的帆都扯上桁。我们的船已经照《海事词典》上那种术语的说法，"停驶"了——这应该就是我们的船停在海里不动的意思。可是，那种滑稽劲儿（我在说非常美妙的水手用语）始终没离开科利，直到最后。那块木板一放到甲板上，我就听萨默斯低声对德弗雷尔先生说：

"放心吧，德弗雷尔，要是没有你在船尾后一拳之处驾驶，船就会后退了。"

他刚说了那句话，从水面下船身部分忽然传来了沉重而有节奏

221

的轰轰声,仿佛戴维·琼斯①在通知我们,或者是饿了。德弗雷尔吼喝出那种瓦鲁呼斯特式的命令。水手都跳起来。这时候,安德森船长的手里抓着一本祷告书,像是抓着一枚手榴弹一样,他转过身来对萨默斯上尉说:

"萨默斯先生!你把船尾柱去掉好吗?"

萨默斯没说什么,但是那一阵轰轰的声音停了。安德森船长的声调降低,变成一种嘟囔。

"舵针松得像领养老金的老人的牙齿!"

萨默斯点头作答。

"我知道,船长。但是在重装之前——"

"我们愈早遇到顺风愈好。那该死的海军部长!"

他郁郁不乐地望了下面盖在尸体上的国旗,然后望望上面的帆。那些帆仿佛是愿意同他辩论似的,发出风吹动的声音。他们大概也只能像上面说的那样做。那不是很妙吗?

最后,船长环顾四周,着实吓了一跳,仿佛初次看到我们。但愿我能说:他像一个有罪的家伙听到一声可怕的传唤,吓了一跳,但是他没有。他惊吓得像一个犯了轻微过失的人,心不在焉地忘了他有一具尸体要丢掉。他打开祷告书,刺耳地嘟囔着,请我们一同祈祷,等等。的确,他急于把这个仪式快些举行完了,因为我从来没听过祷告词念得如此之快。女士们几乎没时间把手绢儿取出来(洒一把同情之泪)。我们男士们照例眼睛往上翻,对自己的礼帽注视片刻,但是,后来忽然想起这个不寻常的仪式,太好了,不可错过。因此,大家都再次抬头观看。我希望奥尔德梅多的兵会放一排枪,但是他后来告诉我,由于海军总部和作战部意见分歧,他们既无火石,

---

① 戴维·琼斯(Davy Jones),著名的加勒比海盗。

亦无弹药。虽然如此,他们差不多一致地举枪致敬,军官们都挥动佩剑。我怀疑——这一切对一个牧师适当吗?我不知道,他们也不知道。一支笛子发出尖锐的声音,又有人敲敲蒙着布的鼓。这是一种序曲,或称为尾声,或者是"结尾诗节",这也许是一个更好的名词吧?

爵爷,您会发现理查德又恢复镇定了,或者,我们是否可以说,我已经由一种无果而终也许是毫无理由的懊丧心情中恢复过来?

可是,到了最后(当安德森船长那种喃喃的声音使我想到最好那一天早些来临,那时候再也不漂洋过海了),六个水兵吹着水手长的笛子,发出尖锐的声音。爵爷可能永不会听到这些笛子的声音,所以,我必须告诉你,那种东西发出的乐声和猫给火烫着时发出的哀号一样!可是,还有,可是还有,可是还有!那尖锐刺耳、极难听的笛声,那突然发出的高音,拖着很长的调子,越来越低,一路颤动,终于静止下来——这一切似乎表达出一些非言语可以形容的东西。那是宗教的启示、哲学的道理。那是"生"哀悼"死"的单纯声音。

我几乎没有时间对自己直接的感情流露感到一种稍许的满足,忽然那块木板被举了起来,向海那面一倾斜,于是罗伯特·詹姆斯·科利牧师的遗骸便由国旗下面抛出,扑通一声,沉入大海。他仿佛是一个有经验的潜水人,并且有为自己的葬礼预演的习惯,那个动作非常老练。当然,那两枚炮弹很有帮助。炮弹的质量有一种附带的用处。这和它的一般性质是符合的。因此,科利的遗体便坠到比测铅能测量到的更深的地方。(在人生一切必须有仪式的时刻,假若你不能用祷告书,那么,就求助于莎士比亚吧!别的都不行。)

现在,你也许会想,事后会有一两分钟的默哀,然后送葬的人才离开教堂墓地。才不会呢!安德森船长合上他的祷告书。笛子又

发出尖锐的声音。这一次是表示时间的迫切。安德森船长对甘伯
舍穆中尉点点头,后者就举手碰碰帽檐,大吼一声:

"朝下——风——处开——船!"

我们这只听话的船就开始转动,朝她原来的航线笨重地前进。

那隆重的行列解散了。那些水兵爬到各处索具中去把全套的
帆充分展开,又在帆上加上副帆。安德森船长迈着大步,手里拿着
手榴弹——不,我指的是祷告书,回到他的舱里,我想,是准备在他
的航海日志里记上一笔。一个年轻的军官在那个横木板上潦草地
写了些东西。于是,一切都恢复往常的情形。我回到我的舱去考虑
我该写一份什么样子的声明书,并且要在上面签字。那个声明书必
须写得让他姊姊的痛苦减到最低限度。那么死因就得写成低热病,
这是照船长的意思。我必须瞒着他:我已经留下一些弹药做线索,
放在爵爷可以燃着的地方。啊,在这只离奇的船上,我们可以发现
一个多么复杂的世界,那是一个矛盾、诞生、死亡、生产、订婚、结婚
的世界!

(&)

您瞧,我觉得这个"&"符号表现出些许古怪的味道,是不是?我不要用你们常用的年月日,或者字母表上的字母,或者猜想的航程日期。我本来可以用"补遗"这个词作为标题。但是,那也会非常乏味——太、太乏味了!因为,我们的故事已经结束,再也没什么话说了。我是说,当然还是有的,还有日常生活的记录。但是当我翻开我的日志重看一遍时,发现这个日志已经不知不觉变成了一个戏剧性事件的记载——科利的戏!如今,那可怜虫的戏已经完成。他现在不知道在多少英里下面,孤单地站在他的炮弹上。正如柯勒律治说的:"极度,极度的孤单。"这似乎是一种不同的"突降法"[①]——科利就会这样说。爵爷会注意到这种有趣的 paranomasia[②]——那出戏惊心动魄的场面急转直下,恢复到日常生活中毫无戏剧性的、变化极微的琐事上。但是,爵爷赏赐的这个礼物——装订豪华的日志簿——还有几页剩下来,所以,我已经想法子把那个葬礼的叙述拉得再长一些,希望这个可以称为"罗伯特·詹姆斯·科利之失败及可悲之结局,附有其海葬之简短报道"的记载可以延长到最后一页。这都没有用。他的生与死是实实在在的事,如果记在一个现成的簿子里,一定不会合适,正如畸形的脚穿现成的靴子一样。当然,我的日志还会继续写下去。那是写在另一个簿子里。那是菲利普替我向事务长买来的,不用锁。这就使我想起来。平常一提起那个事务长,大家都很畏惧,而且三缄其口。其实说起来,实在是稀松平常的。菲利普对我说,所有船上的军官,连船长也包括在内,都欠事务长的钱。菲利普称他为事务官。他这人比惠勒坦白。

225

这又令人想起一件事。我现在使唤菲利普是因为不管我多么大声呼唤,总是叫不醒惠勒。现在大家正在找他。

大家的确正在找他。萨默斯刚刚告诉我。那个人不见了。惠勒!他掉到海里了!他像梦一样地走了。他那蓬松的白色汗毛、他的光头、他那神圣不可侵犯的笑容、他那对于船上发生的事无所不知的本领、他的药酒,以及他的服务精神——他愿意替一位大爷在这广大的世界上找到任何东西,只要大爷肯掏腰包!这一切都跟着他不见了!惠勒!正如船长所说的,浑身都是耳朵!浑身都是眼睛!我会想念这个人的。因为我不能指望菲利普的服务有那样周到。我已经得自己脱靴子了。不过,碰巧这时候萨默斯在我的舱里。他很帮忙,肯帮助我脱靴子。仅仅在几天之内,死了两个人!

"至少,"我言外有意地对萨默斯说,"谁也不会指控我与这个人的死有关系,是不是?"

他因为用力的关系,缓不过气来回答我。他由蹲的姿态站了起来,看我穿上我那双绣花的便鞋。

"人生是一个无形的东西!萨默斯,文学作品硬要给它一个形状,这是错误的!"

"先生,并非如此。因为船上已经有人死亡,也有人诞生。帕特·朗达保特——"

"朗达保特?我还以为是罗斯塔保特呢。"

"你随便叫什么都可以。不过她生了一个女儿,准备用这只船的名字命名。"

"可怜、可怜的孩子。原来那就是我听到的哼哼的声音,好像那

---

① bathos,指在文章或讲话中由庄重突转平庸,虎头蛇尾,或假作多情。
② 意为"音近似而义不同的双关语"。按,这个词是原作者的笔误,应该是 parono-masia。bathos 和 pathos(悲怆性)两个词音近似,义不同。作者用意在此。

只叫贝西的牛断腿时的叫声吗?"

"是的,先生。现在我要去看看她们怎么样了。"

因此,他离开我了。这几页空白的纸仍未写满。啊,还有新闻!新闻,什么新闻?还有更多的事必须记下来,不过,那是与船长有关的,不是科利。事本来应该早一点写进去的——写到第四幕,或者写到第三幕里。现在这段文字好像一出希腊悲剧三部曲结束之后,那个森林之神又一路蹒跚地回到舞台上表演。与其说是一个 *dénouement*①,不如说是一个力量微弱的说明。安德森船长对牧师的憎恶,您是记得的。那么,现在,我和您真的明白一切真相了!

嘘,我要照他们常说的样子说声嘘!——让我闩上我的舱门吧。

那么——那是德弗雷尔告诉我的。他已经开始喝很多酒——我说很多是与他以前喝的比起来,因为他老是喝得醉醺醺的。情形似乎是这样的:安德森船长——不仅害怕我在日志上记他一笔,也害怕其他的乘客知道。现在除了那个刚强的格兰姆小姐之外,都以为"可怜的科利"受到了虐待。安德森很凶地责备那两个人:甘伯舍穆和德弗雷尔。他责备他们不该参与其事。这对于甘伯舍穆是不重要的,因为他这个人是木头做的。但是德弗雷尔,由于海军的规定,不能履行一个军官的义务了。他总是闷闷不乐的,终日饮酒。昨天晚上他喝得醉醺醺的,在深夜到我的舱里。他的舌头都大了,咕咕哝哝地给我说了一些话。他把他说的话称为关于船长家世的必要观察,准备给我记在日志里。不过,他并没有醉得不知道这是很危险的事。请想象一下我们当时的情形:在烛光下,两人并坐在我的床铺上。当我侧耳贴近他的嘴巴倾听时,他低声地、激烈地、附

---

① 法语,意为"收场"。

耳细说始末。从前有一个人家——现在还有——那是一个贵族人家（我想这个人家爵爷也只是隐约地听人谈过），他们的田地和德弗雷尔家的田地比邻。如果照萨默斯的说法，就是，这一家人利用他们那种地位的特权，却忽略了他们的责任。现在这位小爵爷的父亲养了一个女人。那个女人性情非常温和，美貌绝伦，没什么头脑，并且也有点生育能力。运用特权有时候是要花很多钱的——活爵爷（这完全是小说家理查逊的手法，对不对?）发现必须发财才行。而且要马上发财才好。结果他找到了发财机会。但是他的家族依照美以美教会那种严正的方式，坚持要把那个可爱的女人赶走不可。除了缺几句牧师言过其实的话，也没有什么理由可以提出为她辩护。现在大难临头。那个可爱的妇人由于自己处境危险，忽然灵机一动。那笔财富的归属于是悬而不决！就在这个时候——德弗雷尔在我耳畔低声地说——上天出来插手了。这三个人当中那位现任的、受惠于家族馈赠的爵爷在猎场中让人打死了。那个继承人的监护人，一个脑筋不灵的家伙接手了那个活着的爵爷、那个可爱的妇人，以及德弗雷尔所说的她那该死的"货物"。于是，爵爷获得了他的财富，那个妇人得到了一个丈夫，安德森教士大人得到一个活着的爵爷、一个妻子和一个白送的继承者。到后来，那个儿子被送入海军，并且他生父原来的社会关系偶然发生的影响力，就足以使他在军中连升三级。但是老爵士现在已经去世。那个年轻的自然不会喜欢他那个杂种的异母弟弟。

这一切都是在一簇摇曳的烛光下讲的，伴随着普瑞蒂曼先生梦中的怒骂声，及由另一方向传过来的布罗克班克先生的鼾声和屁事。啊，还有我们头上的甲板上传过来的——

"轮班钟五下，一切平安！"

德弗雷尔,在这深更半夜的时候,把胳膊搭在我的肩上,醉得同我称兄道弟,向我透露他为什么要这样做。这一段船长的历史是他打算给我讲的一段笑话。在悉尼湾,或者好望角,假若我们在那里进港,德弗雷尔打算——或者可以说是肚子里酒要他如此——辞去职务,把船长叫出来,把他打死。"因为,"他举起摇摇晃晃的右手,大声地说,"我只要一枪,就可以把教堂尖塔上的乌鸦打下来!"他紧紧抱着我,并且拍拍我,叫我他的好埃德蒙,告诉我等到时机来临,我就会代表他发言,并且,要是倒霉,他被带走了,这个信息就会全部记载在我那本著名的日志上——

我非常费力地把他送回舱里,幸而没惊醒全船的人,但是,这的确是大新闻!原来这就是一个船长憎恶牧师的原因。他要是憎恶一个爵士,也许更合理。不过,那是毫无疑问的。他毁于一个爵士之手——或者可以说是毁于一个教士之手——也可以说是毁于他自己的生活!啊,我不想替安德森找借口了。

我也不像过去那样关切德弗雷尔了。在我这方面,我是由于判断错误才敬重他。也许,他就是一个败落的贵族家庭最后一个例证,好像萨默斯先生是一个原来的贵族家庭的例证一样。我必须警觉才好。我突然这样想,如果我是一个爵士淫威之下的牺牲品,我也许会变成一个激进分子!我会吗?埃德蒙·塔尔伯特会吗?

就在那个时候,我才想起我自己那个几乎已经想好的打算。我为了自己避免可能有的困难,差不多已经把季诺碧亚和罗伯特·詹姆斯·科利撮合起来了。那很像德弗雷尔的笑话,因此,我几乎憎恶自己。当我明白我和他谈过的话,而且当我想到他一定以为我和那些"贵族"的想法一样时,我便羞惭得脸直发烧。这一切会演变到什么地步才结束呢?

虽然如此,一个人的诞生,并不抵得过两个人的死亡。我们普

229

(&)

遍地感到生活非常单调。因为，不管你会怎么说，一个海上的葬礼，不管我以多么随便的态度描写它，总不能称为一件可笑的事。惠勒的失踪也不能缓和乘客之间的气氛。

　　自从我那次毫无把握地耐心要求萨默斯帮我脱靴以后，又过了两天。军官们无事可做。萨默斯决定不让我们有太多时间无所事事，仿佛这是一只商船，而不是军舰。我们决定由船后面的人为船前面的人演一出戏。于是，经过船长许可，一个筹备委员会便组织好了。这样一来，不管我愿意不愿意，就不得不同格兰姆小姐一同筹备。这实在是一个很有教育意味的经验。我发现这个女人，这个

漂亮的、有教养的老处女所抱的见解会使普通的国民听了血管都会冷得凝固起来。她真的不能把我们军官穿的制服、我们野蛮的祖先用来涂面的大青颜料，以及南太平洋地区，或者也许是澳洲大陆流行的黥墨加以区别。更糟的是——由社会的观点来说——她，教士的女儿，在她的眼中，印度的医生、西伯利亚的巫师和天主教身披弥撒圣袍的神父，都没有区别。当我提出抗议，劝她公平些，把我们自己的牧师也包括进去时，她只承认他们不那么令人不快，因为他们并没有让人很容易看出他们是与其他的先生有区别的。她的话使我非常惊愕。后来，当她和普瑞蒂曼先生正式订婚的消息宣布的时候（在旅客餐厅开饭之前），我才发现她为什么说话的时候那么坦白了。在令大家出乎意料的她的订婚身份的保护之下，这位小姐可以想说什么就说什么。但是，她对我们是什么样的看法呀！我想起以前在她面前所说的许多话，似乎像课堂上小学生说的话那么幼稚，就觉得很难为情。
　　虽然如此，这件喜事一宣布大家还是很快活。你可以想象到公开场合道贺的情形，也可以想象到私下里又是如何评论。我自己却

诚恳地希望安德森船长——那个最阴郁的婚姻之神——会在船上为他们主持婚礼。这样我们就可遍览这个态度暧昧的家伙主持船上举行的各种典礼——由生一直到死。这两个人似乎是彼此相爱的。他们是依照他们的方式坠入情网的。只有德弗雷尔插进一句含有严肃调子的话。他说,科利那个人已经死了,实在是一件令人惋惜的事,否则,就可以让一位牧师为他们主持婚礼。大家听到他这样说,都默默无言。格兰姆小姐已经对敝人发表过她对于一般教士的高见了。我想她现在也许不会说什么话。但是,她突然说了一句令人非常吃惊的话:

"他是一个真正堕落的人。"

"别这样说,小姐,"我说,"所谓 *de mortuis*① 等等的说法,不幸,只有一次纵酒——那个人是完全无害的!"

"无害的?"普瑞蒂曼似乎跳起来一样,急得大叫,"一个牧师这样做是无害的吗?"

"我指的不是喝酒,"格兰姆小姐用她那刚强的态度说,"但是做坏事是另外一回事。"

"别这样说,小姐——我不能相信——身为一位有教养的小姐,你不会——"

"你? 先生?"普瑞蒂曼大声说,"你竟然怀疑一位小姐的话吗?"

"不,不,当然不会,没有什么——"

"算了吧,亲爱的普瑞蒂曼先生。我求求你。"

"不行,小姐,我不能这样就算了。塔尔伯特先生怀疑你的话。我得叫他道歉——"

231

① 拉丁原文全句应为 De mortuisnil nisi bonum,意为"关于死者,除了好话,什么话都不应该说"。

"怎么,"我哈哈大笑地说,"那么,小姐,我就向你道歉,毫无保留地! 我不是有意——"

"我们是偶然知道他有这种恶习的,"普瑞蒂曼先生说,"一个教士,那是两个水手说的。他们正由桅杆上走下一个绳梯,到船的边上。我和格兰姆小姐——那时候天已经黑了——我们躲到了梯子底下那一堆乱七八糟的绳索那面——"

"还有铁链、索具——啊,萨默斯,给我们说明白还有什么吧。"

"先生,这不重要。格兰姆小姐,你会记得的。当时,我们正讨论真正的自由必须导致真正的平等,要达到这个目的,势必经过些什么过程。然后,再——但是,这也不重要。那两个水手没有发觉我们在场。因此,我们无意之中听到他们所说的一切!"

"抽烟已经够坏的了,塔尔伯特先生,但是,绅士们至少到此

为止!"

"我亲爱的格兰姆小姐!"

"先生,那和有色民族当中大家知道的恶习一样野蛮!"

奥尔德梅多用完全不相信的语调对她说:"天啊! 小姐,你不会是指那家伙嚼烟叶吧?"

乘客和军官们中间立刻发出一阵哄堂大笑。萨默斯这个人是不喜毫无根据就笑的。他也参加谈话了。

"这是真的,"等到比较静一些的时候,他说,"我早先去探望他的时候,我看见天花板上挂着一捆烟叶,已经发霉了,所以我就扔到海里去了。"

"但是,萨默斯,"我说,"我没有看见什么烟叶呀! 而且,那种人——"

"相信我,先生。那是在你去探病之前。"

"虽然如此,我还几乎不能相信!"

"我会告诉你实情，"普瑞蒂曼像平常爱发脾气一样地说，"先生，由于长期的研究、天生的能力，以及必要的自卫习惯，我已经养成一个专长：我可以把无意中听来的话记得清清楚楚。我可以告诉你那两个水手说的话，和他们当时所说的一字不差。"

萨默斯举起双手表示抗议。

"别说，别说，饶了我们吧，我求求你，那毕竟是不重要的！"

"不重要！先生，当一位小姐的话受到怀疑的时候——这件事不可能就这样算了，先生。当那两个水手并肩走下来的时候，其中一个对另外一个说：'比利·罗杰斯打船长室出来的时候笑得像个舱底泵似的。他走进厕所，我也坐在他旁边的便桶上。比利说他这一辈子差不多什么都经验过了。但是，他没想到会在一个牧师那里尝到用嘴巴玩的滋味！'"

普瑞蒂曼先生脸上那种胜利的却又凶巴巴的神气，他那飘扬的头发，以及他那有教养之士惯有的声音忽然降级，变成一种恶棍的声音，而且惟妙惟肖，立刻引得观众哄堂大笑。这样一来，使那个哲学家更不自在，他猛然环顾四周。难道还有更荒谬的事吗？我相信就是这样有趣的情况才显示出我们的感觉有了变化。现在不必再谈那件事了，因为消息来源已经了若指掌了，那么，我们更坚定了演戏的决心。也许是由于普瑞蒂曼先生喜剧方面的天才。啊，毫无疑问的，我们一定让他参加我们的喜剧演出。但是，那种可能是那位社会哲学家与鄙人之间怒气冲冲的话现在却转为讨论一件更愉快的事情了。于是，我们就讨论准备演什么戏，谁做演员，谁干这，谁干那。

后来，我出去在船腰甲板上照常散步。啊，看啊，在那堡形甲板的分界处，"季诺碧亚小姐"正和比利·罗杰斯谈得很起劲。分明他就是她的再也不能等侍(待)的水手英雄！他用什么样类似的精神编出那封别字连篇却又煞费苦心的 *billet-doux*①? 好吧,假若他想到船尾来同她在她的小屋里幽会,我一定要给他一顿皮鞭!

普瑞蒂曼先生和格兰姆小姐也在船腰甲板上散步,不过是在甲板的对面,并且兴致勃勃地谈着。格兰姆小姐说(我听清了她的话,而且我相信她是故意要我听见的):"因为他知道他们应该先针对支持行政当局尚未腐化的几个部门。"普瑞蒂曼先生在她身旁小跑步地追着——她比他高——同时用力点着头,表示赞许她那严厉却又深刻的智力。他们会彼此影响的,因为,我相信他们诚恳相爱的程度正像这种不寻常的人物一样。但是,啊,对了,格兰姆小姐!我不会留神他的,我会留心你!我看他们走过那条划分社会等级的白线,正站在船头,和伊斯特,还有他的妻子,那个可怜的、面孔苍白的女孩谈话。然后,他们就回来。这时候我正站在我们在右舷桅杆左索上搭的天篷的阴影下面。他们就一直朝我们这里走过来。格兰姆小姐对我说他们方才是和伊斯特先生商量。我听了觉得很惊奇。好像他是一个手艺人,他的工作与排字有关。我想他们一定打算将来雇用他。虽然如此,我没让他们看出我对这件事如何在意,就把话题转到我们要给水手们演什么戏上。普瑞蒂曼先生对这件事不感兴趣。据说按照他的哲学思想,他对于普通生活中大部分的问题都漠不关心,他对我们排戏也一样漠不关心。他不考虑莎士比亚的剧本,因为莎士比亚是一个对社会的罪恶批评太少的作家。我理直气壮地问他社会除了人以外还由什么东西构成?可是发现他并不了解我的意思,更准确地说,在他那绝对强大的智慧与普通常识的理解之间有一个帐幕隔着。他开始要对我演说,但是让格兰姆小姐很巧妙地岔开了。她说那个德国作家歌德的剧本《浮士德》很

---

　　① 法语,意为"情节"。

合适——"

"是,"她说,"一种语言的天才作品不能译成另一种。"

"对不起,你说什么?小姐?"

"我是说,"她说,很有耐心地,像是对她的小学生说话一样,"你不可能把一个天才的作品由一种语言翻译成另外一种语言。"

"得啦,小姐,"我哈哈大笑地说,"关于这个,我至少有资格说两句话。我的教父把拉辛的作品完全翻译成英文诗。据行家说,他的译作与原作一样好,而且有的地方还超过了原作。"

那两个人停下来,转过脸来,不约而同地瞪着我。普瑞蒂曼先生像他平常那样激昂地说:

"那么,我就可以对你说,先生,那一定是无与伦比的了!"

我对他鞠躬。

"先生,"我说,"确实是的!"

说完那句话,并且向格兰姆小姐一鞠躬,我就告辞了。我胜利了,是不是?但是,实际上,他们俩实在固执得气人!他们在我看来虽然是又气人又滑稽,但是我可以断定他们在别人看来是很吓人的。我正在写这段日志的时候,我听见他们由我的舱外经过,到旅客餐厅去了。我听到格兰姆小姐很严厉地批评某一个不幸的人物。

"那么,我们希望他总有一天会学到一些学问!"

"小姐,尽管他的出身和教养方面有缺点,他并不是没有才智的。"

"我同意你的话,"她说,"他总是想在谈话中加一些滑稽的话。而且,当他自己说了一句笑话,哈哈大笑的时候,我们也不知不觉地受到他笑声的感染。但是,他的见解,一般而论——只好用'粗鄙'两个字来形容。"

说完了,他们就走到听不见的地方了。他们不可能是指德弗雷尔，一定不会——因为，虽然他可以称得上是有才智的，但是他的出身和所受的教育，可以称得上是第一等的，不管他由这两方面得到的益处有限。所以，萨默斯更可能是他们所指的人。

我不知道这种情形该怎么写。那件事的链条似乎太细，其中环与环的联系又太弱。但是，我的内心有一个感觉使我坚持一个信念：这些的确是有联系的，而且都是参与的，因此，我现在可以了解那可怜的、小丑样的科利有何遭遇了。现在已是深夜。我很激动，而且烦躁。我的头脑像是患热病似的——真的，是低热病——现在回想起这件事的始末，我不得安宁。仿佛有些话、有些措辞、有些情况，都清清楚楚地呈现在面前——而且这一切可以说是闪闪发光，显示出一种忽而滑稽、忽而粗鄙、忽而富于悲剧性的意义。

萨默斯想必是猜想出来的。根本没有烟叶！他是想保全死者的名誉。

在调查中，罗杰斯露出一脸装得逼真的惊愕。——"我的爵爷，我们做了什么吗？"那不是惊愕之语吗？不是装得逼真吗？假定那只了不起的动物说的是赤裸裸的具体的事实！那么，科利在他的信里说——玷污一个人的是他的所作所为，而不是别人所做的事——科利在他的信里说他迷恋上了"我的王国的新王"，而且渴望跪在他的面前——科利在那个锚链贮藏舱里平生第一次喝醉，不了解自己的情况，于是，在酒意盎然的情况下——罗杰斯在士兵厕所里承认：他这一生中有不少经验，但是他从未想到会在一个牧师那里尝到用嘴巴玩的滋味！啊，毫无疑问的，那个人开玩笑，鼓励对方玩那个可笑的、小学生玩的把戏——即使如此，行口交的不是罗杰斯，而是科利——因此，那个可怜的傻瓜回想起那件事的时候，便羞愧死了。

可怜、可怜的科利！被同性所奸，成为一个赤道上的傻瓜——被我遗弃了，而我本来可以救他的——被仁慈还有一吉耳①还是两吉耳的烈酒，给击倒了——

船上的人唯有我不曾目睹他的头被浸入污水中的情形。但是我不能像一种伪善者似的沾沾自喜。我如果看到了那件事情，就会对那幼稚的野蛮行为提出抗议。那么，我那种主动提出要和他交朋友的事也许会显得诚恳些——

我要给科利小姐写一封信。那封信从头至尾都是谎话。在那封信里，我会描述我和她的弟弟的友谊日渐增加。我要描述我对他的赞美。我要叙述他患低热病那些日子里的一切情形，以及我对他的逝世，感到多悲伤。

一封除了一点点实情，什么都包括在内的信！我这种为英王陛下和国家服务的差事，就这样开始如何？

我想我会尽力把那笔准备给她的小小的款项增加一些的。

我的爵爷，这是您赏我的日志簿的最末一页，也是这个第 & 段记载的最末一页。我刚刚翻阅一遍，感到非常悲痛。这里面有机智吗？有敏锐的观察吗？有娱乐的因素吗？怎么，它也许已经变成一种航海故事，但这里面没有暴风雨，没有失事，没有沉没，没有海上遇救，没有看到敌人的样子，也没有听到敌人的声音，没有舷侧如雷的波涛，没有英勇行为，没有奖品，没有英勇的守卫，也没有英勇的攻击。这里面只放了一把枪，而且是一把短枪！

他一念之间，会有多少失足之恨！拉辛说——不过，我还是把您自己的译诗引用在下面吧：

①　吉耳(gill)，容积单位，相当于半品脱(pint)，即约六百毫升。

　　"善"攀上奥林匹亚的峭壁,步履维艰,

　　"恶"也一路蹀躞,走向地狱的魔殿!

　　的确如此,怎么不会呢？世上像布罗克班克这样的人,就是这样一路蹀躞,才能苟且偷生,因此得到一个淫荡的、心满意足的结局。可是,科利不是如此。他是一个例外。正如他那带铁后跟的靴子使他一路咕咚咕咚地跌下阶梯,由军官专用的甲板跌到普通后甲板,再跌到船腰,那一两吉耳像火一样的灵液也一丝不差地让他由沾沾自喜的严肃的巅峰跌落到他清醒时必然认为是自甘堕落的十八层地狱。在这本篇幅不太宏大的阐述人类对自身认识的书里,还是插进这句话吧：人可能因羞愧而死。

　　这个本子除了一指之宽的空白之外,已经写得满满的了。我要锁上它,用帆布包住,再笨手笨脚地把它缝起来,然后扔进那个抽屉里,也锁上它。由于睡眠不足,又缺乏足够的理解,我想,我像所有在海上的人一样,变得有些发狂了。因为彼此如此接近,与太阳和月亮之下所有荒谬事物太接近了。

William Golding

RITES OF PASSAGE

Copyright：© WILLIAM GOLDING, 1980, 1991

This edition arranged with FABER AND FABER LTD.

through Big Apple Agency, Inc. , Labuan, Malaysia.

Simplified Chinese edition copyright：

2022 SHANGHAI TRANSLATION PUBLISHING HOUSE（STPH）

All rights reserved.

Cover illustration by Bill Bragg

图字：09－2022－0047 号

图书在版编目（CIP）数据

启蒙之旅/(英) 威廉·戈尔丁 (William Golding)
著;陈绍鹏译. —上海：上海译文出版社,2022.9
（戈尔丁文集）
书名原文：Rites of Passage
ISBN 978－7－5327－8971－9

Ⅰ.①启⋯　Ⅱ.①威⋯ ②陈⋯　Ⅲ.①长篇小说—英
国—当代　Ⅳ.①I561.45

中国版本图书馆 CIP 数据核字 (2022) 第 152350 号

启蒙之旅
[英] 威廉·戈尔丁　著　陈绍鹏　译
责任编辑/管舒宁　装帧设计/张志全工作室

上海译文出版社有限公司出版、发行
网址：www.yiwen.com.cn
201101　上海市闵行区号景路 159 弄 B 座
上海雅昌艺术印刷有限公司印刷

开本 850×1168　1/32　印张 8　插页 6　字数 149,000
2022 年 12 月第 1 版　2022 年 12 月第 1 次印刷
印数：0,001—5,000 册

ISBN 978－7－5327－8971－9/I·5566
定价：79.00 元